펠리시타 호가
곧 출발합니다

일러두기
* 추가적인 설명이 필요한 부분에는 옮긴이 주를 달았습니다.

펠리시타 호가 곧 출발합니다

LE PREMIER JOUR DU RESTE DE MA VIE

비르지니 그리말디 소설
지연리 옮김

Chers lecteurs coréens,

Je suis très heureuse que Marie, Anne et Camille fassent escale chez vous. J'espère que vous aimerez voyager en leur compagnie. Chacune est à un moment de bascule dans sa vie, et leur rencontre changera leur rapport au monde.

C'est une grande émotion de savoir que ce roman va être lu si loin de l'endroit où il est né. Je vous souhaite une bonne lecture. Amicalement.

2025.1.

Virginie Grimaldi

사랑하는 한국 독자 여러분,

마리와 안 그리고 카미유가 여러분의 곁에 머물게 되어 무척 기쁩니다. 이들과의 여정이 즐거우시기를 바랍니다. 이 세 사람은 모두는 인생의 전환점에 서 있으며, 이 만남이 세상과의 관계를 바꾸는 계기가 될 것입니다.

제 소설이 태어난 곳에서 멀리 떨어진 한국에서도 읽히고 사랑받는다는 사실은 저에게 깊은 감동으로 다가옵니다. 즐겁게 읽어주시길 바랍니다. 감사합니다.

2025년 1월
비르지니 그리말디

어느 날 갑자기 내가 지금까지 믿어온 모든 삶의 이유가 사라져버린다면? '행복한 가정'이라는 삶의 기둥 하나를 지키기 위해 자신이 꿈꾸던 모든 것을 포기하고 살아온 '착한 여자' 마리는 아무리 애를 써도 결코 변하지 않을 남편의 무심함과 바람기를 더 이상 견딜 수 없게 된다. 그녀는 멋진 결별의 편지 한 장 달랑 남겨놓고, '고독 속의 세계 일주'라는 흥미로운 크루즈 여행 프로그램에 덜컥 참여한다. 단 한 번도 일탈이라고는 경험하지 못한 마리는 자기 안에 뜻밖의 경이로운 모험의 에너지가 숨겨져 있었음을 깨닫게 된다.

이 아름답고 흥미진진한 크루즈 여행 속에서 마리는 마침내 자신의 진짜 정체성을 깨닫게 된다. 누구나 한 번쯤 꿈꾸는, 나 홀로 크루즈를 타고 전 세계를 여행하는 로망을 실현하는 소설이라는 점도 흥미롭다. 그러나 정작 크루즈 여행보다 더 멋진 것은 마음의 여행이다. 주인공 마리가 자신이 그저 착하기만 한 여자가 아니라 용감한 여자, 멋진 엄마, 뛰어난 아티스트였음을 깨닫게 되는 마음의 여정을 따라가는 것이야말로 이 소설을 읽는 최고의 기쁨이다.

문득 '내 인생은 도대체 왜 이렇게 변화가 없는 걸까?'라는 생각 때문에 슬퍼진다면, 이 사랑스러운 책과 함께 멋진 여자 마리의 눈부신 모험 속으로 함께 여행을 떠날 수 있기를. 이 책을 통해 당신이 마침내 당당하게 인생의 주인공이 되어 '매일매일 행복할 권리'를 탈환할 수 있기를.

—정여울(『데미안 프로젝트』 저자, KBS 〈정여울의 도서관〉 진행자)

화려하고 재미있고 감동적인 이야기다. 읽는 동안 바닷바람을 맞는 것처럼 상쾌했다.

-니컬라 코닉(Nicola Cornick, 영국 소설가)

비르지니 그리말디가 직면한 한 가지 문제는 이 첫 소설이 너무 성공적이라는 것이다.

-아마존 프랑스

첫 장을 펼치자마자 이야기가 독자를 강렬하게 끌어당긴다.

-오페미닌(aufeminin.com)

그리말디는 여성의 마음을 사로잡는 법을 안다.

-〈엘르〉

엉뚱하면서도 감동적이다. 단번에 빠져든다!

-〈코스모폴리탄〉

신선하고 감동적이며 마음에 위안을 주는 책!

-줄리 레니에(Julie Reynié, 저널리스트), 〈비바(Biba)〉

할머니에게,
닫힌 나라의 할머니에게.

달콤했던 시간이 더는 없어도
지금은 별에 불을 밝힐 때
우리와 함께할 그 별에 불을 밝힐 때
행복의 향기는 세차게 내리는 빗줄기 아래 있고
가능성은 춤추는 법을 기억해내는 순간에 있지.
나이가 들면 알게 된다네.
이 모두를.

나의 할머니에게.
나의 어머니에게.
나의 자매에게.

차례

모든 것을 받아들이리라, 그러나 무관심은 제외하고

이 죽은 시간도 제외하고

색도 향기도 없이 지나간

지난날도 제외하고

단 한 번의 눈길에 10년을 바치고

성과 궁전을 낯선 기차역과 바꾸리라

안락한 모든 것을 한 조각의 모험과 바꾸고

확실한 모든 것을 열정과 바꾸리라

죽어 지낸 수많은 해는 한 줌 생명력과 맞바꾸고

열쇠를 찾아 모든 광기 어린 것들로 문을 열어가리라

가능한 한 많은 표를 사서 가능한 한 많은 곳을 여행하리라

어디로든 가서 풍경을 바꾸리라

부재한 이 시간과

거짓을 말하는 저 영혼을

울며 미소 짓는 저 영혼을

온갖 색으로 다시 칠하리라

- 장 자크 골드먼

프롤로그

"장담컨대, 그는 전혀 눈치채지 못할 거야."

마리가 혼잣말했다. 그녀는 스트레스를 받거나 흥분할 때마다 늘 그렇게 혼자서 중얼거리곤 했다.

둥근 볼에 재료를 넣고 휘저으며 재료들이 빙글빙글 도는 모습을 바라본다. 재료 준비는 거의 끝났고, 이제 오븐에 넣는 일만 남았다. 식탁이 차려졌다. 냉장고 가득 음료도 채워 넣었고, 풍선도 불어놓았다. 오랜 시간 상상해온 대로 그녀는 이른 아침부터 준비를 서둘렀다.

몇 달 전 저녁, TV에서 뉴스가 끝나고 이어서 상영될 영화를 기다리는 동안 남편 로돌프는 삶에 권태를 느낀다며 이렇게 말했었다.

"요즘 정말 지루해. 마흔 살도 안 됐는데 우린 벌써 늙은이처럼 살고 있잖아."

마리는 아무 대꾸 없이 낮은 탁자 위에 찻잔을 내려놓았다. 파란색 머그잔은 남편을 위한 것이었고 분홍색 머그잔은 그녀 자신을 위한 것이었다.

로돌프의 말에 대꾸하지는 않았지만 마리에게도 할 말은 있었다. 남편의 말은 옳지 않았다. 아내보다 TV 화면에 더 관심을 쏟은 것은 바로 그였다. 그녀에게 학교를 그만두고 전업주부가 될 것을 요구한 것도 그였다. 함께 외출할 시간이 없었던 것도 그였고, 함께 여름 휴가를 떠나지 않은 것도 그였다. 선심을 쓰듯 한 달에 한 번 의무적으로 잠자리를 가진 것도 그였지, 그녀가 아니었다. 더욱이 그는 이제 애인을 감추려는 노력조차 하지 않았다.

마리는 소파 위, 남편 옆자리에 앉아 뜨거운 액체를 후후 입으로 불어 식혔다. 그러고는 묘한 미소를 지어 보였다.

"여보, 오늘 저녁에는 멋진 파자마를 입었네."

오늘은 로돌프의 생일이다. 정확히 마흔 살이 되는. 마리는 남편을 위해 생의 마지막 날까지 기억될 놀라운 선물을 준비해두었다.

저녁 7시 30분. 로돌프는 사무실 문을 닫고 엘리베이터를 향해 걸어갔다. 그는 마리가 자신을 위해 깜짝 생일 파티를 준비했다는 사실을 이미 알고 있었다. 스무 살에도 했고, 서른 살에도 했던 그 행사가 마흔 살 생일에도 어김없이 반복될 것이었다.

마리는 늘 비밀을 지키려고 노력했지만 그녀에게는 그런 재능이 없었다. 로돌프는 며칠 전에도 욕실을 나오다가 마리가 전화에 대고 속삭이는 소리를 들었다.

"깜짝 이벤트야."

마리가 준비하는 그 깜짝 이벤트는 '깜짝' 놀랄 만큼 매번 똑같았다. 로돌프가 현관문을 열고 들어가면 맨 먼저 친구들이 "생일 축하해!" 하고 외쳤다. 그러면 그는 짐짓 놀라는 척하며 선물을 받았고, 친구들이 자신을 '늙은이'라고 불러도 웃어넘겼다. 그런 뒤에는 다 함께 맛없는 케이크를 먹고 샴페인을 마셨다. 그리고 그날 밤을 나타샤와 함께 보내지 않은 것을 후회하며 잠자리에 들었다. 나타샤가 아니라면 레아도 좋았다. 마리만 아니라면 어느 누구라도 상관없었다.

저녁 7시 30분. 마리는 가슴이 두근거렸다. 오랜만에 느껴보는 감정이었다. 모든 준비가 완벽한지 확인하기 위해 그녀는 집 안을 둘러보았다. 가구를 치운 거실에는 피자, 케이크, 토스트, 컵케이크, 동그란 등잔, 음료수가 놓인 식탁이 차려졌다. 조만간 초대된 사람들이 도착할 것이다. 로돌프도 정확히 25분 후면 나타날 것이다. 매일 저녁 그랬듯 저녁 뉴스 오프닝이 시작될 즈음에 말이다.

이제 남은 일은 몇 가지 세부적인 것들뿐이었다.

저녁 7시 50분. 로돌프는 집 앞에 승용차를 주차했다. 그리고 재미없는 생일 파티에 조금이라도 늦게 등장하기 위해 담배를 꺼내 불을 붙였다. 담배를 피우며 그는 어떻게 매일 이렇게 아무 기쁨 없는 삶 속으로 돌아올 수 있는지 자문했다. 파티도 마찬가지였다. 그는 생일 파티 그 자체가 싫었다.

담배를 문 앞 재떨이에 짓이겨 끈 다음, 그는 심호흡했다. 그리고 최대한 즐거운 표정을 지으며 현관 손잡이를 돌렸다.

"로돌프, 생일 축하해!"

모두 모여 있었다. 두 딸과 부모님, 대학 친구, 직장 동료, 카드놀이 친구, 그들의 아내와 아이들, 모두가 로돌프를 기쁘게 해주려고 목청껏 노래를 부르고 한 사람씩 돌아가며 축하 인사를 했다.

"마흔 살이 된 기분이 어때?"

"불혹의 나이가 되었군, 늙은 친구!"

"마흔 살처럼 보이진 않으니까 너무 걱정하지 마."

"아빠, 생신 축하드려요."

"내 선물부터 열어봐. 흰색 상자야."

"사랑한다, 아들! 40년 전에도 넌 우리의 기쁨이었어!"

"그런데 중년의 반란은 언제 할 거야?"

형이 포옹하러 다가왔을 때는 이미 열다섯 번이 넘는 입맞춤을 받은 후였다.

"로돌프, 테이블 위에 축하 카드가 있던데 열어봤어?"

형의 물음에 로돌프는 그제야 카드를 발견했다. 테이블 한가운데에 흰색 카드가 하나 놓여 있었다. 지금까지 받아본 수많은 카드와 다를 바 없는 단순한 모양이었다. 하지만 아니었다. 비록 그는 눈치채지 못했지만 그날의 카드는 이전 것들과는 전혀 다른 것이었다.

로돌프,
당신은 지루하지 않은 삶을 원했고, 여기 당신이 원하던 것이 있어.
나는 떠나.
생일 축하해!'

마리.

추신- 내가 나타샤, 이자벨, 제럴딘, 레아, 사빈느, 로르, 오렐리, 마졸렌느, 나디아를 초대했어. 물론 다른 여자들도 전부 다. 그녀들이 초를 가지고 밤 9시쯤 도착할 거야. 마흔 개가 맞는지 잘 세어봐…. 마흔 개의 초에 마흔 명의 여자가 동시에 불을 붙이다니! 당신은 정말 운 좋은 남자야.

1

마리는 생애 처음으로 비행기에 올랐다. 주치의가 진정제를 처방해주었으나 트랩을 오르는 동안에는 조금도 불안하지 않았다. 사실 아무 느낌이 없었다. 죄책감도 없었다. 어제저녁 넋 나간 얼굴로 거실 한가운데 서서 믿어왔던 아내가 떠나는 이유를 알아내기 위해 애쓰던 로돌프의 모습이 떠올랐다. 하지만 그 무엇도 그녀의 결심을 흔들어놓지는 못했다. 옳은 결정이었는지 잠시 의문이 들기는 했지만 그뿐이었다.

토요일이었다. 로돌프는 포커 게임을 하러 나갔고, 여느 주말처럼 대학에 다니는 쌍둥이 딸들이 집에 왔다. 마리와 두 딸은 TV를 틀어놓고 주방에 모여 먹을 음식을 준비했다. 그러는 동안 쥐스틴은 광고 대행사의 현장 실습이 어떤지 이야기했고, 릴리는 희곡 강의에 관해 말했다. 마리는 아이들의 이야기를 들으며 아이들의 웃음소리가 집 안을 채우는 순간의 기쁨을 누렸다. 그 시간은 일주일 중 그녀가 가장 좋아하는 시간이었다.

1년 전, 두 딸은 대학에 입학하며 집을 떠나 멀리 이사했다. 그 후 텅 빈 집처럼 마리의 가슴도 텅 비어버리고 말았다. 두 딸의 말다툼 소리와 웃음소리, 어질러진 아이들의 물건이 그녀에게는 권태로운 일상을 잠시나마 잊게 하는 삶의 활력소였기 때문이다. 하지만 쌍둥이의 이야기에 귀를 기울이며 생의 무력감에서 벗어나던 시간은 그들의 소지품 상자를 자동차에 실으며 막을 내렸다.

그날 먼저 무거운 주제의 이야기를 꺼낸 것은 쥐스틴이었다.

"엄마에게 할 말이 있어요. 절대 기분 나빠하지 않겠다고 약속해주세요."

마리는 최악의 상황에 대비해 식탁 의자에 앉았고 릴리가 와인을 건넸다.

"우린 엄마를 사랑해요. 그건 알고 계시죠? 물론 아빠도 사랑하고요. 하지만 우린 두 분이 함께 있는 모습은 좋아하지 않아요. 사실 더 보고 싶지도 않고요."

마리는 쥐스틴의 말에 놀랐다.

"정말이니? 너희들이 보기에도 그렇게 심각해 보여? 아빠와 엄마가 결혼한 지 40년은 된 사람들 같긴 해. 하지만 너무 걱정하지 말았으면 좋겠어. 다들 그렇게 살거든."

"세상 사람들이 전부 다 이렇게 산다고요? 진짜 그렇게 생각하세요?" 쥐스틴이 반문했다.

릴리도 한소리 거들었다.

"할아버지와 할머니는 엄마 아빠가 왜 같이 사는지 모르겠다고 하셨어요. 숙모도 그랬고요. 모렐 아줌마도요. 맥심의 엄마 말이에요. 기억하시죠? 그 아줌마는 엄마가 굉장히 불행해 보인다고 했어요."

"맥심의 엄마가?"

"네, 모두가 그렇게 생각해요. 그런데도 엄마 아빠는 왜 이혼하지 않으시는 거예요?"

마리는 잔에 담긴 와인을 단숨에 들이켰다. 그리고 대답할 거리를 찾았다. 하지만 어떤 변명도 할 수 없었다.

"아빠가 바람을 피웠어요. 혹시 엄마도 아세요? 쥐스틴이 아빠 뒤를 쫓았는데…."

"릴리, 그만해. 더 말하지 않아도 돼."

쥐스틴이 릴리의 말을 끊고 마리의 어깨를 감싸 안았다.

하지만 릴리는 고집을 꺾지 않았다.

"하지만 엄마도 아셔야 해요. 엄마 마음을 아프게 하고 싶지는 않지만요. 난 단지 엄마가 행복했으면 좋겠어요. 엄마는 할머니 세대보다 얼마든지 더 나은 삶을 살 수 있잖아요? 그런데 지금 엄마 모습을 좀 보세요!"

"고맙구나, 우리 딸들. 정말 착해."

마리의 미소에 눈물이 섞였다.

쥐스틴이 말했다.

"아빠가 없으면 엄마도 자신을 좀 더 돌볼 수 있을 거예요."

릴리가 TV 화면을 힐끗 쳐다보며 말했다.

"이제 거실로 가요. 시작하겠어요!"

두 딸과 이 대화를 나누기 전까지 마리는 로돌프를 떠날 생각을 한 번도 해본 적이 없었다. 한때나마 그를 열정적으로 사랑했기 때문이다.

로돌프를 처음 만났을 때 그는 이제 막 소년티를 벗어난 애송이였다. 록 가수 앞에서 여자들이 열광하며 기절하는 뉴스를 본 뒤로, 그는 록 그룹의 보컬이 되어 머리를 길게 기르고 턱에 난 솜털을 애지중지했다. 그리고 성대가 마비되기 직전까지 파란색 골루아즈(프랑스 담배 상표)를 피워댔다. 마리는 마리대로 반항적 기질이 다분했다. 칼로 구멍 낸 청바지를 입고 낡은 닥터 마틴을 신은 발로 페인트칠한 벽을 발길질했다. 로돌프와 마리는 너바나의 노래를 들으며 키스를 했고, 스콜피언스의 음악을 들으며 사랑을 나누었다. 그는 그녀에게 좋아하는 노랫말을 적어 바쳤고, 그녀는 나무둥치에 두 사람의 이름을 새겼다. 그는 자신의 팔찌를 선물했고, 그녀는 부모님께 그를 소개했다. 그는 그녀를 오베르뉴(프랑스 중부 화산 지대)에 데려갔고, 그녀는 그에게 "내 인생을 다 바쳐서 너를 사랑할 거야."라고 말했다. 두 사람은 같이 살 아파트를 얻었고, 곧이어 그녀가 아기를 가졌다. 임신한 그녀에게 그가 청혼했다. 이후 그녀는 학교를 중퇴했다. 그는 마이크를 내려놓았으며, 그것으로 결혼에 대한 환상도 끝이 났다.

마리는 유리창에 이마를 붙인 채 비행기가 조금씩 속도를 높이는 모습을 지켜보았다. 이윽고 비행기가 날아오르며 여행이 시작되었다. 마리는 혼자라는 사실에, 인생의 조종간을 쥔 사람이 그녀 자신이라는 사실에 예상치 못한 흥분감을 느꼈다. 그때였다. 60대로 보이는 옆 좌석의 여자가 마리의 허벅지를 움켜잡으며 힘겹게 입을 열었다.

"죽을 것 같아요. 좀 도와주세요."

마리가 물었다.

"괜찮으세요?"

"아니요. 전혀 괜찮지 않아요. 나를 이 비행기에서 좀 내려주세요."

"이런! 그건 안 돼요. 혹시 낙하산을 갖고 타셨으면 몰라도…."

"웃을 상황이 아니에요."

"죄송해요. 그저 긴장을 풀어드리고 싶었어요. 제게 진정제가 있는데 원하시면 한 알 드릴까요?"

여인은 떨리는 손으로 목에 건 카메오(돋을새김으로 인물 초상을 새긴 장신구) 펜던트를 꼭 쥐었다.

"부작용이 생길까 봐 이제껏 진정제 같은 건 먹어본 적이 없어요. 하지만 지금은 부작용이 있더라도 먹는 게 좋겠네요."

2

비행기가 착륙했다. 안은 아직 약 기운이 남아서인지 들떠 있다.

"정말 멋진 여행이었어요. 그렇지 않아요?"

마리는 책, 아이팟과 수첩을 가방 안에 넣었다. 쓸 일이 없었다. 집중할 수 없었기 때문이다. 진정제가 마리의 옆자리에 앉은 여자를 완전히 바꿔놓았다. 마리는 비행 내내 그녀가 멋진 구름, 환상적인 새, 맛있는 커피, 그리고 비행기의 화려한 날개에 대해 감탄하는 이야기를 듣고 있어야 했다. 안은 꽤 호감 가는 사람이었고 덕분에 시간이 더 빨리 지나간 것 같지만, 가끔은 그녀에게 약을 하나 더 건네서 모르페우스(그리스 신화에 나오는 꿈의 신)의 품으로 보내고 싶은 충동을 느끼기도 했다.

안은 미안한 표정으로 허벅지를 문질렀다. 마비가 온 듯 허벅지가 뻣뻣했다.

"약 고마웠어요."

"도움이 되었다니 다행이에요."

"미안해요. 실례를 범했어요. 마르세유(프랑스 남부, 지중해 연안의 오래된 항구도시)에는 휴가를 보내러 오셨나요?"

노부인의 물음에 마리가 짧게 대답했다.

"네."

"나도 그래요. 여기서 여객선을 타고 크루즈 여행을 떠날 거예요. 바다를 좋아하지는 않지만 어쨌든 석 달을 큰 여객선 안에서 보내기로 했어요. 어때요. 기발한 생각이죠?"

그녀의 말에 마리가 활짝 웃었다.

"우리 같은 곳에 가나 보군요!"

"정말요? 당신도 나처럼 여객선을 타고 '고독 속의 세계 일주'를 하는 거예요?"

"네, 미친 짓이죠. 그런데 참 신기하지 않아요? 여기서 여행 동료를 만나다니."

안이 맞장구쳤다.

"정말 그러네요. 재미있어요. 우연이란 참⋯."

"즐거운 여행 되세요! 어쩌면 배 위에서 다시 만나게 될지도 모르지만요."

"그쪽도 즐거운 여행 되세요. 그게 뭐든 배 위에서 당신이 찾는 걸 발견하게 되길 바라요."

마르세유 공항을 나서며 마리는 깊은숨을 들이마셨다. 공기는 파리와 별반 다를 바 없었지만 자유의 냄새 같은, 알 수 없는 무언가가 대기 중에 떠다니고 있었다.

마리는 본능적으로 가방 속에 손을 넣어 휴대전화를 찾았다. 쌍둥이들에게 첫 번째 도착지에 무사히 잘 도착했다고 말하고 싶었다. 그러나 몇 초 후, 휴대전화를 가지고 오지 않았다는 사실이 떠올랐다. 휴대전화가 있었다면 어디엔가 묶인 느낌이 들었을 것이고, 소식을 주고받아야 한다는 의무감에 사로잡혔을 것이다. 지금 당장은 연결을 끊는 게 좋을 것 같았다.

위급한 상황이면 딸들이 배로 소식을 보낼 것이고, 지금부터 마리가 해야 할 일은 다른 무엇이 아닌 잃어버린 그녀의 인생을 되찾는 것이었다. 그러기 위해서는 목적지를 정해야 했다.

마리가 요금제를 해지하기 위해 통신사에 전화를 걸었을 때, 전화 너머의 남자는 다른 통신사로 옮기려는 것이냐고 물었었다. 그제야 그녀는 이별을 실감하고 눈물을 쏟고 말았다.

택시 운전사는 남프랑스 억양이 섞인 북프랑스 말을 했다.

"짐이 정말 많네요."

그가 백미러로 마리를 흘끔거리며 말했다.

마리가 대답했다.

"아, 배를 타고 석 달 동안 여행을 할 거거든요."

"네? 석 달이나요? 진심이세요? 석 달 동안 배에서 뭘 하시려고요?"

"'고독 속의 세계 일주'요."

"그런 것도 있어요? 희한한 일이네요."

마리는 대답 대신 가만히 웃고는 이어폰을 귀에 꽂았다. 그런데 집중이 되지 않았다.

"좋아요. 설명해드리죠. 이제부터 저는 배를 타고 세계 일주를 할 거예요. 사람들이 오래전부터 해온 거라 새로울 건 없지만 100일간 배를 타고 일곱 개의 바다를 건너는 여행이에요. 그동안 여행객들은 다섯 개의 대륙을 지나고 서른 개가 넘는 나라를 방문할 거예요."

"우아, 근사하네요. 그런 여행을 한다니! 그런데 왜 고독 속의 여행이죠? 배 위에도 사람들이 있을 텐데, 고독과는 거리가 멀지 않나요?"

"그냥 주제가 좀 새로운 여행이라고 보시면 돼요. 다른 크루즈 여행과 약간 다르게 이 크루즈를 타고 여행을 떠나는 사람들은 누구나 예외 없이 혼자여야만 하거든요."

"아, 이제 알겠어요. 비슷한 걸 TV에서 봤어요. 결혼 중매 회사 같은 거죠? 그런데 그런 거라면 배를 타지 말고 중매 회사를 찾아가는 게 낫지 않나요?"

택시 기사는 말을 마치고 웃음을 터트렸다. 그녀도 택시 기사를 따라 웃었다.

"정확히 말하면 그것과 정반대예요. 이 여행은 혼자 있고 싶어 하는 사람들을 위한 것이니까요. 그래서 규정상 다른 승객과 커플이 되는 것도 금지되어 있어요."

"에이, 그런 게 어디 있어요? 그러느니 배에서 뛰어내려 상어 밥이 되는 게 낫겠어요."

"어쩌면요. 고독 속의 세계 일주가 사랑을 찾기에 적당한 여행은 아니니까요. 이런 경우 대부분은 자기 자신을 찾기 위해 여행을 떠나는 거죠."

"그래요? 그런데 손님이 왜 그런 여행을 해요? 아직 그럴 나이는 아닌 것 같은데. 얼굴도 아름다우시고."

"저런, 눈이 나쁘신가 보네요. 사실 얼마 전에 남편과 헤어졌어요. 그래서 나를 찾아 떠나는 여행이 필요했어요. 전부터 크루즈 여행을 해보고 싶기도 했고요. 물론 남편은 원하지 않았지만요. 그래서 여행사 창문에 붙은 안내 포스터를 그냥 지나칠 수가 없었어요."

"만약 새로운 사랑을 만나게 되면 어떻게 할 건데요?"

택시 기사가 앞에서 방해하는 차를 향해 요란한 경적을 울리며 물었다. 마리가 대답했다.

"그런 일은 없을 거예요. 사랑은 사랑에 빠질 준비가 되어 있는 사람에게 찾아오는 거니까요. 아쉽게도 저는 그런 준비가 아직 되어 있지 않아서요."

"오, 그건 우리가 결정할 수 있는 일이 아니에요. 사랑은 지진처럼 순식간에 일어나니까요. 그건 누구도 저항할 수 없죠."

"이 얘긴 그만하는 게 좋겠어요. 이러다가 성녀 도로테아(가톨릭의 전설적 순교자이자 성인)가 환생했다고 하실 테니까."

마리는 누구에게도 마음을 열고 싶지 않았다. 누군가에게 마음을 내주었지만, 상대는 망가진 상태로 돌려주었다. 그러니 다른 누군가를 사랑하는 일 따위는 이제 일어나지 않을 것이다. 사람들은 자신의 감정에만 충실할 뿐 타인의 감정에는 주의를 기울이지 않는다. 마리는 그렇게 결론을 내렸고 마음은 버블랩으로 포장해서 안전하게 넣어두었다. 행복하기 위해 꼭 두 사람일 필요는 없으니까. 그녀의 삶이 이미 그 사실을 잘 증명해 보였다. 그렇다. 행복은 둘일 때만 얻을 수 있는 게 아니다. 그리고 인생에는 사랑보다 더 중요한 일이 있다.

"저길 보세요. 노란색 굴뚝! 손님이 타실 배가 저기 있어요."

택시 기사가 정적을 깼다.

앞으로 100일 동안 이어질 여행을 상상하자 마리의 가슴이 두근거렸다.

3

"안녕하세요, 부인. 제 이름은 아르놀드입니다. 표를 보여주시겠습니까?"

흰색 유니폼을 입은 남자가 여객선 입구에 서 있었다. 표를 꺼내며 마리는 문득 자신이 작게 느껴졌다. 거대한 타이타닉 호에 처음 오르던 로즈도 분명 같은 기분이었을 듯싶었다. 제발 그녀와 같은 운명을 겪지 않기를….

"578호실은 갑판 A에 있습니다. 펠리시타 호에 탑승하신 것을 환영합니다, 데샹 부인!"

여객선 내부는 매우 웅장했다. 마리의 취향을 기준으로 점수를 매긴다면 라스베이거스처럼 지나치게 화려한 느낌도 들었다. 하지만 환경을 변화시킬 무대로는 완벽했다. 대리석 바닥, 금박 장식, 반짝이는 크리스털, 현기증이 일 만큼 높은 유리 엘리베이터, 색색의 카펫, 곳곳에서 흘러드는 빛. 모든 게 여행객들을 다른 세상으로 데려가기 위해 존재하는 것이었다.

결혼 후 마리의 휴가는 오베르뉴의 가족 별장에서 보낸 것이 전부였다. 20년 동안 어김없이 매년 8월 1일이 되면 그녀의 가족은 미니밴에 짐을 잔뜩 싣고 더위와 북적이는 피서 차량 행렬을 피해 한밤중에 길을 나섰다. 그리고 떠난 길을 반대로 되짚어 올 때까지 약 2주를 로돌프의 형 집에서 시댁 식구들과 함께 보냈다. 그러한 시간 속에서 마리는 항상 세상의 다른 곳들을 탐험하고 싶어 했고, 낯선 여행지에서 경험할 수많은 모험을 상상하면 가슴이 두근거렸다.

한번은 꿈만 같은 기회가 찾아온 적도 있었다. 슈퍼마켓 경품 행사에서 놀랍게도 멕시코 여행에 당첨되었던 것이다. 마리는 아직도 로돌프에게 깜짝 선물을 주기 위해 식탁 위 그의 냅킨 아래 비행기 티켓을 숨겨놓았던 그때 그가 어떻게 반응했는지 생생히 기억하고 있다.

"비행기 티켓을 좋은 가격에 팔 수 있을 거야. 얼른 경매 사이트에 올려봐."

"우리가 갈 수도 있잖아."

마리가 간곡히 말했다.

"거기 가면 볼 것도 많고, 해변은 천국 같대. 우리 둘이 그곳에 있으면 정말 좋을 거야. 상상이 돼?"

그녀의 말에 로돌프는 이렇게 대답했다.

"언제 간다는 건데? 이 불쌍한 마누라야. 내가 얼마나 바쁜지 알기나 해?"

"그럼 8월에 가면 안 될까? 이번 한 번만 오베르뉴에 가지 않으면 되잖아."

"웃기는 소리 하고 있네!"

그는 티켓을 바닥에 던지며 말했다.

"형이 가족 별장의 수영장을 새로 만들었다는데, 너는 그걸 즐기고 싶지도 않다는 거야? 우리 형이 싫으면 싫다고 솔직히 말해!"

마리는 애원했다.

"한 번도 다른 곳으로 여행을 간 적이 없잖아. 게다가 당신도 알 거야. 내가 이런 여행을 얼마나 꿈꿔왔는지. 비행기 공포증 때문이면 내가 다른 방법을 찾아볼게."

"헛소리 집어치워. 이건 그거랑 아무 상관이 없어. 내가 비행기 타는 걸 무서워한다고 누구한테든 떠들기만 해봐. 가만두지 않을 테니까. 나를 바보로 만들지 말란 얘기야. 비행기 티켓이나 잘 챙겨. 그리고 두 번 다시 이 얘기는 꺼내지 마."

마리는 그의 말대로 비행기 티켓을 잘 챙겼다. 그리고 인터넷에서 좋은 가격에 팔았다. 로돌프는 그 돈으로 평면 TV를 사서 오베르뉴의 별장에 두라고 형에게 선물했고 자동차 타이어를 새것으로 교체했다. 마리는 남편이 쓰고 남은 돈으로 새로운 수집품을 사 모았다. 한 번도 떠나보지 못한 장소에 관한 여행 DVD가 그것이었다.

여객선에서 엘리베이터를 기다리며 마리는 석 달 동안 묵을 방이 빨리 보고 싶어 조바심을 냈다. 열다섯 살로 돌아간 것처럼, 부모의 통제를 벗어난 소녀가 된 기분이었다. 주변의 다른 사람들도 같은 흥분감에 사로잡혀 있는 듯했다. 인파가 붐볐다. 안내 책자에 따르면 각양각색의 국적을 가진 천여 명의 사람이 배에 오를 예정이었다.

젊은 사람들과 조금 덜 젊은 사람들, 그리고 더는 젊지 않은 사람들, 웃는 사람들, 흥분한 사람들, 분주하게 오가는 사람들, 길을 잃은 사람들, 옷을 빼입은 사람들, 무표정한 사람들, 수다스러운 사람들, 넋 나간 사람들, 긴장한 사람들…. 모든 면에서 다른 수많은 종류의 사람들이 여객선 내부를 가득 채웠다.

하지만 그런 그들에게도 한 가지 공통점은 있었다. 그것은 모두가 혼자라는 점이었다. 배에 탄 사람은 대부분 이혼했거나, 연인과 헤어졌거나, 미망인이거나, 아내를 잃었거나, 삶에 좌절한 사람들일 것이다. 말하자면 마리처럼 인생 항로에서 난파당한 사람 말이다. 마리는 지금부터 한 공간에서 생활할 이들이 자신과 같은 처지라는 생각이 들자 마음이 놓였다. 그리고 자신처럼 고독한 사람들에 둘러싸여 있다는 사실이 안정감을 주었다. 남편과 함께 있을 때 느끼던 감정과는 반대였다.

엘리베이터 문이 열리자 갑판 A에서 내려야 할 승객들이 파도처럼 한 무더기 쏟아져 나왔다. 그때였다. 익숙한 목소리가 들려왔다.

"오, 이런! 어디로 가야 하지?"

기내에서 만난 안이었다. 그녀는 어느 방향으로 가야 할지 몰라 두리번거리고 있었다.

"안, 안녕하셨어요?"

"마리! 여기서 다시 만나다니! 얼마나 기쁜지 모르겠어요. 사람이 너무 많아서 그만 길을 잃었어요. 숨도 잘 안 쉬어지는 게 이상해요."

안이 마리의 팔에 매달리며 말했다.

마리가 물었다.

"몇 호실이세요?"

"523호인데 사람들이 여기가 아니라네요. 어쩜 배가 이렇게 넓어요? 커도 너무 커요. 길을 못 찾겠어요."

마리는 배치도를 보며 지정된 방으로 안을 데려다주었다.

"저기가 제 방이에요. 필요한 게 있으면 언제든 찾아오세요."

"친절도 해라. 고마워요. 저, 그런데 혹시, 시간을 빼앗고 싶진 않지만…."

"네?"

"저녁을 같이 먹을 수 있을까요? 보다시피 알아야 할 건 많은데 완전히 얼이 빠져서요."

"좋아요. 그러죠, 뭐. 그럼 잠깐만 기다려주시겠어요? 식사 전에 할 일이 있어요."

이후 마리는 안과 잠시 헤어졌다.

578호는 사진으로 본 것보다 훨씬 넓었다. 마리는 방이 마음에 들었다. 두꺼운 파란색 이불이 덮인 더블 침대, 흰색 책상과 의자, 2인용 소파, 옷장, TV와 TV 받침대, 침대 옆 협탁, 협탁 위 램프, 욕실, 작은 냉장고, 타시모 커피 머신, 그리고 최고의 사치로 여겨지는 유리로 된 발코니. 발코니에는 선베드 하나, 테이블 하나, 의자 두 개가 자리하고 있었다. 이 객실은 적지 않은 추가 비용이 들었지만 마리의 저축 계좌가 충분히 감당할 수 있는 금액이었다.

쌍둥이 딸 릴리와 쥐스틴이 태어났을 때, 로돌프는 마리에게 가정에 전념하라고 제안했다. 처음 몇 년 동안은 그녀도 행복했다. 나날이 성장하는 두 딸의 모습을 바라보는 것만으로도 행복했고, 그런 행복을 누리고 있는 자신에게 특권이 부여된 듯 여겨졌다. 그러나 아이들이 자라 학교에 입학하자 마리의 일상은 권태로 채워졌다. 마리는 그 시간을 극복하기 위해 신문의 구인란을 뒤지고, 중퇴한 대학을 다시 다니기 위해 정보를 수집했다.

하지만 로돌프는 그런 마리를 지지하지 않았다. 자기 일을 하려는 그녀의 뜻을 매번 뭉개버렸다. 방법도 여러 가지였다. "당신이라면 더 나은 곳에서 일할 수 있어."라며 아첨하거나 "아이들을 놀이방에 맡길 거야?"라는 말로 죄책감을 심어주는가 하면 "당신은 대학 졸업장도 없잖아. 이 불쌍한 양반아."라고 말하며 모욕감을 안겼다. 그의 이런 시도들은 잠시 동안 마리의 의지를 꺾는 데 효과가 있었지만 그래도 그녀는 포기하지 않았다. 그러자 로돌프는 마지막으로 꺼낸 논리로 그녀의 저항을 무력화했다.

"돈이 필요해서 그런 거면 매달 당신 계좌에 돈을 넣어줄게. 너무 심심한 게 문제라면 그 돈으로 뭔가를 해보면 되잖아."

마리는 남편이 송금한 돈에 한 번도 손을 대지 않았다. 덕분에 통장

잔액이 다달이 늘어났다. 로돌프는 종종 그것을 문제 삼았다. 돈을 쓰는 것에도 관심이 없냐며, 절대 다른 사람들에게 남편이 돈도 안 준다는 소리는 떠들고 다니지 말라고 경고했다. 하지만 상황이 달라졌다. 여객선에 오른 지금의 마리는 돈을 제대로 쓰는 게 어떤 것인지 잘 알았다. 그리고 그런 자신이 자랑스러웠다.

누군가 문을 두드렸다. 승무원이 여행 가방을 객실로 가져다주러 온 것이었다. 마리는 초록색 가방을 들어 침대 위에 올렸다. 그리고 지퍼를 열어 몇 가지 필요한 물건을 꺼내고는 발코니로 나가 의자에 앉았다. 12월 말이지만 날씨가 온화했다.

여객선이 항구를 떠나며 마침내 풍경이 움직였다. 마리는 숨을 크게 들이마신 후 이어폰을 귀에 꽂고 장 자크 골드먼(그래미 어워드를 수상한 프랑스 최고의 가수)의 노래를 재생했다. 그녀는 무릎 위에 털실뭉치를 올려놓고 뜨개바늘을 움직이며 미소를 지었다.

4

"마리, 그렇게 입으니까 다른 사람 같아요! 못 알아볼 뻔했어요."

마리는 안의 말에 약간 어색해하며 웃어 넘겼다.

"배에서 이렇게 입는 게 맞는지 모르겠어요. 안, 당신도 멋지세요."

마리는 검정 바지와 초록색 스웨터로 옷차림을 바꾸고, 마스카라를 하고, 머리를 하나로 묶었다. 안은 오전에 본 원피스 차림이었는데 색이 달랐다.

마리가 물었다.

"핸드백을 가지고 가시게요? 여기서는 돈을 들고 다닐 필요가 없어요. 펠리시타 카드 하나면 되니까요."

"알아요. 그런데 이 안에 휴대전화가 있어서요. 기다리는 전화가 있거든요."

"아, 몰랐어요. 참, 저녁은 어디서 먹을까요?"

안은 어깨를 으쓱해 보였다.

"잘 모르겠어요. 배가 너무 커서 정신이 하나도 없는걸요. 식당도 너무 많고요."

다행히 마리는 정신이 있었다. 안내 책자를 꼼꼼히 읽은 덕에 여객선 안에 어떤 시설이 있는지, 지켜야 할 규정은 무엇인지 누구보다도 잘 알았다. 지금까지 마리의 삶은 미지의 세계나 놀라움과는 거리가 멀었다. 하지만 이제는 아니었고, 어느덧 그녀는 오랜 습관에 힘입어 필요한 것들을 미리미리 챙길 줄 아는 주도면밀한 사람이 되어 있었다. 배 안에는 다섯 개의 레스토랑과 슈퍼마켓 하나, 영화관 하나가 있었다. 옷 가게도 몇 개 있었고 도서관과 미용실, 수영장도 여행객들의 편의를 위해 마련되어 있었다. 그 외에도 마리는 옷장 속에 여분의 침구가 있다는 사실과 객실 내에 안내소로 직결되는 전화가 있다는 사실도 알았다. 다국어를 구사하는 의료팀이 상주하고 있으며, 심지어 영안실까지 있다는 것을 알고 있다. 그뿐만 아니라 항해 일정은 물론 주요 승무원들의 얼굴과 항해 시간, 다섯 레스토랑의 메뉴까지 꿰뚫고 있었다.

"스페인 식당이 좋을 것 같아요. 거기 파에야가 아주 맛있다고 들었어요."

"오, 좋은 생각이에요. 거기로 가요. 정말 오랜만에 스페인 음식을 먹어보겠네요. 상그리아도 있겠죠? 완벽해요."

마리와 안은 커다란 공용 테이블에 나란히 앉아 여객선 안에서의 첫 번째 저녁을 보냈다. 마주 앉아 홍합껍데기와 새우 껍질을 까다 보니 어느덧 두 사람 사이에 친밀감이 형성되었다. 다른 여행객과의 대화는 불가능해 보였다. 뒤쪽 테이블에서는 독일어가 들려왔고, 오른쪽 테이블에서는 영어가 들려왔으며, 조금 멀리 떨어진 한 테이블에서는 이탈리아어가 들려온 까닭이었다. 아니, 확실치는 않았다. 하지만 이탈리아어 아니면 스페인어가 분명했다. 마리는 늘 그 두 언어가 헷갈렸다.

학교에서 이탈리아어를 배우기는 했다. 하지만 그것도 여덟 살 때로 까마득한 옛날이었다. 그 무렵 마리는 부모님과 이탈리아로 며칠간 캠핑을 하러 간 적이 있었다. 어린 마리는 새로운 문화를 접하고 신이 날 대로 나서 공책의 96페이지나 되는 분량을 깨알 같은 글씨로 가득 채웠다. 앞으로 여행을 많이 하겠다고 자기 자신과 약속한 것도 그때였다. 결국 지켜지지 못한 약속이 되었지만 그렇다고 그 약속을 잊고 산 것은 아니었다. 그녀가 소장한 수많은 여행 DVD가 그것을 증명하고 있었다.

"프랑스 분들이세요?"

안 옆에 앉아 있던 멋진 흑발의 여성이 새우 머리를 소리 내어 빨아 들이며 물었다.

"프랑스어를 들으니 너무 좋네요! 배에 외국인밖에 없는 줄 알았거든요. 게다가 노인들 천지잖아요. 아무도 프랑스어를 할 줄 몰랐다면 난 아마 세상 끝에 떨어진 기분이 들었을 거예요. 만나서 반가워요. 내 이름은 카미유예요."

"아, 나는 늙는 게 무서운 프랑스 사람이에요."

"하하, 어쨌든 잘됐어요. 저는 외로움을 잘 못 견디거든요."

그러자 마리가 한쪽 눈썹을 치켜올렸다.

"그럼 크루즈를 잘못 고르신 거 아닌가요?"

"아니요. 이 배가 맞아요. 하지만 고독이라든가 뭐 그런 콘셉트를 제대로 이해하고 탄 건 아니에요. 안내 책자를 읽지 않았거든요. 그냥 세계 여행을 해야만 했는데 내가 원하는 날짜에 출항하는 배가 이 배밖에 없었어요."

"여행을 꼭 해야만 했다고요? 왜요?"

안이 물었다.

카미유가 닭고기 한 조각을 덥석 베어 물며 대답했다.

"더는 헉헉대며 살기 싫었으니까요. 일, 남자친구들, 세금 명세서…. 아직 스물다섯 살밖에 안 먹었는데 완전히 녹초가 됐다고나 할까요? 그래서 휴가를 내고 새로운 도전을 하기로 마음먹었어요. 하하, 무슨 도전인지 궁금하시죠? 이건 비밀인데요. 도착하는 나라마다 만나는 남자들을 유혹할 생각이에요."

카미유의 말에 옆 테이블에 앉아 있던 회색 머리의 중년 남자의 입에서 소시지 조각이 튀어나왔다.

"전 세계 남자들을 유혹한다고요?"

안이 한 단어씩 힘주어 물었다.

"못 할 것도 없죠. 물론 만나는 남자들과 매번 잠자리를 같이하겠다는 의미는 아니에요. 끝내주는 남자가 나타나면 그럴 수도 있겠지만 그저 그런 남자는 대화만으로도 충분하죠."

회색 머리의 남자가 더욱 놀란 표정으로 마리 일행을 향해 고개를 돌렸다.

마리가 빈 잔에 상그리아를 채웠다.

"직업이 뭔지 물어봐도 돼요?"

"파리의 한 투자은행에서 자산관리사로 일하고 있어요. 돈 많은 사람들만 상대로요. 깜짝 놀라셨죠? 제 얼굴이 그런 일을 하게 생기진 않았잖아요!"

카미유의 말에 마리는 입안에 든 상그리아를 하마터면 뿜을 뻔했다. 안은 고개를 저으며 킥킥 웃었다. 카미유가 두 여자를 따라 웃으며 잔을 높이 치켜들었다.

"지금부터 시작될 우리의 멋진 세계 일주를 위해 건배!"

"멋진 여행을 위해 건배!"

그날 밤, 세 여자는 객실에서 가져온 추가 담요로 몸을 감싸고 최고층 갑판에 앉아 대화를 나누며 긴 시간을 함께했다. 카미유는 남자들을 유혹할 야심 찬 계획에 관해 자세히 설명했고, 안은 멀미가 시작된 건 아닐까 걱정했으며, 마리는 남편의 생일에 그녀가 준비한 깜짝 이벤트에 관한 이야기를 했다.

마리는 머리 위에 뜬 별을 보고 자기가 지금 어디에 있는지를 실감했다. 그녀는 여객선 안에 있었고, 그녀가 탄 배는 지중해 한가운데를 항해하고 있었다. 그리고 곁에는 불안감에 휩싸인 60대 여성과 20대 님포매니악이 함께하고 있었다.

그 시각, 그 자리에서 마리는 두려움을 느낄 수도 있었다. 죄책감에 빠져 허우적거릴 수도 있었다. 후회할 수도 있었고, 여행을 취소하고 아무 일 없었다는 듯 집으로 돌아갈 수도 있었다. 하지만 그러지 않았다. 그녀는 새로운 삶을 선택했고, 오랜만에 느껴보는 감정, 바로 자부심에 자신을 맡기기로 했다.

그리고 그때 안이 울기 시작했다.

5

지난밤 마리는 술을 너무 많이 마셨다. 담배도 너무 많이 피웠다. 비흡연자인 그녀에게 두 개비 반은 과했다. 아침 7시, 누군가가 조용히 문을 두드렸다. 카미유, 안과 저녁 시간을 보내고 잠자리에 든 후 정확히 다섯 시간이 지나서였다.

마리는 담요를 걷고 일어나 앉아 있었다. 몇 년 만에 푹 잔 것 같았다. 아마도 크루즈의 미묘한 흔들림 덕분일 것이다. 그리고 아직 남아 있는 자유로운 기분 덕분일 수도 있다.

그녀는 가운을 걸치고 문을 열었다. 안이 문 앞에 서 있었다. 눈은 퉁퉁 부어 있었고, 얼굴에는 슬픔이 가득했다.

"마리, 잘 잤어요? 괜한 오해를 사고 싶지 않아서 하는 말인데 난 원래 아무한테나 감정을 털어놓는 사람이 아니에요."

"잠옷 바람이지만 들어오세요."

안이 마리의 객실 안으로 들어와 소파에 몸을 기댔다. 마리는 침대 끝에 앉아 그녀와 마주했다.

"밤새 한숨도 못 잤어요. 내가 너무 큰 실수를 한 것 같아서요. 내가 내 인생을 완전히 망친 것 같아요…."

안이 한숨을 내쉬며 말했다.

"그래서 어제저녁에 우신 거예요?"

"네. 어제는 어떻게든 설명하기가 어려웠어요. 하지만 지금은 말할 수 있을 것 같아요. 그래서 들어줄 사람이 필요해요. 혼자서는 감당하기가 힘들거든요. 잠시 시간을 내줄 수 있겠어요?"

"물론이에요. 오렌지 주스 좀 드릴까요?"

안은 손수건을 만지작거리며 마리에게 주스를 부탁했다. 그녀는 예순두 살이었고 도미니크라는 남자와 40년을 함께 살았다. 서로에 대한 사랑이 깊은 관계로 아이도 갖지 않았다.

"우린 우리 두 사람으로 충분했어요. 아이를 갖는 게 지나친 욕심 같았죠."

안은 도미니크와의 조화로운 관계가 영원히 지속되리라 믿었다. 두 사람은 서로에게 마음의 상처를 주지 않았고, 장애물이 생기면 대화의 힘으로 이겨냈다. 그런 그들의 사랑은 주변 사람들에게 좋은 본보기가 되었다. 그들도 이 세상에서 서로를 발견하게 된 것을 큰 행운으로 여겼다. 함께 있는 것만으로도 행복한 까닭이었다.

그런데 몇 달 전부터 도미니크의 태도가 변했다. 밝고 다정했던 그가 우울한 사람이 되어버린 것이다. 경쟁 업체가 회사의 주요 고객을 가로채서 큰 손해를 입은 탓이었다. 그는 서둘러 문제를 해결하지 않으면 직원들을 해고해야만 하는 상황에 놓여 있었다.

그 이후로 도미니크는 밤낮없이 일에 몰두했다. 그리고 그것이 갈등의 원인이 되었다. 그는 안이 깨기 전에 일어나 항상 샤워를 마쳤고, 안이 침대에서 나오기 전에 살금살금 문을 닫고 아파트를 빠져나갔다. 온종일 회사에서 시간을 보내고 안이 잠든 새벽녘에야 돌아와 곤히 자는 그녀가 깨지 않도록 조용히 옆에 누웠다. 매우 드물었지만 이따금 잠들지 않은 그녀와 마주치기는 했다. 하지만 그런 순간에도 그의 정신은 다른 곳에 가 있었다. 그리고 이렇게 도미니크가 혼자서 불안한 시간을 견디는 동안 안은 침묵으로 변한 삶에 지독한 외로움을 느꼈다.

"난 두려웠어요. 전에는 퇴직할 날이 머지않은 게 좋았어요. 그래서 어서 그날이 오기를 기다렸어요. 하지만 지금은 퇴직이 기다려지지 않아요. 적어도 일하는 시간만큼은 외롭지 않으니까요. 지금은 뭘 위해 살아야 할지 모르겠어요. 혼자서 외롭게 보낼 날들을 위해? 너무 슬퍼요. 내게 이런 일이 일어날 줄은 정말 몰랐어요. 절대 일어날 수 없는 일이라 믿었거든요. 그래서 도미니크와 다투기 시작했어요."

먼저 대화를 시도한 것은 안이었다. 두 사람에게 대화는 늘 안정적인 관계를 유지하는 데 필요한 처방전 같은 것이었다. 안은 먼저 도미니크의 부재가 가져다준 고독감을 설명했다. 그리고 직장 동료들과 일하며 외로움을 견디려 했던 자신의 노력과 고충을 털어놓았다. 처음에는 그도 안을 이해하는 듯했다. 한동안은 노력하는 모습을 보이기도 했다. 하지만 전부 오래가지는 않았다.

그러던 어느 날 저녁의 일이다. 안은 깊은 상실감에 빠져 있었다. 자신의 인생에서 가장 중요한 사람이 갑자기 사라진 느낌이었다. 그런데 자정이 되어도 기다리던 남자가 돌아오지 않자 그녀는 곧바로 도미니크의 소지품을 가방에 넣고는 현관 밖에 내놓았다. 그런 다음 문을 잠그고 침실로 돌아왔다.

"꼭 그래야만 하셨어요?"

마리가 놀란 얼굴로 물었다.

"난 그냥 내가 얼마나 힘든지 보여주고 싶었어요. 도미니크가 가방을 들고 그대로 집을 나갈 줄은 정말 몰랐어요. 벨을 누르거나 전화라도 걸 줄 알았거든요."

하지만 도미니크는 그러지 않았다. 가방을 들고 그 길로 집을 나갔다. 그리고 안의 삶에서 완벽하게 사라졌다. 안은 도미니크에게 수백 번도 넘게 전화를 걸었다. 수많은 메시지를 남겼고, 사무실 앞에서 여러 날을 기다리기도 했다. 하지만 그는 일주일이 지나서야 응답했다.

그는 실망했다고 말했다. 그는 처음으로 안의 지지가 필요로 했지만, 그녀는 그 곁에 있어주지 않았다고. 게다가 그동안 안이 결혼하자는 그의 요청을 번번이 거절했던 것도 마음을 멀어지게 했다. 그는 더 이상 안을 믿을 수 없었고, 자신에게 시간이 필요하다며 관계에 휴식이 필요하다고 했다.

"그 사람이 옳았어요. 내가 그에게 못 할 짓을 했죠. 도미니크가 결혼하자고 처음 말했을 때 허락했어야만 했어요. 그런데 난 결혼은 하고 싶지 않았어요. 그런 건 필요 없다고 생각했어요. 아니, 오히려 결혼이 우리 둘 사이를 갈라놓을까 봐 두려웠어요."

"그가 다시 돌아오지 않은 거예요?"

"잠깐만요. 아직 내 얘기가 끝나지 않았어요!"

도미니크가 곁에 없는 동안 안의 성격은 점점 더 어두워졌다. 그 없이 무엇을 해야 할지 알 수 없었고, 무엇보다 아무것도 하고 싶지 않았다. 미래도 불투명해졌다. 어긋나버린 관계와 미래에 대한 두려움이 겹치자 안은 눈에 띄게 암울해졌고, 인생을 통틀어 가장 어리석은 실수를 하기에 이르렀다.

직장 동료들과 술을 마시며 대화를 나눈 날이었다. 그 자리에는 IT 엔지니어 장 마크도 함께 있었는데, 그는 늘 안에게 큰 위로가 된 친구였다. 안은 그를 무척 신뢰했다. 안은 그에게 속마음을 털어놓았고, 그는 그녀의 이야기를 들어주며 다정한 위로의 말을 건넸다. 팔을 부드럽게 쓰다듬으며 그녀의 눈물을 닦아주기도 했다. 그러니까 직장 동료들과 술을 마신 날 밤, 그녀는 장 마크의 방에서 그와 함께 있었다. 그녀가 정신을 차렸을 때, 안은 그의 몸 위에 올라타 있었다. 그가 콘돔 포장을 찢는 순간, 그녀는 그제야 상황을 깨달았다. 안은 급히 자리에서 일어나 자신의 물건을 챙기고, 옷도 제대로 챙겨 입지 않은 채 방을 뛰쳐나왔다.

"그래도 결국 참았잖아요. 잘한 거예요."

마리가 위로했다.

"하지만 도미니크는 그렇게 생각하지 않았어요."

"아, 젠장."

"그러게 말이에요."

그로부터 몇 주 후, 도미니크는 자신이 안을 그리워하고 있다는 사실을 깨달았다. 그래서 두 사람이 평소 가장 좋아하던 식당으로 안을 초대했다. 안은 너무도 기뻐했고, 도미니크에게 거짓말을 하지 말아야 한다는 생각에 장 마크와의 일을 고백했다. 끝까지 간 건 아니었으니 그가 이해할 거라고 믿은 것이다.

그러나 불행히도 도미니크는 그녀의 상상과 다른 반응을 보였다. 그는 단 한마디도 하지 않고 그녀를 떠나버렸고, 안은 결국 도미니크 대신 도라드 로얄(광어구이)과 단둘이 저녁 식사를 마쳤다.

"일주일 뒤에 도미니크가 집에 남은 짐을 모두 가지러 왔어요. 뚝딱! 40년간의 삶이 그렇게 이사 트럭 한 대에 실려 떠나버린 거예요. 그래도 난 그가 돌아올 줄 알았어요. 그래서 이삿짐 차가 길모퉁이를 돌 때까지 기다렸어요. 하지만 보이는 건 개미처럼 작아진 그의 뒷모습뿐이었죠. 그게 내가 본 도미니크의 마지막 모습이었어요."

"자초지종을 조금 더 들려주지 그러셨어요?"

안은 모든 시도를 했다. 편지를 쓰고, 문자를 보내고, 예고도 없이 찾아가 애원하고, 기도하고, 약속하고, 심지어는 예약이 몇 달씩 차 있는 점성가를 찾아가 원격으로 그의 마음에 영향을 주려고도 했다. 하지만 어떤 것도 통하지 않았다. 도미니크는 그녀를 자신의 삶에서 완전히 삭제한 것 같았다. 크루즈 여행은 그녀가 선택한 마지막 기회였다.

안은 도미니크에게 메시지를 보내 자신이 떠난다는 사실을 알렸다. '나는 떠나. 영원히.'라는 말을 남기고 그의 반응을 기다렸다. 그녀를 사랑한다면 걱정하며 메시지의 의미를 물었을 테고, 혼자 떠나게 내버려두지는 않았을 테니까. 안은 전화를 기다리며 한순간도 손에서 휴대전화를 놓지 않았다. 하지만 전화는 끝내 오지 않았다.

"이제 다 끝났어요. 난 그를 잃었어요."

안이 한숨을 내쉬었다.

마리가 말했다.

"듣는 저도 마음이 아프네요. 하지만 곧 괜찮아질 거예요. 제가 보기에 안은 강한 사람 같거든요."

"그러고 싶지 않아요. 내가 바라는 건 그가 돌아오는 거예요. 우리 사랑을 이대로 끝낼 수는 없어요."

마리가 안에게 휴지를 건넸다. 그리고 이렇게 말했다.

"잠깐만요. 저한테 좋은 생각이 하나 있어요. 이게 어떤 변화를 가져올지는 모르겠지만…."

6

버스는 만원이었다. 여행객들은 노란색 의자에 앉아 카메라를 목에 걸고 버스가 출발하기를 기다렸다. 첫 기항지는 바르셀로나였다.

"사람이 너무 많아요! 숨이 막힐 것 같아요. 차라리 스파를 하러 가는 게 낫지 않겠어요?"

안이 손수건으로 이마를 두드리며 말했다. 혼자였다면 분명 객실에 남아 조용한 하루를 보냈을 것이다. 군중 속에 있으면 불안도가 더 높아진다. 하지만 도미니크와의 관계가 회복될지도 모른다는 마리의 말을 믿어보기로 했다. 계획은 그날 오후에 실행할 예정이었다. 자유롭고 활기 넘치는 지중해 연안의 항구도시에서 말이다.

카미유가 합류했다. 카탈로니아(이베리아 반도 동북부 지역)의 중심지는 남자 사냥을 시작하기에 안성맞춤인 곳이었다. 그녀는 언제나 라틴 남자에게 매력을 느꼈다.

"이런, 여기 자리들이 전부 떨어져 있네요. 따로따로 앉아서 가야 한다니."

버스에 오르며 카미유가 불평했다.

"버스에서 내리면 그때 다시 만나면 되죠."

마리가 카미유를 다독였다.

여행이 시작된 이래로 마리는 한동안 자신만의 시간을 갖지 못했다. 그래서 잠시 혼자 있는 시간을 가져도 나쁘지 않겠다는 생각이 들었다. 젊을 때 마리는 고독을 싫어했다. 늘 사람들 사이에 있어야 안심이 되었다. 하지만 점차 고독을 견뎌야 하는 상황에 처하게 되었고, 결국에는 고독이 그녀의 동반자가 되었다. 마모된 습관은 그렇게 제2의 천

성이 되었다.

마리는 빈 의자를 찾아 버스 안을 두리번거렸다. 세 번째 줄 창가에
빈 좌석이 하나 있었다. 통로 쪽 자리에는 한 남자가 앞 좌석 아래로
두 다리를 길게 뻗고 여행 안내서를 읽고 있었다. 남자의 회색 머리카
락을 보고 마리는 단번에 그가 누구인지 기억해냈다. 지난밤 레스토랑
에서 안, 카미유와 함께 저녁을 먹을 때 뒷자리에 앉아 카미유가 한 말
에 몹시 당황해하던 남자였다. 그는 프랑스인이 분명했다. 카미유의
말에 반응을 보였으니까.

"실례합니다."

마리가 말했다. 남자는 아무런 반응이 없었다.

"죄송하지만 제가 옆자리에 앉아도 될까요?"

그래도 남자는 묵묵부답이었다.

"저기요! 제 말이 안 들리세요?"

마리는 남자의 어깨를 살짝 건드려보았다.

"이 자리는 빈자리가 아닙니다."

남자가 눈을 들지도 않은 채 대답했다.

"아, 죄송해요. 동행이 있으세요?"

"아니요. 제 가방이 있는 거 안 보이세요?"

"농담이시죠?"

남자는 다시 반응이 없었다.

"이봐요?"

싸늘한 눈치에도 남자는 마리를 무시했다. 마리는 주위를 둘러보았
다. 남은 자리들은 모두 통로 쪽이었다. 풍경을 감상하려면 창가에 앉
아야 했다. 그녀가 원하는 자리는 남자의 가방이 놓인 창가 좌석이었

다. 뒤쪽에 앉은 카미유가 주먹을 들어 올리며 마리를 응원했다. 버스가 출발했다. 남자는 아까부터 계속 같은 페이지를 읽고 있었다.

"흠, 장난은 이제 그만하시고 제가 지나갈 수 있게 다리를 좀 치워주시겠어요? 아름다운 풍경은 서로 나눠야죠."

"그만둘 건 내가 아니라 당신 같은데요. 책을 읽고 있는 게 안 보입니까?"

마리는 자신의 귀를 의심했다.

"네? 좋아요. 안 그래도 당신 같은 부류의 남자들에게 진절머리가 나서 쓴맛을 보여주고 싶었는데 마침 잘됐네요. 다리를 치우지 않으면 밟고 지나갈 수밖에 없죠. 댁의 지저분한 가방도 깔아 뭉개버리고요."

마리의 단호한 말에도 회색 머리 남자는 한동안 꿈쩍 않고 책에서 눈을 떼지 않았다. 하지만 곧 가방을 들어 다리 아래로 밀어 넣고는 마리가 지나갈 수 있도록 두 다리를 오므렸다.

마리가 고개를 끄덕이며 말했다.

"대단히 고맙군요."

마리는 남자의 무릎을 지나 창가에 앉았다. 그리고 스트레스를 풀기 위해 카탈로니아풍의 집들이 아름답게 펼쳐진 풍경으로 시선을 옮겼다. 하지만 마리는 종전에 자신이 한 말을 다른 사람들이 들은 건 아닐지 슬금슬금 걱정되기 시작했다. 그녀는 이목이 집중되는 것을 좋아하지 않았다. 그런데 이 이상한 남자가 그녀를 끝까지 몰아붙였다. 생각이 꼬리를 물며 그녀의 마음을 요동치게 했다. 마리는 떨리는 손을 진정시키기 위해 허벅지 아래로 내리고 심호흡했다. 예전처럼 첫인상을 잘 남기려는 노력은 더 이상 중요하지 않다고, 다른 사람이 자신을 어떻게 여기는지도 신경 쓰지 말자고 자기 자신을 다독였다. 하지만 자신의 껍질 아래 숨어서 자신을 노려보는 정체불명의 불안감에 몸을 떨어야 했다. 그녀로서는 상당히 오랜만에 느끼는 격렬한 감정이었다.

바르셀로나의 주요 관광지를 둘러본 이후. 버스가 여행객들을 옛 항구에 내려주었다. 그곳에서 여행객들은 자유 시간을 가질 예정이었다. 안, 마리, 카미유는 크리스토퍼 콜럼버스 기념비 아래서 다시 만났다.

안이 물었다.

"이제 뭘 할 거예요?"

마리가 말했다.

"람블라스 거리(스페인의 샹젤리제라고 불리는 바르셀로나 중심 거리)를 산책할 거예요. 같이 가실래요?"

"거기가 어디죠?"

"서머싯 몸이 '세계에서 가장 매력 있는 거리'라고 말한 예쁘고 활기찬 거리예요. 거기 가면 피카소, 달리, 미로가 자주 다닌 카페와 광장이 있어요. 바르셀로나에서 꼭 봐야 할 곳이죠."

마리가 여행 DVD에서 본 것을 바탕으로 설명했다.

"난 따로 갈게요. 라틴 남자를 유혹해야 해서요. 이따 만나요."

카미유가 멀어지며 손을 흔들었다.

카미유에게 손을 흔들어주며 안이 말했다.

"나도 카미유처럼 아무 걱정 없이 살 수 있으면 좋겠어요."

"기운 내세요. 날씨도 이렇게 좋잖아요. 첫눈에 반할 만한 도시예요. 안 그래요?"

"맞아요. 사그라다 파밀리아 성당(가우디가 설계하고 직접 건축 감독한 바르셀로나의 가톨릭 성당)은 정말 감동적이었어요. 아, 오늘 같은 날 도미니크와 함께 있었다면 얼마나 좋았을까요….”

마리가 그녀의 팔을 잡고 앞으로 펼쳐진 거리를 향해 끌어당겼다.

“자, 얼른 오세요. 앞으로 다 좋아질 거예요.”

7

안과 마리는 엽서를 사러 상점에 들렀다. 세 번째 상점이었다. 안은 처음 두 곳에서 원하는 엽서를 찾지 못했다. 마리의 계획은 실패할 가능성이 커 보였지만 안은 그녀의 말을 따르기로 했다. 자신이 마지막 기회를 날려버렸다고 생각했지만, 또 한 번의 기회가 주어졌으니 거절할 이유가 없었다.

마리는 이번 여행에서 누군가와 우정을 나눌 거라고는 생각하지 않았다. 오히려 반대의 경우를 상상했다. 여객선에서 사색에 잠기거나 이국적인 풍경을 보며 명상에 잠기는 그런 상상 말이다. 유적지를 방문하거나 맛있는 음식을 먹고, 수영장에서 물 위를 둥둥 떠다니는 그런 모습도 그렸다. 그러나 무엇을 하든 상상 속 그녀는 언제나 혼자였고, 그것이 자신에게 필요하다고 믿었다. 고독과 함께하는 세계 일주를 선택한 이유도 바로 그런 것이었다. 그러나 안과 카미유가 그녀의 계획을 망쳐놓았다. 뜻하지 않게 그들과 많은 시간을 보내고 있으며, 나머지 여정도 그들과 함께할 것이라는 예감을 하고 있었다. 하지만 그 또한 나쁘지는 않다고 생각했다.

마리는 친구가 많았다. 고등학교 시절 늘 붙어 다니던 열두 명의 친구 안에는 동성 친구도 있고, 이성 친구도 있었으며, 커플인 친구들도 있었다. 그들은 운동장 뒤쪽 벤치에 함께 모여 우정을 새기며 결코 서로를 잊지 않겠다고 다짐하며 미래를 꿈꾸곤 했다. 각자 가족이 생기면 함께 보낼 밤들을 상상하고, 그때 그들의 모습이 어떨지 떠올리며 웃기도 했다. 자신들은 친구들과 몇 분조차 시간을 내지 못하는 그런 어른이 되지 않겠다고, 초콜릿바를 걸고 맹세했다. 이 약속은 지켜졌고 아직도 그들 모두는 페이스북의 사진과 글을 통해 날마다 소식을 주고받으며 몇 초 만에 연결될 수 있는 사이로 남았다. 덕분에 마리는 신시아에게 두 아이가 있다는 사실을 알았고, 알렉스가 런던에 산다는 것 외에도 엠마가 플로렌스 포레스티(프랑스 영화배우)의 팬이라는 사실을 알았다.

그러나 마리가 지금 자주 어울리는 사람은 여동생과 로돌프의 직장 동료 아내, 쌍둥이 딸의 친구 엄마가 전부였다.

"찾은 것 같아요."

안이 손을 뻗어 엽서 한 장을 집어 들었다. 남녀가 열기구 풍선을 타고 바르셀로나 하늘을 나는 엽서였다.

마리가 고개를 끄덕였다.

"와, 멋져요! 펜도 하나 살까요?"

마리의 계획은 간단했다.

도미니크는 필요한 순간 지지자가 되지 못한 안의 마음을 의심했다. 그런데 안은 그의 반응을 보겠다며 어디로 가는지 알리지 않고 여행을 떠나왔다. 그를 안심시켜야 할 상황에서 오히려 그의 불안을 부추겼다. 이제 안이 할 일은 하나였다. 그를 안심시키기 위해 노력하는 것.

엽서를 산 뒤 안과 마리는 지역적 특색이 강해 보이는 식당 테라스에 마주 앉았다. 상그리아를 마시는 안은 입술이 떨렸다. 가방에서 엽서를 꺼내 테이블 위에 올려놓았지만 갑자기 모든 게 무의미하게 느껴졌다. 마리는 웃는 얼굴로 그런 그녀에게 용기를 북돋아주었다. 안은 숨을 크게 들이마셨다. 그리고 기념품 가게에서 산 은색 펜으로 천천히 편지를 써 내려갔다.

안은 편지를 다 쓰고나서 우표가 붙은 봉투에 도미니크의 주소를 적었다. 그리고 의자에 등을 기댔다.

"무서워서 엽서를 못 부치겠어요."

"뭐가요?"

마리가 토르티야를 한 입 베어 물며 물었다.

"영원히 도미니크를 잃어버리게 될까 봐요. 이미 그렇게 됐지만 희망이 아직 내 안에 남아 있거든요. 그런데 편지가 그 사람 마음에 들지 않으면 어쩌죠? 내가 그를 놀리고 있다고 생각하면요?"

마리가 고개를 저었다.

"그런 일은 없을 거예요. 제 생각에는 도미니크가 자신이 뭘 잃었는지 당신이 알려주기를 바랄 것 같거든요."

"당신 말이 맞겠죠, 마리? 난 정말 용기가 없어요. 겁이 너무 많아요. 당신도 알다시피…."

대답 대신 마리는 포크를 내려놓고 엽서를 집어 들었다. 그런 다음 재빨리 의자에서 일어나더니 스페인의 강렬한 태양 아래로 뛰어갔다. 마리는 순식간에 광장을 가로질렀다. 그러고는 빨간색 우체통 앞에 멈춰서 숨죽여 자신을 응시하는 안을 돌아보고는 싱긋 웃으며 손에 들고 있던 엽서를 우체통 안으로 밀어 넣었다. 마리의 오래 잠들어 있던 대담함이 다시 깨어나고 있었다.

8

마리의 객실 발코니에서, 두 개의 피자 박스를 앞에 두고 카미유가 카탈로니아에서의 모험담을 이야기하기 시작했다. 세 사람은 담요를 같이 덮고 다리를 따뜻하게 하며 이야기를 나누었다.

"이 사진 좀 보세요. 멋있죠!"

카미유가 두 사람에게 휴대전화를 내밀었다. 화면 위로 환하게 웃는 남자 사진이 보였다. 그는 어깨까지 내려오는 긴 갈색 머리를 갖고 있었다.

"배경 화면을 이 사진으로 바꿀 거예요. 그리고 다음 장소에서 다른 남자를 만나면 또 그 남자 사진으로 바꾸고요. 어때요. 멋진 계획이죠?"

카미유는 한껏 들뜬 모습이었다.

바르셀로나에서 카미유가 사냥한 남자의 이름은 미겔이었다. 카미유는 멀리서 그를 한눈에 알아봤다. 엷게 색 바랜 청바지 속 탄탄한 엉덩이는 그녀가 좋아하는 것 중 하나였다. 카미유는 실수 없이 사냥에 성공하기 위해 유혹에 앞서 잠시 탐색의 시간을 가졌다. 사냥감은 순순히 사냥꾼의 미소에 걸려들어야 했고, 매혹당한 다음에는 절대 덫을 빠져나가지 못해야 했다.

여객선에서 처음 안과 마리를 만난 이후로 카미유는 줄곧 허풍을 떨었다. 자기는 아무 감정의 동요 없이 남자들을 사슬로 묶어 정복할 수 있으며, 그런 그녀를 막을 사람은 아무도 없다고 말이다. 물론 허풍 속 그녀는 남자들에게 집착하는 타입은 전혀 아니었다.

하지만 카미유는 말과 달리 자기 자신에게 확신이 없었다. 사실 그녀에게는 새로운 친구들에게 고백하지 못한 비밀이 하나 있었다. 그것은 그녀가 실제로는 남자들을 능숙하게 다루지 못한다는 것이었다. 그보다 더한 진실을 말하자면, 이제껏 그녀가 만난 남자도 한 명이 전부였다. 그것도 상호적 관계라고는 할 수 없는 것이었다.

불과 2년 전까지만 해도 카미유는 몹시 뚱뚱했다. 통통한 것도 아니고, 오동통한 것도 아니고, 포동포동한 것도 아니었다. 그렇다고 대담하거나 힘이 세지도 않았다. 그녀는 말 그대로 그냥 뚱뚱했고, 어머니가 돌아가신 후, 몸에 붙은 지방 덩어리를 잊기 위해 자신이 가진 장점을 살리려고 노력했다.

실제로 카미유의 가치를 표현하기 위해 사용할 수 있는 형용사는 많았다. 재미있는, 친절한, 교양 있는, 성실한, 그림을 잘 그리는, 활달한, 활동적인, 섬세한 같은 것들이 바로 그것이었다. 하지만 그녀의 장점은 늘 장점으로 끝나지 않았다. 지방 덩어리는 교양보다 늘 먼저 눈에 띄었고, 그저 웃긴 뚱보 혹은 분위기를 띄우는 좋은 친구에 그쳤다. 간혹 마음씨 착한 여자 친구들이 그녀를 저녁 파티에 초대하는 일도 있었지만 느린 곡이 연주되고 춤을 추기 시작하면 그녀는 언제나 구석진 곳에서 잊힌 존재가 되었다.

"유감이야."는 카미유가 태어난 순간부터 가장 많이 들은 말이었다. 할머니는 그녀의 예쁜 얼굴이 커다란 몸집에 가려 보이지 않는 게 유감이라고 했고, 아버지는 그녀에게 다이어트를 더 열심히 시키지 못해서 유감이었라고 했으며, 여자 친구들은 그녀와 함께 쇼핑하러 다니지 못해 유감이라고 했다. 남동생은 그녀가 과자를 다 먹어 치워서 유감이라고 했고, 남자들은 그녀가 그들을 사랑하게 되어 유감이라고 했다. 적어도 그녀가 아르노를 만나기 전까지는.

아르노는 어느 날 갑자기 하늘에서 떨어진 선물처럼 같은 반으로 전학을 왔다. 카미유가 열여덟 살 때의 일이었다. 두 사람이 처음으로 나눈 사랑은 어둠 속에서 진행되었다. 카미유는 그것이 그녀를 위한 그의 세심한 배려라고 생각했다. 그 후에도 아르노는 자주 그녀를 만나러 왔다. 그러면 둘은 방 안에 틀어박혀 TV를 보았고, 영화에서 본 것을 복습 삼아 애정 행각을 벌였다. 하지만 카미유는 늘 의아했다. 도대체 그가 왜 자신을 좋아하는지 이해할 수 없었다.

아르노는 카미유와의 관계가 알려지는 걸 원치 않았다. 그러면서 학교에서 커플이 탄생하면 모두가 이상한 눈으로 볼 게 뻔하다며 둘의 관계를 비밀에 부쳐야 한다고 했다. 아무도 알아서는 안 되는 이 비밀은 3년 동안, 아르노가 그녀를 만나러 오지 않는 날까지 굳건히 지켜졌다. 그날 카미유는 남자친구가 오지 않자 전화를 걸어 메시지를 남겼다. 그런데 불행히도 그 둘과 친하게 지내던 친구가 메시지를 가로챘다. 소문은 순식간에 퍼졌고, 두 사람의 관계도 그것으로 끝났다. 그날 저녁, 아르노는 그녀를 친구들 앞에 세워두고 이렇게 소리쳤다.

"젠장. 내가 이 뚱보를 정말로 좋아한다고 생각해? 그게 가능하기나 하냐고?"

그 말에 카미유는 울었고, 아르노는 웅성거리는 친구들을 뒤로한 채 사라졌다.

그날 밤 집으로 돌아온 카미유는 옷을 모두 벗고 거울 앞에 섰다. 그리고 자신의 몸을 한동안 응시하더니 주먹을 쥐고 온 힘을 다해 구석구석을 때리기 시작했다. 골반 위로 힘없이 늘어진 출렁이는 뱃살과 형태가 불분명한 가슴을, 두꺼운 허벅지 때문에 걸을 때면 벌어지는 두 다리와 풍선처럼 부푼 얼굴과 엉덩이를…. 거울 속 그녀의 모습은 자기가 봐도 구토가 나왔다. 그녀는 주먹을 꽉 쥐고 피부를 있는 힘껏 문질렀다. 아팠고, 피부는 새빨개졌지만, 살은 녹지 않았다. 몸은 변하지 않았다. 아르노는 떠났고, 뚱뚱한 몸은 여전히 남았다. 다음 날 아침 그녀는 다이어트를 감행했지만 시도는 사흘을 넘기지 못했다.

카미유가 성형 수술을 할 만큼 충분한 돈을 모든 것은 지금으로부터 2년 전의 일이다. 그녀는 희망과 함께 헐렁한 티셔츠로 가득 찬 여행 가방을 끌고 병원을 찾아갔다. 의사는 전투의 시작은 이제부터라며 상당히 고통스러울 것이라 말했지만 그녀의 의지는 확고했다. 싸움이 시작되는 바로 그 순간이 자기가 새로 태어나는 순간이라며 불굴의 의지를 불태웠다.

카미유는 위를 절제하고 줄어든 위만큼 스스로에 대한 믿음을 키웠다. 체중계의 바늘은 1킬로그램씩 서서히 줄어들었고, 무려 45킬로그램에 달하는 감량에 성공했을 때 카미유는 처진 피부를 잘라내고 운동과 심리치료를 시작했다. 그리고 직장에 전근 신청서를 제출했다.

6개월 전부터 카미유는 줄리앙이라는 남자와 사무실을 공유하고 있었다. 그녀는 사무실을 공유하며 점심을 같이 먹는 것 외에도 그와 더 많은 것을 공유하고 싶었다. 줄리앙에게는 서류를 넘겨받으며 손끝이 스칠 때조차 마음을 설레게 하는 묘한 매력이 있었다. 그런데 그가 저녁 식사에 그녀를 초대하던 날, 그녀는 두려움에 사로잡혔다. 이상한 일이었지만 카미유는 그때까지도 과거의 상처로 누군가를 사랑할 준비가 되어 있지 않았다. 그녀는 남자 경험이 충분하지 않은 사실이 탄로 날까 봐 두려웠다. 그가 자신의 터진 살을 볼까 봐 두려웠으며, 자신의 과거를 알게 될까 봐 두려웠다. 그리고 모든 것이 또다시 어긋날까 봐 두려웠다. 이것이 그녀가 안식년에 맞춰 휴가를 내고 여행을 떠나온 이유였다.

"오늘 만난 미겔과는 어디까지 갔어요?"

안이 물었다.

카미유가 대답했다.

"우린 그냥 애무만 했어요. 그 친구, 혀가 너무 물컹했거든요. 그건 다른 부분도 그저 그렇다는 의미죠."

9

이틀간의 항해를 마치고, 여객선은 마데이라 섬(북대서양에 위치한 마카로네시아 지역의 일부인 포르투갈령 제도)에서 가장 경치가 좋기로 유명한 푼샬에 여행객들을 내려놓았다. 육지에 도착한 마리는 부두에 서서 이번 여행지에서 가볼 만한 곳을 안과 카미유에게 나열했다.

"카보지라오(유럽에서 가장 높고 세계에서 두 번째로 높은 마데이라 섬의 수직 절벽)에 가고 싶은데, 여러분 생각은 어떠세요?"

"유적지예요?"

안이 물었다.

"아니요. 그냥 까마득히 높은 절벽이에요. 새의 시점에서 바다를 볼 수 있는 아름다운 곳이죠."

마리가 대답했다.

"그렇게 해요. 난 절벽 가까이는 안 가겠지만."

안의 말에 카미유가 한 마디 덧붙였다.

"책에서 읽었는데, 그곳에 가면 패러글라이딩을 할 수 있대요. 정말 키프(아랍어에서 유래한 말로 '사랑하다, 좋아하다, 행복하다'라는 의미)할 거

같아요."

안이 눈썹을 치켜세웠다.

"키프요? 그게 무슨 말이에요?"

이번에는 버스가 거의 비어 있었다. 마리는 회색 머리의 남자를 발견했다. 그는 이전처럼 앞에서 세 번째 줄의 복도 쪽 좌석에 앉아 있었다. 앞 좌석 밑으로 다리를 길게 뻗고서 책을 읽으면서 말이다. 남자의 가방은 당연하다는 듯이 옆 좌석 위에 올라가 있었다.

마리는 순간적으로 실수를 가장해 남자의 다리를 밟고 싶은 욕구를 느꼈다. 그의 카메라를 머리 위로 떨어뜨리거나, 아니면 그에게 고의로 박치기를 해버리고 싶은 충동을 느꼈다. 누군가를 골탕 먹이고 싶다는 생각은 해본 적이 없었는데 이상한 일이었다. 아니 사실, 딱 한 번 있었다. 조제트 라뉘즈라는 이웃에게. 그녀는 이름처럼 꽤나 성가신 사람이었다.

절벽 위에는 앞으로 툭 튀어나온 발코니가 있었다. 발코니는 사방이 유리로 되어 있었다. 마리는 난생처음 보는 광경에 숨이 멎는 줄 알았다. 절벽 옆에는 농부들이 농작물을 건너편으로 운반할 수 있도록 케이블카가 설치되어 있었다. 그보다 조금 떨어진 곳에는 거대한 대서양을 앞에 두고 오밀조밀한 전통 가옥들이 그림처럼 옹기종기 모여 있었다. 발밑으로는 스칠 듯 생생히 느껴지는 파도가 바위에 닿아 부서졌다. 마리는 요오드가 함유된 바다 공기를 가슴 가득 들이마셨다. 여행 DVD에는 소개되지 않은 짜릿함이었다. 심지어 난간을 꼭 붙잡고 있는 회색 머리의 남자조차도 그 찌푸린 표정에서 잠시 벗어난 듯 보였다.

해발 589미터의 절벽 난간에 서서 마리는 세상의 지배자가 된 것 같은 느낌을 받았다. 풍경을 지배하고, 자신의 삶을 지배하며, 일상을 지배하는 독립된 존재가 된 그런 느낌 말이다.

"절벽 끝까지 가려고요? 난 무서워서 눈을 어디에 둬야 할지 모르겠어요!"

안은 전망대에서 20미터쯤 떨어진 곳에서 손으로 얼굴을 가리며 소리쳤다. 그러고는 손가락 사이로 흥분해 비명을 질러대는 사람들을 구경했다. 카미유가 웃으며 마리의 손을 잡았다.

"이제 가요. 안이 저러다 기절하겠어요."

"그럴까요? 슬슬 배도 고파지는 것 같아요."

목제 테이블은 신중히 선택한 자리에 놓여 있었다. 절벽 끝과 너무 가깝지 않아 안을 불안하게 하지 않았고, 그러면서도 풍경을 감상하기에 적당히 가까웠다.

절벽 위에서의 시간이 거의 끝나갈 무렵 패러글라이딩 코치가 카미유의 눈에 들어왔다. 그는 완벽해 보였다. 모자를 눌러쓴 데다 선글라스를 끼고 있어서 얼굴이 자세히 보이지는 않았지만 카미유의 사냥 욕구를 부추기기에 충분했다.

"하늘을 날아보고 싶으세요?"

카미유가 묻자 안이 대답했다.

"아직은 아니에요. 차라리 죽는 게 낫겠는걸."

"마리는 어때요?"

"글쎄요. 재미있어 보이긴 해요."

"그럼 해봐요. 나도 해보고 싶지만 무서워서 못 할 것 같아요. 나처럼 겁쟁이가 되지 말고 어서 가요."

안의 말에 마리는 심호흡을 했다.

"좋아요. 한번 해보죠. 독수리처럼 날아보자!"

그날 저녁, 여객선으로 돌아오며 세 여자는 각자 자신이 보낸 하루를 머릿속에 떠올렸다.

카미유는 잘생긴 패러글라이딩 코치 레오나르도를 생각했다. 하늘을 날며 목덜미에 와 닿던 그의 숨결을 떠올렸다. 레오나르도는 카미유와 산책을 하려고 일부러 쉬는 시간을 만들었고, 섬에서 가장 매력적인 장소로 그녀를 이끌었다. 아름다운 풍경이었다. 그러나 그 무엇도 레오나르도의 입술만큼 매혹적이지는 않았다. 레오나르도는 산책이 끝날 무렵 카미유에게 키스를 했다. 서툴렀지만 첫키스치고 완벽했다. 카미유는 능숙함과는 거리가 멀어 보이는 남자의 키스 실력에 안도했다. 서툰 만큼 남자도 능숙하지 못한 그녀의 키스 실력을 알아채지 못할 것이기 때문이었다.

안은 푼샬 부둣가의 기념품 가게를 떠올렸다. 그날 그녀는 엽서를 찾지 못했다는 핑계를 대고 계획을 포기할까 고민했었다. 도시 전체를 뒤져봐도 마음에 드는 엽서가 없던 까닭이었다. 하지만 포기하지 않고 계속 찾은 끝에 마침내 그 가게에서 마음에 드는 완벽한 엽서를 하나 발견했다. 절벽 위에서 키스하는 커플과 그 위로 날아다니는 패러글라이더가 그려진 엽서였다. 안은 엽서 뒷면에 도미니크에게 보낼 편지를 쓰고 멀리까지 떠나온 여행이 무의미하게 끝나지 않기를 바라며 빨간색 우체통에 밀어 넣었다. 그러면서 그가 우편물을 받고 어떤 얼굴을 할지 상상했는데 불쾌한 표정만 짓지 않는다면 다행 같았다.

마리는 하늘을 날던 순간을 마음속으로 그렸다. 허공에 몸을 던지기 직전, 절벽 끝을 향해 가슴이 터질 듯 달려가던 순간을 떠올렸다. 그녀는 하늘을 날며 무한한 자유를 느꼈다. 바람을 타고 부드럽게 미끄러지는 동안 생동하는 환희가 가슴을 채우고 뻐근한 충만감이 존재 전체를 휘감았다. 하늘을 날며 마리는 마음껏 소리를 지르고 싶었다. 아니, 기억하지 못할 뿐 소리를 지른 것 같기도 했다.

다행히 사진이 남아 있었다. 사진을 보고도 두 딸은 엄마가 어떤 모험을 했는지 믿지 못하겠지만 말이다. 마리는 여덟 살의 어린 마리를 생각했다. 먼 옛날 그 어린 소녀는 아버지와 함께 날아가는 두루미를 숨죽여 지켜보며 언젠가는 자기도 새들처럼 날겠다고 선언했었다. 마리는 이제 그 어린 소녀가 지금의 자기 자신을 자랑스러워할 것이라고 믿었다.

10

미용실은 갑판 E에 있었다. 오늘은 한 해의 마지막 날이었다. 마리는 이날을 기념해야겠다고 마음먹었다. 지난밤 꿈에 그녀는 적갈색 머리를 하고 있었는데, 꿈을 꾸며 기분이 좋았다. 잠을 깨서는 꿈에서처럼 적갈색으로 머리를 염색하지 못할 이유가 더는 없음을 깨달았다. 머리 모양을 바꾸면 어떨까 물을 때마다 남편은 언제나 마리의 의견과 반대되는 의견을 내놓았다. 그에 따르면 적갈색 머리는 주목받길 좋아하는 여자들이나 하는 것이었다. 완전히 틀린 말은 아니었다. 하지만 짙은 밤색으로 머리카락을 염색하면 속내를 고스란히 드러내는 솔직한 성격의 그녀와 잘 어울릴 것 같았다. 더욱이 머리 색을 바꾸기에 지금보다 더 좋을 때는 없었다.

사브리나는 첫눈에 봐도 헤어 디자이너였다. 백금색 단발머리에 검은색으로 물들인 두 갈래의 브릿지를 본다면 누구든 동의할 수밖에 없을 것이다.

"거울을 수건으로 가릴게요. 이렇게 하면 마지막에 가서야 결과를 볼 수 있거든요. 그래도 괜찮겠죠?"

사브리나는 머리카락을 적갈색으로 염색하겠다는 마리의 말에 흥분을 감추지 못했다.

마리는 자신의 의지와 별개로 모르는 여자에게 볼 권리를 빼앗겼다. 걱정스러운 마음에 도망치고 싶었지만 그러지 않았다. 마지막으로 미용실에 간 게 벌써 2~3년 전이었고, 그것도 새치를 감추기 위한 것이었기 때문이다. 그날 마리의 머리를 염색한 미용사는 "풍성해 보이려면 이렇게라도 해야 해요."라며 살짝 손봐주겠다고 했다. 그 결과, 마리는 미용실을 나오며 자신이 완전히 손질된 강아지가 된 것 같았다. 어린 시절 키우던 코커 스패니얼 키키와 놀라울 정도로 닮은 모습이었다.

"그런데 왜 혼자 배를 타셨어요?"

사브리나가 두피 마사지를 하며 물었다.

"나를 되찾는 시간이 필요했어요."

"저런, 혹시 실연이라도 당하신 거예요?"

"아니요. 남편과 헤어졌어요."

마리는 마사지를 받는 감동적인 순간에 오롯이 집중할 수 있도록 사브리나가 조용히 해주기를 바랐다.

"어머, 그랬군요! 제가 늘 말하는 건데, 남자한테 차이지 않는 가장 확실한 방법은 먼저 차는 것뿐이에요. 남편분이 무슨 짓을 했는데요? 바람이라도 피웠나요?"

"아니요. 아무 짓도 하지 않았어요. 그냥 그는 그였어요."

"그냥 뭐요? 게이예요?"

마리가 웃음을 터뜨렸다.

"아니에요. 그는 그냥 그였다니까요. 우린 성격이 맞지 않았어요."

"아, 무슨 말인지 알겠어요. 대학 때 캐럴이라는 친구가 있었는데, 내가 정말 좋아하던 친구예요. 얘기를 참 재미있게 했거든요. 그 친구도 당신처럼 남편과 헤어졌어요. 조금 더 정확히 말하면 남편을 죽인 거지만요. 더도 덜도 말고 그냥 끝장을 본 거죠. 손님도 그랬어야 했어요. 진짜로 죽이라는 말은 아니니 오해는 마세요. 그냥 말이 그렇다는 거니까."

안과 카미유는 그녀가 어디에 갔는지 궁금해할 것이었다. 마리는 그녀들이 바뀐 자신의 머리를 보고 어떤 표정을 지을지 상상했다. 친구들을 놀래줄 마음에 그날 밤의 계획도 말하지 않았다. 지난해를 땅에 묻으며 이전의 자기 자신도 묻겠다는 계획 말이다.

마침내 마리의 머리카락을 적갈색으로 물들일 염색약이 새치를 덮기 시작했다. 눈물이 나올 것만 같았다. 하지만 마리는 울지 않았다. 눈물은 이제까지 흘린 것만으로도 충분하기 때문이었다. 로돌프가 '회의 중'인 저녁 시간이면 그녀 옆에는 늘 눈물로 얼룩진 휴지가 수북했다. 마리는 가족의 소중함을 남편이 알길 바랐다. 그래서 몇 년을 노력하며 울었고, 그에게 보낸 문자가 심장을 찢는 말로 되돌아올 때도 울었다. 지켜지지 못한 숱한 약속을 생각하면서도 울었고, 그렇게 시간이 흐르는 동안 어느덧 눈물은 마리의 일상이 되었다. 하지만 더는 아니었다. 마리는 이제 울지 않겠다고 다짐했다. 특히 갈색 머리를 하고 울지는 않을 것이다.

"너무 멋져요! 제가 했지만 정말 눈부시게 아름다워요!"

사브리나는 마리의 머리를 이리저리 살펴보며 연달아 박수를 쳤다. 순간, 약간의 두려움이 마리를 스치고 지나갔다. 마침내 거울을 가리고 있던 수건이 내려졌다.

마리는 거울을 보며 눈을 의심했다. 자신이 아닌 것 같았다. 하지만 거울 속에 있는 사람은 분명 그녀 자신이었고, 언제나 꿈꿔왔던 상상 속 모습과 완벽하게 일치했다. 마리는 거울 가까이 다가가 고개를 돌려보았다. 그리고 다른 색으로 포인트를 준 머리카락을 만져보았다. 눈 위까지 내려오는 앞머리, 붉은 구릿빛 웨이브, 어깨까지 내려오는 기장. 마음에 들었다. 거울 속 자신에게 입맞추고 싶을 정도였다. 하지만 대신 여전히 박수를 치며 자기 작품에 감탄하고 있는 사브리나를 꼭 안았다.

안과 카미유는 최고층 갑판에서 찻잔을 손에 든 채 선베드에 앉아 대화를 나누고 있었다. 마리가 그들 앞에 섰다.

"햇빛이 가려지는데 옆으로 조금 비켜주시겠어요?"

카미유가 고개를 들며 말했다.

"어? 마리? 마리가 맞아요?"

"너무 근사해서 내 눈을 믿을 수가 없어요!"

안도 놀라 벌떡 일어났다.

"정말 예뻐요. 나도 똑같이 하고 싶어지는데요. 이제야 알겠네요. 온종일 어디 숨어 있었는지."

마리는 관중을 위해 한 바퀴를 빙 돌았다.

"깜짝 놀랐죠? 예쁘다고 해줘서 고마워요. 머리를 하는 김에 눈썹도 그리고 화장도 좀 했는데 어때요? 적응하려면 시간이 좀 걸리겠지만 그래도 나쁘지 않은 것 같아요."

마리의 말에 카미유가 호들갑을 떨었다.

"나쁘지 않다고요? 농담이죠? 줄리아 로버츠라고 해도 믿겠어요! 남자들이 홀딱 반하겠는데요? 아마 여행 내내 남자들이 줄을 설걸요? 안 그러면 내가 수녀가 될게요."

"정말요? 그러면 마음 단속을 단단히 해야겠어요. 또다시 사랑에 빠지느니 차라리 상어 밥이 되는 편이 나으니까."

구명보트 반대편, 난간에 기대어 담배를 손에 든 회색 머리의 남자가 그 광경을 지켜보고 있었다.

11

12월 31일, 만찬을 위해 여객선은 클럽, 콘서트, 게임, 가장무도회 등 여러 형태의 연말 파티를 준비해놓고 있었다. 안, 마리, 카미유는 다른 사람이 되어 한 해를 마감하기로 하고 가장무도회를 선택했다.

기회를 틈타 가장무도회를 위한 옷 가게 하나가 임시로 문을 열었다. 세 여자는 최고의 옷을 찾기 위해 두 시간 넘게 가게에 머물렀다. 우스꽝스러운 옷차림은 평생 거들떠보지도 않았던 안은 여러 차례 고르다 말았고, 마리는 자신에게 가장 잘 어울리는 옷을 찾아서 셀 수 없이 많은 옷을 입어보았다. 카미유는 옷 가게에 들어서자마자 마음에 드는 의상을 발견했는데 한 번 입어보고 바로 결제했다.

무도회장은 인파로 붐볐다. 사람들은 눈부신 조명과 번쩍거리는 디스코 볼 아래로 흘러나오는 음악에 맞춰 허리를 흔들었다. 쾌걸 조로가 미키 마우스와 술잔을 기울이고, 고릴라는 현란한 안무에 맞춰 춤을 추었으며, 바에서는 원더우먼과 솔방울을 든 치어리더가 은밀한 대화를 나누었다. 옷이 사람과 사람 사이의 장벽을 무너뜨린 듯했다.

자정이 가까워지자 음악 소리가 잦아들며 사회자가 카운트다운을 시작했다. 와인과 분위기에 취해 마법 소녀 복장을 한 마리와 이상한 나라의 안, 캣우먼 카미유가 서로 손을 잡았다.

"10, 9, 8…."

마리는 눈을 감고 지난해를 회상했다. 1년 전 오늘, 그녀는 남편과 함께할 만찬을 정성껏 준비했다. 두 딸은 친구들과 새해맞이 파티를 즐기러 나갔고, TV도 꺼져 있었다. 남편과 다정히 마주 보고 만찬을 즐길 절호의 기회였다.

그날 저녁 마리는 하이힐을 신고 양쪽 뺨을 장밋빛으로 물들였다. 저녁 8시에는 촛불을 켰고, 9시에는 그때까지 귀가하지 않은 남편에게 문자를 보냈다. 밤 10시에는 문자에도 아무 대답 없는 남편에게 세 통의 전화를 걸었다. 밤 11시에는 남편과 먹으려고 요리한 푸아그라 토스트(크리스마스와 연초에 프랑스에서 먹는 고급 전채 요리)를 혼자 다 먹었으며, 자정에는 병원에 전화를 걸었다. 그리고 새벽 1시에 혼자 자러 침실로 들어갔다. 오리 가슴살 요리는 이미 차갑게 식은 뒤였다. 벽난로의 장작이 꺼졌으며, 그녀의 가슴도 검게 타 숯덩이가 되었다.

그 무렵만 해도 마리는 가정을 되살릴 수 있을 것이라 믿었다. 떠나는 것은 그녀의 인생에서 가장 어려운 결정이었다. 외로움을 당연하게 여겼기에 남편을 떠날 생각도 없었다. 지난 20여 년간 로돌프는 그녀의 전부이자 삶의 지표였다. 그렇기에 남편을 떠난다는 것은 일상이 추억으로 전환되는 고통을 거쳐야만 하는 것이었다. 하지만 두 딸의 지지를 받아 이혼을 결심한 뒤에는 모든 게 달라졌다. 작별만이 그녀의 머릿속을 채웠다.

이혼 후에 어떤 일이 벌어질지는 몰랐다. 하지만 마리는 길섶의 풀과 조약돌 하나하나까지, 목적지까지 확연했던 길을 떠나 야생의, 미지의 길로 한 걸음 나아갔다. 그 길을 걸으며 그녀는 때로 비틀거리고, 때로 미끄러지며, 때로 덫에 걸리기도 할 것이었다. 마리는 한 치 앞도 보이지 않는 길을 두고서 불안감과 신비감을 동시에 느꼈다. 기쁨과 희망도 느꼈다. 거기 더해 약간의 취기도 느꼈다.

"7, 6, 5⋯."

안은 마리가 자신의 손을 더 강하게 쥐고 있는 것을 느꼈다. 그녀는 마리가 어떤 마음일지 알았다. 마리도 그녀처럼 목이 메어올 테니까.

안은 도미니크가 지금 뭘 하고 있을지 생각했다. 혼자 있을지, 슬픔에 잠겨 있을지 생각했다. 아니면 새 달력을 벽에 걸며 인생의 새로운 페이지를 열고 있는지 생각했다. 작년까지만 해도 두 사람은 매년 연말을 함께하며 함께할 수 있음에 감사했다. 하지만 지금 그녀는 혼자였다. 곁에 남은 건 매년 반복되는 새해맞이 프로그램뿐이었다.

도미니크와 안은 매년 이맘때면 맛있기로 유명한 식당을 찾아갔다.

그러고는 서로 다른 음식을 주문해 사이좋게 앞접시에 나눠 먹었다. 식사를 마친 다음에는 손잡고 지난 한 해를 회상하며 센 강을 산책했다. 그러다 자정이 가까워지면 트로카데로 광장(에펠탑 건너편에 있는 반원형의 광장)으로 가서 반짝이는 에펠탑을 마주 보고 가방에 넣어 온 겨우살이 나뭇가지를 꺼냈다. 이어 도미니크가 겨우살이 가지를 머리 위로 들어 올리면 파리 전체가 일제히 "본 아네(bonne année. '좋은 한 해'라는 의미의 새해 인사)!"를 외쳤고, 군중의 외침 속에서 두 사람은 오래도록 입맞추며 새해를 맞이했다. 그런 밤은 안과 도미니크가 사랑한 시간 중 하나였다. 지금으로부터 40년 전부터 안은 도미니크 없이 한 해의 마지막 날을 보낸 적이 없었다. 그래서 더욱 그가 그리웠다. 겨우살이 나뭇가지와 그의 대머리를 다시 볼 수만 있다면 무슨 일이든 할 수 있을 것 같았다.

안에게는 살날이 약 20년가량 남아 있었다. 소시지를 먹지 않는다면 조금 더 오래 살 수 있겠지만 언젠가는 맞이하게 될 인생의 마지막 순간을 무기력하게 기다리며 남은 생을 보내고 싶지는 않았다. 안은 후회로 얼룩진 최후가 아닌 향기로 채워진 최후를 맞이하고 싶었다. 그래서 도미니크 없이 사는 법을 배우기로 했고, 새롭게 변화할 날들을 충분히 경험하기로 했다. 그리고 새해를 자기 자신을 알아가는 시간으로 채우기로 했다. 그녀라고 홀로 서는 법을 배우지 못할 까닭이 없기 때문이었다. 더욱이 다가올 새날은 그녀가 이제껏 만나지 못한 수많은 '안'과 만나 잘 지낼 훌륭한 기회가 될지도 몰랐다.

"4, 3, 2…."

카미유는 처음으로 기억에 남을 연말을 보냈다. 한 손으로는 마리의 손을, 다른 한 손으로는 안의 손을 잡고서 외로움과는 거리가 먼 시간을 즐겼다. 이전과는 전혀 다른 한 해의 마지막 밤이었다. 작년만 해도 카미유는 지난 여느 해처럼 파티장에서 들려오는 소음을 피해 귀마개를 하고 한 손에는 책을 든 채 소파에 누워 연말을 보냈다. 부모님의 저녁 초대도 거절했다. 매년 그랬듯 친구들은 모두 파티에 초대되었다. 하지만 그녀는 아니었다. 그녀는 주변의 외출 권유를 전부 거절하고 혼자 남았다. 뚱뚱했을 때처럼 자신을 배신할 또 다른 아르노와 마주칠까 봐 두려워하며 자기 자신에게 수없이 되뇌었다. 나는 혼자 있는 걸 좋아한다고. 그리고 결국 스스로 그 말을 믿게 되었다. 매년 연말이면 매출을 올릴 목적으로 연말연시 파티를 만들었다며 레스토랑 주인들을 헐뜯었다. 그러면서 자기에게는 연말연시가 따로 없다고 했다. 그러나 마음속으로는 축하할 일 없이 지나가는 그 시간을 함께할 누군가를 꿈꾸었다.

카미유는 해가 바뀌는 순간이야말로 변화를 모색하기에 가장 적절한 때라고 생각했다. 그녀는 캣우먼 의상을 벗어 던지며 내면의 불행한 소녀와도 결별할 것이었다. 그리고 낡은 가면 아래 숨어서 오래도록 자신을 기다려온 진정한 '나'와 만날 것이었다. 생각이 여기까지 미치자 이제는 줄리앙과 저녁을 먹으러 가도 괜찮을 것 같은 확신이 들었다. 저녁 식사만이 아니라 무엇이든 함께할 수 있을 것 같았다. 하지만 그 전에 먼저 앞으로의 사냥을 성공적으로 마쳐야 했다.

변화의 해가 저물어 간다. 이제 새로운 시작의 해가 찾아온다.
"새해 복 많이 받으세요!"
안, 마리, 카미유, 이렇게 세 여자는 새로운 한 해가 좋은 일로 가득하기를 기원하며 서로를 껴안았다. 여객선의 인파에 섞여 낯선 이들과 어깨동무하고 뺨을 맞댄 채 환하게 웃었다.

마리는 이탈리아에서 온 노인과 포옹한 뒤 '오페라의 유령' 가면을 쓴 남자와 마주쳤다. 그녀가 아는 사람이었다. 바로 회색 머리카락의 남자. 서로를 알아본 뒤, 두 사람은 잠시 몸이 얼어붙었지만 곧 축제 분위기에 이끌려 조심스럽게 키스했다.

"새해 복 많이 받으세요!"

마리가 미소 지으며 그에게 말했다.

"새해 복 많이 받으세요. 행복하시고요."

"그리고 섹스도! 섹스 많이 하세요!"

카미유가 두 사람 사이에 뛰어들며 소리쳤다.

"마법 소녀가 오페라의 유령과 새로운 역사를 쌓기 시작했나 봐요. 내가 착각한 게 아니라면."

어느새 안이 그들 곁으로 다가와 말했다. 안의 말에 회색 머리의 남자는 황급히 미소를 거두고 인파 속으로 사라졌다. 마리가 참지 못하고 웃음을 터뜨렸다. 놀라운 해가 될 것 같았다. 사실이었다. 그때까지만 해도 마리는 전혀 눈치채지 못했지만 그녀의 예감대로 실제로도 많은 일이 그녀를 기다리고 있었다.

12

"줄리앙이 전화를 했어요."

카미유가 다이빙 장소로 향하는 배 위에서 불어오는 바람 소리를 뚫고 큰 소리로 말했다.

"줄리앙이 누구예요?"

마리가 물었다.

"직장 동료요. 그가 나를 키프하나 봐요."

"카미유도 그 사람을 키프해요?"

안이 물었다.

"우아, 안도 이제 신세대 언어로 말하기 시작한 거예요? 네, 저도 줄리앙을 좋아해요. 그래서 도망친 거예요. 새로 시작할 사랑을 제대로 준비하려면 먼저 남자들이 좋아하는 여자가 되어야 하니까요. 안 그래요?"

안은 고개를 갸우뚱거렸다.

"흠, 뭔가 너무 복잡한데요. 줄리앙이 전화로 뭐라고 했는데요?"

"아무 말도 못 들었어요. 전화가 왔을 때 화장실에 앉아 있었거든요. 그래서 받지 않았어요. 물 내리는 소리를 들으면 안 되니까요. 참, 전화해달라는 메시지를 남기긴 했어요."

"보고 싶은 거네요! 혹시 벌써 헬리콥터를 빌려 타고 오는 거 아닐까요? 빨리 만나서 가슴속 불꽃을 고백하려고요."

"아이고, 감상적인 영화는 그만 찍으세요. 그러다 환상이 깨지면 어쩌려고요? 그런 게 아니라 업무상 한 전화 같아요. 여객선으로 돌아가 전화해보면 알겠죠. 그런데 다이빙 강사 엉덩이가 정말 작고 예쁜 것 같지 않아요?"

마리의 설레발에 카미유가 화제를 돌렸다.

북회귀선을 통과하는 동안 기온이 눈에 띄게 높아졌다. 며칠간의 항해 끝에 배는 세인트루시아(카리브해의 영국 연방 국가)에 도착했다. 마리는 다큐멘터리를 보면서 감탄한 대로 햇살 아래서 푸른 에메랄드빛 물

위를 떠다니다가 끝없이 펼쳐진 모래사장을 걸었다. 그녀는 천국 같은 풍경 속에서 다채로운 경험을 한껏 즐기고 싶은 마음뿐이었다. 그런데 때마침 스노클링이 일정에 포함되어 있었다. 그녀가 원하던 것이었다. 카미유는 곧바로 수락했고, 안은 잠시 망설였다. 하지만 해변에서 다 같이 일광욕을 즐기겠다는 약속을 받아낸 뒤에는 저항감을 내려놓고 수중여행에 합류했다.

마리는 해수면 아래로 들어가며 생생히 살아 있음을 느꼈다. 카리브 해의 따뜻하고 고요한 물속에서 그녀의 몸은 좋아하던 DVD 속의 한 장면처럼 무중력 상태가 되어 수백 마리의 물고기, 산호초와 공기 방울을 나누며 유영했다.

파리에는 지금쯤 눈이 내리고 있을 것이었다. 지금 만약 마리가 파리에 있다면 다음번 장을 볼 때 사야 할 목록을 머릿속에 그리며 뜨개질을 하고 있을 것이었다. 사야 할 것들은 매번 비슷했다. 버터, 제철 과일, 지방이 알맞게 섞인 부드러운 고기, 카망베르 치즈, 남편을 위한 저지방 요거트, 남편의 코골이에 대비한 귀마개, 코코아 가루, 십자 말풀이 난이도 3이 있는 TV프로그램 잡지, 페리에 탄산수, 거실 테이블에 놓을 꽃, 시린 이에 좋은 치약, 기분 전환 겸 읽을 소설 혹은 여행 DVD…. 쉰 살을 향해 가는 주부들의 전형적인 장바구니였다.

하지만 마리는 지금 파리에 있지 않다. 지금은 카리브 해에서 이국의 물고기들과 함께 헤엄을 치고 있었다. 기항지에 도착할 때마다 새롭게 펼쳐진 아름다운 풍경에 감탄했고 새로운 경험에 놀라워했다. 이런 점에서 보면 인생은 어쩌면 마흔 살에 시작되는 것인지도 모른다.

카미유가 마리 곁으로 헤엄쳐 와서 그녀의 팔을 붙잡았다. 마리가 고개를 들고 입에 문 스노클을 벗었다.

"왜요?"

"저길 봐요."

카미유가 누군가의 머리를 가리키며 말했다. 안이었다.

안은 그들과 몇 미터 떨어진 곳에서 물안경과 스노클을 물 위에 띄워 놓고는 뻣뻣하게 선 채로 바닷속을 들여다보고 있었다. 머리를 물에 대지도 않고 스노클링을 즐기는 새로운 방법이었다. 마리와 카미유가 안에게 다가갔다.

"괜찮으세요?"

마리가 킥킥 웃으며 물었다.

"조금 전 커다란 물체가 발밑을 지나갔는데, 내 생각에는 그게 백상아리 같기도 해요."

안이 대답했다.

"백상아리 같기도 하다고요?"

카미유가 안의 말을 흉내 냈다.

"네. 분명해요. 저길 봐요. 상어가 다시 지나가요!"

안이 물 아래 그림자를 가리키며 소리쳤다.

세 사람은 눈으로 그 형체를 따라가다가 그것이 몇 미터 떨어진 곳에서 수면 위로 떠오르는 것을 보았다.

"세상에! 요즘 상어들은 물안경을 낀 것도 모자라 스노클까지 물고 다니나 봐요!"

카미유가 말했다. 안이 투덜댔다. 마리는 웃다가 바닷물을 들이켜고 캑캑거렸다. 그 모습을 보고 안이 웃음을 터트렸다. 가이드가 휘파람을 불었다. 스노클링이 끝났음을 알리는 소리였다.

배에 오르며 마리는 수건으로 몸을 감싼 채 회색 머리의 남자 곁에 앉았다. 마리는 그가 카키색 반바지에 생필품으로 가득한 배낭을 메고 산봉우리나 열대 우림을 탐험하고 있을 거로 생각했다. 한쪽 팔에 여행 안내서를 낀 채로 말이다. 그런데 예상과 달리 그는 이번에도 같은 체험을 선택했다.

"바다가 진짜 아름다워요. 이런 경험을 한다는 것도 정말 멋지고요. 그렇죠?"

방금 경험한 순간의 황홀함에 젖어, 마리가 먼저 말을 걸었다.

"아니요."

남자는 시선을 피하지 않았다. 노골적인 어투가 더욱 가혹하게 느껴졌다. 새해 첫날 밤에 우연히 만나 가까워진 이후로 마리는 이제껏 그를 오해했다고 생각했었다. 하지만 아니었다. 그는 구제 불능이었다. 마리는 회색 머리 남자와 더는 말을 섞지 않기로 했다.

13

카미유는 휴대전화에 저장된 줄리앙의 연락처를 찾으며 가슴을 두근거렸다. 가슴이 얼마나 날뛰는지 상대가 앞에 없는 게 차라리 다행으로 느껴졌다. 아침에는 마리, 안에게 아무렇지 않은 척했지만 사실 그녀는 줄리앙의 전화가 업무와 무관하기를 바랐다.

첫 번째 신호음을 시작으로 세 번째, 네 번째 신호음이 울리고 마침내 그가 전화를 받았다.

"줄리앙, 나야. 카미유."

"아, 카미유! 전화해줘서 고마워. 잠깐 기다려. 사무실 문을 닫아야겠어. 엿듣는 귀들이 있어서."

카미유는 침대에 앉아 담배를 꺼냈다. 줄리앙이 고백한 사실을 알면, 마리와 안이 얼마나 기뻐할까? 확실했다. 이제 곧 줄리앙이 고백할 것이다. 그렇지 않다면 왜 굳이 문을 닫겠는가?

"좋아. 이제 괜찮아."

그가 말했다.

"걱정하지 말고 천천히 말해봐. 난 들을 준비가 됐어."

"카미유, 어떻게 말을 시작해야 할지 모르겠어. 이전에도 여러 번 말하려고 했는데 그러지 못했어. 확신하기까지 시간이 필요했거든."

카미유의 심장이 두방망이질 쳤다.

"이해해. 그러니까 나한테는 다 얘기해도 괜찮아. 들을 준비는 끝났으니까."

"휴가 중에 전화해서 미안해. 하지만 문제를 가능한 한 빨리 해결해야 한다고 생각했어."

줄리앙의 마지막 말에 카미유의 입술은 더 이상 떨리지 않았다. 그녀의 심장은 평온해졌다.

"문제? 무슨 문제?"

"카미유, 나도 다 알아."

"뭘 다 안다는 건데? 대체 무슨 얘길 하는 거야?"

"티상디에 씨 일 말이야. 너 정말 난처한 상황이라고."

"제기랄. 티상디에 씨가 대체 누군데?"

"잘 알면서 그래. 네가 담당한 고객이잖아. 석 달 전에 대출받을 수 있도록 네가 도와줬고."

그제야 카미유는 티상디에 씨가 누구인지 기억났다. 그는 담당자가 부재 중이던 주에 대출을 신청하러 일주일 내내 찾아온 50대 남자였다. 때마침 고객과의 정해진 약속이 없었기에 카미유는 동료 대신 그를 맡았고, 2만 유로가 필요하다는 남자의 말에 따라 서류를 만들고, 증명서를 확인하고, 승인 신청서를 작성했다.

그런데 최종 서명을 하는 날, 티상디에 씨가 급하게 전화를 걸어서 은행에 올 수 없다고 했다. 맹장염으로 병원에 입원해서 수술을 곧 받아야 한다는 이유였다. 카미유는 약속 날짜를 뒤로 미루자고 제안했다. 하지만 남자는 급한 일이라 늦출 수 없다며 자기 대신 서류에 서명해줄 수 있는지 물었다. 그녀는 거절했다. 그는 계속 요청했고, 그녀는 다시 거절했다. 그건 불가능한 일이었다. 결국 그는 애원하기에 이르렀다.

돈은 시한부 판정을 받은 아내에게 선물할 보석을 사는 데 필요한 것이라고 했다. 한숨이 나왔지만 흐느끼는 남자의 청을 더는 거절할 수 없었다. 카미유는 하는 수 없이 남자 대신 대출 서류에 서명했다. 그리고 그것이 문제가 되었다.

"티상디에 씨가 매월 지불해야 할 이자와 원금을 낼 수 없다고 등기우편을 보내왔어. 서류에는 자신이 서명한 게 아니라면서."

줄리앙이 말했다.

"개자식!"

"바보 같은 짓을 한 건 너야, 카미유! 얼마나 위험한 일인지 너도 잘 알잖아. 이제 어쩔 거야?"

"됐어. 빙빙 돌리지 말고 바로 말해. 나 해고된 거지? 네가 그 소식을 전하게 된 거고. 맞지?"

줄리앙이 한숨을 내쉬었다.

"아직은 아무에게도 말 안 했어. 너에게 먼저 알리고 싶었으니까. 하지만 난 그 사람이 보낸 우편물을 미셸에게 보여줘야만 해."

"알았어. 그럼 이렇게 하자. 내가 대신 돈을 보낼게. 넌 비밀을 지켜. 너하고 나만 아는 걸로."

"그래, 알았어. 그런데 미셸이 이해해줄지도 몰라."

"뭐? 말도 안 돼. 미셸은 나를 해고하지 못해서 안달이야. 내가 틀에서 너무 벗어나 있다고 늘 말하고 다녔으니까. 그런 사람이 나를 내쫓을 기회가 왔는데 그냥 지나치겠어? 이제 끊을게. 전화해줘서 고마워. 저녁 약속이 있어서 이만 가봐야 해."

카미유는 휴대전화를 침대 위로 내던졌다. 너무 바보 같았다. 그녀는 항상 자신의 깔끔한 일 처리를 자부해왔다. 절차에 따라 꼼꼼히 서류를 준비했고, 누구에게도 지나친 기대감을 심어주지 않으며, 감정을 배제했다. 직장 상사들이 그런 카미유에게서 찾아낸 유일한 단점은 은행과 어울리지 않는 옷차림과 말투뿐이었다.

그런데 그랬던 그녀가 값싼 동정심에 이끌려 일을 그르쳤다. 감정에 치우쳐 앞일을 전혀 예상하지 못했다. 티상디에 씨를 보며 카미유는 아버지를 떠올렸다. 병든 아내 앞에서 무력했던 아버지의 모습이 떠올랐다. 자신의 친아버지가 만약 그와 같은 처지에 있었다면 그녀는 어떻게 했을까? 답은 하나였다. 울며 애원하는 아버지 대신 대출 신청서에 서명하는 것!

카미유는 욕실 문을 열고 들어가 얼굴을 씻었다. 계속 속다 보니, 이제는 누군가를 신뢰하기 전에 확실한 증거를 요구하는 냉소적이고 경계심 많은 사람이 될 것만 같다. 하지만 본래 그녀는 누군가를 믿는 데 익숙한 사람이고, 신뢰를 철회하려면 확실한 이유가 있어야만 했던 사람이다.

카미유는 머리끈으로 검은 머리를 둥글게 말아 묶고는 립스틱을 발랐다. 친구들이 문 앞에서 기다리고 있었고, 자신을 한탄하는 건 나중으로 미뤄야 했다.

"어땠어요? 행복한 얘기가 오갔어요?"

마리가 기대에 차서 물었다.

"일자리를 잃을 것 같아요."

카미유가 객실 문을 닫으며 대답했다.

"그게 무슨 말이에요?"

"제가 멍청한 실수를 저질렀어요. 회사에서 곧 징계가 내려질 거예요. 전 괜찮으니까 너무 걱정하지 마세요. 생각을 좀 다른 데로 돌리고 싶은데 어때요? 술이나 한잔할까요?"

세 여자는 엘리베이터로 향했다. 그들의 등 뒤로 큰 키에 금발의, 스무 살가량 되어 보이는 청년이 보였다. 그는 만족스러운 표정으로 벽에 기대어 휴대전화를 들여다보고 있었다. 액정 위로 클로즈업해서 찍은 선명한 화질의 사진이 보였다.

14

마리는 더 이상 옆 방의 여자를 참을 수 없었다. 그렇다고 둘이 대화를 나눈 적은 없다. 문제의 여자는 이탈리아인이었다. 키가 크지 않고, 짧은 금발 머리를 뒤로 깔끔하게 넘겼으며, 존재감을 드러내는 뚜렷한 코와 마치 레몬을 계속 빨고 있는 것 같은 꽉 다문 입을 가지고 있었다. 그녀는 그다지 예쁘지는 않지만 강렬한 인상을 풍겼고, 사람들의 시선을 즐기는 듯했다. 하지만 다른 무엇보다도 그녀를 정의할 가장 큰 특징은 지나치게 시끄럽다는 것이었다.

마리는 매일 아침 소박한 의식을 치렀다. 일어나자마자 핫초코를 끓여서 모자와 선글라스를 쓰고 발코니로 나가는 것이었다. 발코니에 나가서는 선베드에 자리를 잡고 앉아 명상에 잠겼다. 그런 시간에는 책을 읽지도, 음악을 듣지도, 뜨개질을 하지도 않고 그저 온갖 상념들이 흰 파도에 휩쓸려 사라지는 모습을 지켜보기만 했다. 마리에게 그 시간은 하루 중 그녀가 누릴 수 있는 최고의 특권 같은 것이었다. 오롯이 혼자만의 평온함 속에서, 아직 잠이 덜 깨 불쾌한 잡념이 스며들지 못하는 순간을 즐겼다. 그런데 이 의식이 다음에 이어지는 이탈리아 여자의 변함없는 시나리오로 인해 철저히 망가지고 있었다.

마리가 선베드에 앉으면 몇 분 후 이탈리아 여자가 등장한다. 마리는 그녀가 정신이상자가 아니라면 그 훼방이 고의가 분명하다고 생각했다. 먼저 이웃 여자의 새된 목소리가 발코니를 타고 넘어왔다. 그리고 알아들을 수는 없지만 잔뜩 성이 난 목소리로 누군가와 통화를 하기 시작했다. 목소리는 지나치게 크다 못해 시끄러웠고, 거기에 더해 시끄럽게 의자를 끄는 소리도 들려왔다. 누군가가 그 소리를 들었다면 이삿짐을 싸는 중이라고 생각할 게 확실했다. 더는 참을 수가 없었다. 매일 아침 습관처럼 들리는 날카로운 목소리는 인내심의 한계를 넘게 했다. 마리는 그 여자가 자신의 목소리가 얼마나 큰지 모른다고 생각했다. 정중히 이를 알리면 모든 것이 제자리를 찾을 듯싶었다.

마리는 머그잔을 바닥에 내려놓고 자리에서 일어났다. 그리고 난간 너머로 몸을 기울여 옆 객실을 들여다보았다. 이탈리아 여자는 새틴 로브를 입고 커다란 제스처를 섞어 가며 통화를 하고 있었다. 그녀는 마리를 발견하고 깜짝 놀라며 멈칫했다.

"죄송해요. 겁을 주려던 건 아니었어요. 방해해서 미안하지만 목소리를 조금 낮춰주시면 안 될까요?"

"뭐라고요?"

이탈리아 억양이 섞인 영어로 그녀가 물었다.

마리는 예의 바르게 미소를 지으며 말했다.

"조금 작게 말씀해주실 수 있는지 물었어요. 제가….."

이탈리아 여자가 거칠게 전화를 끊은 뒤 팔짱을 끼고 말했다.

"내가 왜 그래야 하죠?"

"조용히 아침 시간을 보내고 싶어서요. 그리고….."

"나는 누가 내 방을 들여다보며 방해하는 걸 좋아하지 않아요!"

마리는 머리를 한 대 얻어맞은 기분이었다. 하는 수 없었다. 그녀는 결국 발코니 너머로 내밀었던 고개를 거두어들이고 객실로 돌아와 침대에 앉았다. 갑자기 여객선 안의 사람들이 결함투성이의 비정상적인 인격체로 보이기 시작했다. 회색 머리 남자도 그랬고, 이탈리아 여자도 그랬다. 두 사람을 생각하자 문득 인간관계가 더없이 복잡하게 여겨졌다. 집에서는 이런 생각을 해보지 못했다. 네 면이 산울타리로 둘러싸인 파리 근교의 집에서, 마리가 맺어온 인간관계는 매우 단순했다. 등기 우편물을 배달하는 집배원, 뜨개질 가게 주인 매리넷, 그리고 길 건너편 이웃인 로잘린 부인 정도였다. 레이철과 로스(《프렌즈》의 등장인물), 브리 밴 드 캠프(《위기의 주부들》의 등장인물), 메러디스 그레이(《그레이 아나토미》의 등장인물)에게 몰입한 적도 있었지만 그들과의 관계는 복잡하지도 않았고 어렵지도 않았다.

마리는 뜨개바늘과 털실뭉치를 집어 들었다. 오늘은 어떤 걸 뜰까?

뇌를 바쁘게 놀려서 평정심을 찾으려면 약간은 복잡한 형태가 나을 것 같았다. 발코니로 다시 나가 이탈리아 여자에게 휴대전화를 들고 다른 곳으로 장소를 옮겨달라고 당당히 말하고도 싶었지만 그보다는 코바늘로 챙 없는 모자를 뜨는 편이 정신 건강에 훨씬 이로울 것 같았다. 손으로 뜬 모자는 모양이 썩 예쁘지 않았지만 집중하기에는 더할 나위 없이 좋았고, 어차피 이제는 그녀의 뜨개질 작품을 쓰는 사람도 거의 없다.

그녀는 쌍둥이를 임신하고 출산을 기다릴 때 처음으로 코를 올린 이후, 한 번도 뜨개질을 멈춘 적이 없다.

쌍둥이들은 가끔 모자나 스카프, 드물게 카디건 정도는 받아주었지만 대부분은 거부했다.

"완전 창피해."

하지만 뜨개질은 그녀에게 필수적이었다.

한 줄 한 줄 모양을 갖춰가는 옷을 바라보면 정신이 맑아지고 마음이 평화로워졌다. 그것이 그녀의 치료법이었다. 그래서 마리는 거의 매일 바늘을 들고 뜨개질을 즐겼다. 완성된 옷이나 소품이 일정 분량에 이르면 상자에 넣어 보육원으로 가지고 갔다.

누군가 방문을 두드렸다. 모자가 거의 완성될 무렵이었다. 방문객은 그녀가 처음 배에 오를 때 만난 승무원 아르놀드였다.

"안녕하세요, 데샹 부인. 잘 지내셨습니까?"

독일 억양이 가볍게 실린 어투로 그가 물었다.

"네, 덕분에요. 그런데 무슨 일이시죠?"

"그레나다(카리브해 남부의 섬나라)에서 어제 회수한 우편물을 전해드리러 왔습니다. 부인께 온 편지입니다."

그가 봉투를 건네며 말했다.

"제게요? 확실한가요? 딸들 말고는 아무도 내가 여기 있는 줄 모르는데."

마리가 놀란 눈으로 물었다.

"그러면 따님들인가 봅니다. 좋은 하루 보내십시오, 데샹 부인."

마리는 문을 닫았다. 봉투 겉면으로 시선을 옮기자 손으로 쓴 주소가 보였다. 쌍둥이들은 아니었다. 그녀는 그 글씨체를 잘 알고 있었다. 편지는 남편 로돌프가 보낸 것이었다.

15

마리는 편지를 읽지 않고 수영장으로 친구들을 만나러 갔다. 그녀는 수영장 가장자리에 걸터앉아 물속에 발을 담갔다. 안과 카미유는 물속에서 가장자리에 팔을 얹고 있었다.

"남편이 편지를 보냈어요."

마리가 낮은 목소리로 말했다.

카미유가 물 밖으로 기어 올라왔다.

"정말요? 뭐라고 썼는데요?"

"아직 뜯어보지 않았어요. 읽는 게 좋을지 아닐지 아직 잘 몰라서요. 조금 더 생각해봐야겠어요."

"왜요?"

안이 물었다.

"이유는 두 가지예요. 첫째, 편지 내용이 공격적이거나 위협적이고 모욕적이면 화가 날 거예요. 둘째, 절망적인 이야기로 가득하다면 죄책감을 느끼겠죠. 둘 다 하루를 망칠 테고요. 날씨가 이렇게 좋은데 기분 나쁜 하루를 보내고 싶지는 않아요."

안이 수영을 해서 반대편 사다리 근처까지 갔다가 그들 곁으로 되돌아왔다.

"남편이 꼭 전해야 할 중요한 말을 썼으면요? 편지를 열어보지 않고 어떻게 견딜 수 있는지 신기해요. 나라면 기다리지 못하고 얼른 열어봤을 거예요."

마리가 물에 잠긴 두 다리를 앞뒤로 흔들었다.

"로돌프는 제가 잘 알아요. 지금쯤 그는 저를 찾느라 지나치게 많은 시간을 허비했다고 생각할 거예요. 분명 기분 좋은 경험은 아니었을 테고요. 게다가 급한 일이었다면 여객선에 전화를 걸었겠죠. 그게 훨씬 빠르니까요."

"그럴 수도 있겠네요. 하지만 읽지 않으면 온종일 무슨 말이 적혔나 계속 생각하게 될 거예요. 어떻게 하든 하루를 망치는 건 똑같아요."

카미유가 말했다.

마리는 수영장 속으로 미끄러져 들어가 물속에 머리를 담갔다. 카미유의 말이 옳았다. 읽지 않으면 편지는 끊임없이 그녀를 쫓아다니며 괴롭힐 것이었다. 실제로 아르놀드가 다녀간 이후 마리의 머리는 온통 편지 생각으로 가득했다. 아마도 로돌프는 그것을 노렸을 것이다. 그녀를 다시 통제하고, 그녀가 어떤 감정을 느껴야 하는지 결정하려고.

폐에 머물던 공기가 코를 통해 밖으로 빠져나가자 수많은 공기 방울들이 수면을 향해 올라가다가 이내 사라졌다. 물에 젖어 시야가 흐릿했지만 걱정스러운 얼굴로 자신을 바라보는 안과 카미유의 모습을 식별할 수 있었다. 마리는 두 발로 바닥을 치고 수면 위로 뛰어올랐다.

"이제 그 망할 놈의 편지를 읽으러 가야겠어요."

16

젖은 몸을 수건으로 감싸고 마리는 객실로 되돌아갔다. 편지는 테이블 위에 그대로 놓여 있었다. 손가락을 봉투의 붙은 부분 아래로 밀어 넣어 봉투를 찢었다. 안에는 하얀 종이 한 장이 접혀 있었다. 그녀는 소파에 앉아 편지를 펼쳐 읽었다.

> 혼란스러운 마음이 진정되면 대화를 했으면 해.
> 그 전에, 당신이 내 견적서들을 보관하던 빨간 파일을 찾고 있어. 어디 있는지 빨리 알려줘. 온 집 안을 다 뒤졌는데도 찾지 못했어.
> 내 돈으로 배 여행 잘 즐기고. 당신이 집을 떠날 수 없는 사람이라는 건 돌아오면 알게 되겠지. 그때는 이런 시도를 했던 것에 대해 용서를 구하기 위해 고생해야 할 거야.
> 게다가 당신 때문에 아이들이 고통받고 있어. 엄마로서 도저히 할 짓이 아니야.
>
> 로돌프.

마리는 편지를 여러 번 읽었다. 생각지 못한 반응이었다. 로돌프는 두 사람의 관계가 완전히 끝났다는 사실을 아직 이해하지 못하고 있었다. 그녀의 반란을 단지 일시적인 동요일 뿐이라고, 여자들의 비합리적인 일탈이라고 생각했다. 그리고 머지않아 아내가 자기를 다시 받아달라고 애원하며 집으로 돌아올 거라고 굳게 믿고 있었다. 로돌프가 친구들과 어울리며 허풍을 떨고, 자신이 아내에게 어떻게 대가를 치르게 할지 이야기하고, 생리 주기가 얼마나 여자들을 이상하게 만드는지에 대해 거칠게 웃고 있을 장면이 상상되었다. 그에게는 아내에게 버림받는다는 것은 용납될 수 없었다. 그는 아내를 떠날 수 있었다. 그러나 아내는 절대로 자신을 떠날 수 없었다. 마리는 그의 게임에 말려들 필요가 없다고 생각했다. 그렇게 하는 것은 이 어리석은 일에 너무 큰 의미를 부여하는 것이었다.

마리는 편지를 뒤집어보았다. 장난으로 쓴 편지라는 말이 어딘가 적혀 있는지 찾아보았지만 어디에도 그런 문구는 없었다. 확실한 건 그가 어떤 것도 제대로 이해하지 못하고 있다는 사실이었다.

머리가 멍했다. 집을 떠난 이후 마리는 로돌프를 늘 전 남편으로 여겼다. 그녀에게는 명확한 사실이었다. 두 사람은 끝났다. 하지만 로돌프는 아직 아닌 듯했다. 완전한 결별을 위해 그에게 알려야 할 것들이 남아 있었다.

마리는 남편을 떠날 최상의 방법을 두고 오랫동안 고심했다. 그가 결별 선언을 진지하게 받아들이도록 만들려면 단 한 번의 결정적 일격이 필요했다. 생일 이벤트는 그런 이유로 계획한 것이었다. 하지만 그것만으로는 충분치 않아 보였다.

긴장한 나머지 두 다리가 저려왔다. 그녀는 가방을 뒤져 펜을 찾아 들고, 테이블 위에 놓인 메모지에 그에게 보낼 답장을 쓰기 시작했다.

친애하는 로돌프,
빨간 파일은 언제나처럼 제자리에 있어. 거실 책상 세 번째 서랍에. 그건 그렇고, 당신은 아직 이해하지 못한 것 같아. 나는 당신을 완전히 떠났고, 이건 일시적인 변덕이 아니야. 여행을 끝내고 돌아가는 즉시 나는 일자리와 집을 구할 거야. 내가 앞으로 고생해야 할 일이 있다면, 그것은 아마 위의 두 가지가 전부겠지.

이만 쓸게. 수영하러 가야 해. 그리고 한 가지 더, 당신 돈을 내가 낭비하고 있다고 생각하지 말아줘.

마리.

마리는 자기가 쓴 편지를 다시 읽어보았다. 그러고는 잠시 생각에 잠긴 듯하더니 몇 개의 단어를 덧붙였다. 이후 그녀는 몇 번이고 생각을 거듭한 후에야 펜을 놓고 자리에서 일어났다. 결국 로돌프는 그녀의 하루를 망칠 수 없었다.

17

마리가 놀라서 잠을 깼다. 새벽 5시. 갑판 F의 카페에서 안과 카미유를 만나기로 했는데 늦었다. 세 사람은 그날 새벽 카페에서 비엔나 빵을 먹으며 유리창 너머로 길게 펼쳐진 바다를 감상할 예정이었다.

여객선은 대서양을 지나 태평양을 향해 가고 있었다. 파나마 운하를 건너기 위해 파일럿보트가 분주히 움직였다. 운하의 갑문은 이 배가 지나갈 수 있을 정도로 간신히 넓은 정도라, 모든 움직임이 극도로 정밀하게 이루어졌다. 펠리시타 호에 오른 이후 처음 경험하는 일이었다. 여객선에 있던 사람들은 승무원, 승객 할 것 없이 모두 갑판에 올라 배가 운하를 통과하는 장면을 구경했다. 개중에는 발코니에 서서 잠이 덜 깬 눈을 비비는 사람도 있었다.

마리는 머리를 질끈 동여매고 청바지와 스웨터를 걸친 뒤 빠른 걸음으로 약속 장소로 향했다. 엘리베이터 앞에는 회색 머리의 남자가 서 있었다. 잠시였지만 그와 함께 닫힌 공간에 있어야 한다는 생각에 브뤼셀 양배추를 생으로 먹은 듯 쓴맛이 올라왔다. 하지만 약속 시간에 늦었고, 에스컬레이터를 타려면 멀리 돌아가야 했다. 별수 없었다. 마리는 입을 꾹 다문 채 남자 곁에 섰다. 이윽고 엘리베이터의 문이 열렸고, 남자는 그녀를 쳐다보지 않은 채 사방이 유리로 된 승강기 안으로 들어갔다.

"몇 층으로 가십니까?"

마리는 그의 물음에 답하는 대신 F층을 눌렀다. 그녀는 늘 낯선 사람과 엘리베이터를 타는 게 불편했다. 시선을 어디에 두어야 하는지도 알 수 없었고, 그때마다 불편한 상황을 어떻게 극복할지 난감했다. 발을 내려다보면 지나치게 소심해 보이고, 거울을 쳐다보면 자기애가 강한 사람으로 보일 것이다. 휴대전화를 들여다보면 속물로 보이고, 함께 탄 사람을 쳐다보면 무례하게 보일 것이다. 게다가 엘리베이터는 관능적인 환상과 은밀한 분위기를 자아내서 불편함을 더했다. 무엇보다 꽉 막힌 공간에서 좋아하지도 않는 사람과 있다 보면 긴장감이 고조에 달했다. 마리는 출입문에 시선을 고정한 채 마음속으로 초를 세며 자유에 이를 순간을 기다렸다. 그런데 솔직히 말하면, 회색 머리 남자의 냄새가 꽤 좋다는 건 인정해야 했다.

갑판 B.
그에게서 정말, 정말 좋은 냄새가 난다.

갑판 C.
마리는 곁눈질로 자신을 힐끔거리는 남자의 시선을 느꼈다. 나를 왜

보지? 뭘 원하는데? 연쇄 살인범이면 어쩌지? 그러면 아무도 모르게 여기서 죽을 텐데…. 하지만 아무도 신경 쓰지 않겠지.

갑판 D.

남자가 헛기침했다. 예상 밖으로 그는 저음의 음성을 갖고 있었다. 그런 목소리였는지 이전엔 알아차리지 못했다. 그에게서 좋은 냄새가 나는 것처럼.

이제 몇 초만 더 버티면 된다.

갑판 E.

"저를 싫어하시나요?"

마리가 깜짝 놀랐다.

"뭐라고요?"

"저를 싫어하시는지 물었습니다."

그가 조금 전 자기가 한 말을 반복했다.

"그게 무슨 말씀이신지…."

"저는 원래 그런 사람이 아닌데…. 일부러 그랬던 겁니다."

"네? 혹시 어디 아프세요?"

"저는…."

갑판 F.

문이 열리고, 승무원 둘이 엘리베이터 안으로 들어서기 전에 마리와 회색 머리 남자가 나오길 기다렸다.

마리는 잠시 주저하는가 싶더니 그를 한 번 돌아보고 조용히 밖으로 나왔다.

좋은 향기가 났지만 이상한 남자였다.

18

이탈리아 여자는 크게 말하는 것으로는 성이 차지 않는지 아예 고함을 치기 시작했다. 마리에게는 발코니에서의 아침 명상이 포기할 수 없는 숭고한 의식이었다. 그래서 이 의식에 귀마개라는 새로운 요소가 등장했다.

태평양에서의 항해는 평화로웠다. 아침이면 열 마리 남짓한 돌고래가 근사한 춤을 선보여 그녀를 기쁘게 했다. 여객선 안의 여행객들도 흥분된 얼굴로 돌고래가 선물하는 장관을 감상했다. 하지만 돌고래에 대한 그녀의 열정을 따라잡을 사람은 없었다.

첫 번째 돌고래는 여섯 살 때 아버지가 선물한 것이었다. 날씨에 따라 색깔이 변하는 반짝이는 작은 조각상이었다. 그렇게 마리의 돌고래 수집은 시작되었다. 이후 여러 해 동안, 포스터, 스노볼, 도자기, 헝겊 인형, 엽서, 액세서리, 책 등 다양한 돌고래 상품이 어린 마리의 방을 채워갔다. 그녀의 지인들도 매해 생일과 크리스마스마다 돌고래와 관련된 선물을 보내왔다. 여드름이 나기 시작한 청소년기에 이르러서야 돌고래 수집은 멈췄지만 그렇다고 열정까지 식은 것은 아니었다. 돌고래가 등장하는 영화나 다큐멘터리를 시청할 때마다 어린 시절과 똑같은 열정을 느꼈기 때문이다. 지금도 그랬다. 유년기를 추억하며 카보 산 루카스(세계문화유산으로 지정된 멕시코의 휴양지)에서 살아도 좋겠다고 생각하는 지금의 마리는 여덟 살 소녀의 모습을 하고 있었다.

안은 이번 일정에 함께하지 않았다. 카미유와 마리가 외출을 권할 때마다 안은 그럴 마음이 없다며 배에 남아 휴식을 취하거나 선착장을 산책하겠다고 둘러댔다. 며칠 전부터 그녀의 행동이 갑작스럽게 변했다. 전에는 항상 다른 사람들과 함께하려고 했고, 혼자 남는 것을 극도로 피했었다. 최근에는 모든 제안을 거절하고 있다. 저녁을 먹으러 식당에 가는 것조차 이제는 피곤하다며 거절했고, 낮에도 산책이나 수영을 제외하고는 객실 밖으로 나오지 않았다. 기항지에서의 짧은 여행에도 따라가지 않을 핑계를 만들어 여객선에 혼자 남았다.

수중 공원으로 가는 배 안에서 마리와 카미유는 갑자기 변해버린 안의 태도를 두고 대화를 나누었다.

"우리 때문일까요?"

마리가 물었다.

"모르겠어요. 우리가 뭘 잘못했죠?"

카미유가 대답했다.

"우울증에 걸린 거 아닐까요? 혼자 있고 싶어 하는 건 안답지 않잖아요."

"사실 우리가 안을 잘 아는 건 아니지만 확실히 너무 이상하긴 해요. 왜 그런지 이유나 알면 좋을 텐데요."

"어쨌든 억지로 말을 시키는 건 좋지 않을 것 같아요. 다른 방법을 찾아보도록 해요."

"그래요. 그런데 그 전에 우리, 돌고래들과 수영이나 할까요?"

수중 공원 안으로 들어가기 위해서는 두 사람씩 짝을 지어야 했다. 이에 30여 명의 여행객들이 하나둘 짝을 찾아 나섰다. 일행에게서 멀찌감치 떨어져 있던 두 여행객도 마지막으로 짝을 이루었는데, 회색 머리 남자와 이탈리아에서 온 신경질쟁이 여자가 바로 그 구성원이었다. 천부적 재능을 타고난 우연이 아니고는 저 둘을 짝지을 수 없다고 생각하며 마리는 속으로 크게 웃었다. 우연이 얼마나 대단한 재주를 가졌는지 더 생각해볼 수도 있었지만 그럴 겨를도 없이 마리와 카미유가 첫 번째로 물에 들어가게 되었다. 마리는 목까지 올라오는 잠수복을 입고 멕시코 안전 요원의 지시를 따랐고, 커다란 돌고래 한 마리가 서서히 마리를 향해 다가왔다.

마리는 그 일분일초를 '가슴'이라는 기억 장치에 저장했다. 그리고 돌고래의 부리 부근에 손을 얹고 부드러운 옆구리를 쓰다듬었다. 돌고래는 움직이지 않고 그녀에게 자신의 모든 것을 맡겼다. 수중생물한테도 마리의 마음이 전해진 듯했다. 돌고래와 함께한 그 몇 분은 세상의 모든 근심을 잊게 했다. 무엇도 그 순간의 온전한 충만감을 대신할 수 없었다. 돌고래와의 접촉은 이전의 그녀로서는 꿈도 꾸지 못한 일이었다. 가슴 벅찬 자유와 생명력이 그녀의 존재를 휘감았다.

돌고래에 가까워지자 안전 요원이 그녀를 도왔다. 돌고래와 몸을 밀착한 채 물을 가르고 있자니 다른 세계로 인도된 느낌이었다. 어릴 때 상상한 것보다 훨씬 더 감동적인 경험이었다. 마리는 앞으로 남은 날들이 오늘과 같기를 소망했다.

카미유도 허리를 물에 담근 채 그 순간을 즐겼다. 돌고래의 부드러운 피부를 쓰다듬는 것은 물론 안전 요원의 단단한 근육질 몸을 어루만지면서 말이다. 안전 요원이 취향에 맞았는지, 카미유는 그와 눈길을 주고받는 내내 행복하게 웃었다.

돌고래들은 여행객의 등 위로 뛰어올랐다. 마리와 카미유는 계단식

좌석에 앉아 눈앞에서 벌어지는 광경에 넋을 잃었고, 여행객들은 저마다의 어린 시절로 되돌아갔다. 카미유의 맞은편 객실에 묵는 금발의 자그마한 여자는 사람을 똑바로 보지 못할 만큼 수줍음이 많았지만 돌고래가 물을 뿌리는 순간에는 환호성을 지르며 즐거워했다. 카미유가 가는 곳이면 어디든 쫓아다니는 키 큰 금발 남자도 전속력으로 물을 가르며 비명을 질렀다. 이탈리아 여자도 그 순간만큼은 요란한 제스처를 버리고 돌고래의 등을 부드럽게 어루만졌다. 회색 머리 남자도 처음으로 미소를 보였다.

여객선으로 돌아온 마리와 카미유는 곧바로 안의 객실로 향했다. 조금 전의 경험을 서둘러 들려주고 싶었기 때문이다. 마리는 자신이 가장 좋아하는 동물과 만난 엄청난 사건을 안에게 자세히 설명하고 싶었다. 돌고래의 부드러운 피부와 내밀한 시선, 온화한 미소와 재롱부리는 모습, 돌고래를 안았을 때 느낀 크나큰 행복감을 말하고 싶었다. 새로 산 돌고래 엽서도 보여주고 싶었다. 엽서에 실린 사진은 모두 근사했는데, 그중 하나는 돌고래가 머리 위에 해파리를 이고 있는 듯 보였다. 그뿐만이 아니었다. 마리는 안에게 돌고래를 수집하던 어린 마리를 소개해주고 싶었다. 여행객들 모두가 열 살로 되돌아간 마법의 순간과 회색 머리의 남자마저 미소 짓게 만든 환희의 순간을 말하고 싶었다.

카미유는 카미유대로 안에게 해줄 말이 많았다. 그중 첫 번째는 조만간 휴대전화의 배경 화면이 될 엔리케와의 만남이었다. 그는 일반인들은 들어갈 수 없는 수중 공원 중심을 구경시켜주겠다며 제안했고, 자신이 이를 받아들였다고 말하고 싶었다. 그리고 실내 수조, 무대 뒤, 직원 휴게실, 그리고 회의 테이블 위에 누워 있던 장면까지 묘사할 것이다. 엔리케가 그녀를 팔로 들어올린 강한 힘, 잠수복을 벗겨내던 그의 능숙한 손길, 온몸을 감싸던 그의 입술, 그가 불러일으킨 떨림과 욕망, 근육질 몸과 자신의 몸이 맞닿던 순간, 그리고 그녀를 소리치게 만든 움직임에 대해서도 생생히 전하고 싶었다.

이야기를 나누다 보면 안도 입을 열고 선착장에서의 산책과 도미니크에게 보낸 엽서에 관해, 그날 새롭게 만난 사람들에 관해 이야기할 것이었다….

방해하지 마시오.

두 사람은 안의 객실 문손잡이에 붙은 표시를 보고 멈칫했다. 잠시 시선을 교차하더니 조용히 문을 두드리기 시작했다. 방해하지 말라는 표시는 다른 사람을 향한 것이지 그녀들을 향한 것이 아닐 것이다. 자신들에게 하는 말일 리 없다. 안이 그들을 만나고 싶어 하지 않을 이유가 없기 때문이다. 그런데 돌아오는 대답이 없었다. 머릿속 가득 의문이 일었지만 어쩔 수 없는 노릇이었다.

둘은 굳게 닫힌 523호실을 뒤로 하고 멀어져갔다. 그 시각, 안은 문 뒤에서 혼자 흐느끼고 있었다.

19

특별 공연이 있는 저녁이었다. 다음 날 아침에 있을 미국 입성을 축하하기 위한 공연으로, 정장을 입어야 한다고 했다.

가방을 몽땅 뒤져도 마땅한 옷을 찾지 못하자 마리는 마음에 드는 드레스를 사려고 오후 내내 여객선 내의 옷 가게를 샅샅이 뒤졌다. 그리고 마침내 마음에 드는 옷 한 벌을 발견했다. 거울 앞에 서서 몸에 꼭 맞는 검은색 긴 드레스의 지퍼를 올리며 마리는 로돌프를 생각했다. 그가 만약 지금의 그녀를 보았다면 틀림없이 다음과 같은 세 단어를 입 밖에 냈을 것이었다. '매춘부 같은', '보기 민망한', '뚱뚱한'. 하나같이 마음에 먹구름을 드리우는 말이었다. 카미유에게 빌린 황금색 하이힐을 신고 거울을 보면서 마리는 우울한 생각에서 벗어나기 위해 세차게 머리를 흔들었다.

카미유는 노란색 미니 드레스를 입었다. 성형 수술을 하기 전 동기부여를 위해 산 옷이었다. 몇 달 동안 그 옷은 옷걸이에 걸린 채 옷장 속에 있었다. 카미유는 이따금 옷장을 열고 드레스를 향해 "곧 같이 외출하게 해줄게. 약속해."라고 말하고는 했다. 카미유는 울퉁불퉁한 살을 조각가의 손길처럼 매끄럽게 다듬는 거들 위로 노란색 미니 드레스를 끌어 올렸다. 사놓고도 보기만 했던 옷을 처음으로 입으며 그녀는 감격스러운 마음을 감추지 못했다. 꿈에 그리던 노란색 드레스를 입고서 엉덩이를 흔들며 앞으로 몇 발자국 걸음을 옮길 때는 스스로가 자랑스럽게 여겨지기도 했다.

안은 파티에 참석하지 않았다. 원인을 아는 사람은 없었다. 지난 며칠 동안 마리와 카미유는 안을 만나지 못했다. 배 안에서 잠시 마주치긴 했지만 그때마다 안은 횡설수설하며 황급히 사라졌다. 카미유와 마리는 그런 그녀를 돕고 싶었다. 하지만 걱정 외에는 그녀를 위해 달리 해줄 수 있는 일이 없었다.

연회장에 들어서자 둥근 테이블을 가운데 두고 앉은 턱시도, 칵테일

드레스, 나비넥타이, 틀어 올린 머리가 보였다. 마리와 카미유는 네 명과 동석했다. 여자 셋과 남자 하나.

안젤리크는 스무 살도 채 되지 않아 보였다. 마리는 맞은편 객실에 묵는 그녀와 종종 마주쳤다. 안젤리크는 그때마다 이마를 덮은 긴 금발 뒤에 숨어서 가느다란 목소리로 소곤거렸고, 사람들의 시선을 피해 자주 고개를 숙였다. 카미유가 여객선 여행을 하게 된 이유를 물었을 때는 얼굴을 붉히며 냅킨에 포크를 문질렀다. 그러고는 음악 공부를 마친 그녀를 위해 부모님이 축하의 의미로 크루즈 여행을 선물했다고 했다.

"직장에 다니기 전에 세계 여행을 해보는 게 좋다고 하셨어요. 그러면 나중에 일하면서 집중도를 높일 수 있다고요."

이블린은 얼마 전 여든 개의 생일 초를 불어 끈 노부인이었다. 그녀는 80번째 생일을 맞아 남편과 함께 크루즈 여행을 떠날 계획이었지만 인생은 계획대로 흘러가지 않았다.

"예약 당일에 로제가 세상을 떠났어요."

이블린이 말했다.

남편을 잃고 그녀는 두 번 다시 여행을 떠나지 않겠다고 선언했다. 혼자, 그것도 여자인 몸으로 긴 여행길에 오른다는 것은 그녀로서는 상상할 수 없는 일이었다. 그런 그녀에게 이웃집 여자가 크루즈를 타고 떠나는 '고독 속의 세계 일주' 전단지를 들고 찾아왔다. '고독 속의 세계 일주'가 그녀를 위해 만들어진 여행 프로그램이라며, 후회가 없을 거라 장담했다.

"로제도 분명 내가 여행하기를 바랐을 거예요."

이블린의 맞은편에는 올가라는 이름의 여자가 앉아 있었다. 그녀는 도무지 나이를 가늠할 수 없었는데, 손을 보면 예순을 훌쩍 넘긴 듯 보였고, 얼굴을 보면 아직 성인이 안 된 것처럼 보였다. 그녀의 특기는 무표정한 얼굴로 주변을 주의 깊게 살피며 불평을 늘어놓는 것이었다. 간이 안 맞는 음식, 세련되지 않은 디자인의 식탁 세트, 지나치게 차가운 와인, 소음에 가까운 음악이 불만스러웠다. 한마디로 크루즈 여행 자체가 모두 실망스러웠는데, 기항지에서의 지나치게 짧은 체류를 문제 삼으며 수박 겉핥기식으로 도시 일부만 둘러보고 나라 전체를 안다고 뽐내는 사람들을 매우 한심하게 여겼다.

"사실, 휴가 상품은 전부 다 그게 그거이긴 해요."

피라미드처럼 다양한 연령대로 구성된 테이블에 남자는 단 한 명이었다. 조르주라는 이름의 그 노인은 풍채가 당당했고 올백 머리에 턱시도를 입고 있었는데 나이는 여든넷이었다. 크루즈 여행은 아내와 사별한 뒤 기분 전환을 위해 자녀들이 선물한 것이었다. 그는 조용히 식사를 즐기며 자신에게 던져진 질문에만 정중히 대답했다. 그러다 가끔 손목시계를 들여다보곤 했는데, 마치 저녁 식사와 함께 자신의 삶이 빨리 끝나기를 기다리고 있는 듯했다.

전문 무용수들이 공연을 펼치는 동안 관현악단은 미국의 히트곡을 연주했다. 무용수들은 테이블 사이를 누비며 여행객들에게 춤을 권했고, 객석은 기쁘게 승낙하는 사람과 심드렁한 표정으로 자리를 보전하는 사람으로 나뉘었다. 카미유는 춤추자는 권유를 기다리지 않았다. 대신 먼저 어깨를 흔들고 일어나 테이블에 앉은 다른 사람들의 박수갈채를 받으며 무용수들과 합류했다. 마리는 다리를 구부리지 않고는 손으로 엄지발가락을 잡을 수 없는, 유연성과는 거리가 먼 사람이었기에 눈에 띄지 않도록 주의하며 남몰래 음악에 맞춰 발을 굴렀다.

테이블 몇 개를 사이에 두고 떨어져 앉은 회색 머리의 남자는 공연보다는 접시에 담긴 음식에 정신을 빼앗긴 듯 보였다. 그의 옆자리에는 티아라를 쓴 이탈리아 여자가 틈만 나면 그의 귀에 대고 귓속말을 하거나 손을 그의 팔뚝에 얹었다. 하지만 그는 아무런 반응도 보이지 않았다. 심지어 가벼운 핀잔조차 없었다. 약간의 말다툼이나 가벼운 분노라도 있다면 흥미로울 텐데, 그의 무반응은 실망스러울 정도였다. 모욕감은 오롯이 그녀의 몫이 되었다.

카미유가 근육질의 무용수들과 허리를 흔들며 춤추는 동안, 마리는 같은 테이블에 앉은 이들과 대화를 나누었다.

"여행이 마음에 드세요?"

"최고예요. 로제와 여러 번 크루즈 여행을 했었는데, 배도 화려하고 이번 여행이 가장 마음에 들어요. 게다가 세계 일주는 내 오랜 꿈이었거든요."

이블린이 열정적으로 대답했다.

올가는 입술을 삐죽거리며 냅킨으로 잔을 닦았다.

"화려하다고요? 정말 그렇게 생각하세요? 난 절대로 동의할 수 없어요. 손봐야 할 게 너무 많은걸요. 우선 미세먼지가 둥둥 떠다니는 이 불쾌한 실내 공기부터 어떻게 해야겠어요. 일주일 전부터 목이 아프기 시작했는데, 나만 그런가요?"

"저는 이 여행이 마음에 들어요."

옆자리에 앉은 안젤리크가 작은 목소리로 말했다. 올가는 당연히 가만히 듣고만 있지 않았다.

"아직 아기라 그래요. 이제껏 바비 인형이 타고 다니는 조각배만 갖고 놀아봤을 테니까."

마리가 보다 못해 안젤리크를 거들었다.

"저도 이 여행이 마음에 들어요. 상상만 하던 놀라운 순간도 많이 경험했고, 흠잡을 게 없어요."

"꼭 서로 짠 것처럼 말씀하시네요! 늘 이래요. 사람들은 항상 내가 혀를 내두르게 만들어요. 쯧쯧. 이렇게 형편없는 식사가 마음에 든다니. 조르주, 당신은 취미가 고상한 분이니 나와 같은 의견이겠죠?"

노신사는 천천히 입안의 음식을 삼키고 와인을 한 모금 마셨다. 테이블 위의 시선이 모두 그에게로 쏠렸다.

"맞습니다, 부인. 하지만 저는 적어도 다른 사람의 의견을 존중할 줄 아는 좋은 취향은 가지고 있습니다. 그들의 의견을 조롱할 필요는 없으니까요."

잔을 내려놓으며 그가 말했다.

올가의 얼굴이 창백해졌다. 안젤리크가 웃음을 참기 위해 손으로 입을 가렸다. 마리도 킥킥거리며 웃음을 터뜨렸고, 조르주는 순식간에 이블린의 영웅이 되었다.

식사가 진행되는 동안 이블린은 조르주에게 온갖 정성을 쏟았다. 그의 잔이 비지 않도록 살피고, 떨어진 냅킨을 주워주며, 그에게 끊임없이 질문을 던지고, 가끔은 귓속말을 하기도 했다. 백발 아래 숨겨진 긴 세월이 이 두 사람을 묘하게 애틋하게 연결하는 듯했다. 마리는 두 사람을 가만히 지켜보며 조르주의 침묵이 이블린의 다정한 몸짓 앞에서 서서히 무너지는 것 같다는 느낌을 받았다. 식사가 거의 끝나갈 무렵이었다. 두 노인이 소화를 시킬 겸 산책을 해야겠다며 합석한 이들에게 양해를 구했다. 이윽고 조르주가 먼저 자리에서 천천히 몸을 일으

컸고, 이블린은 바닥에 놓인 가방을 집기 위해 몸을 굽혔다. 마리도 그녀를 돕기 위해 몸을 기울였다. 그때였다. 이블린의 재킷 안에서 반짝이는 펜던트 하나가 눈에 띄었다. 눈에 익은 펜던트였다. 마리는 그런 종류의 카메오 펜던트를 본 적이 있었다. 마르세유로 향하는 비행기 안에서였다. 그녀 옆에 앉아 있던 여인이 카메오 펜던트를 손에 꼭 쥐고 스스로를 진정시키려 애쓰던 모습이 떠올랐다. 마리가 황급히 자리에서 일어났다. 그러고는 눈짓으로 카미유에게 따라오라고 하고는 안의 객실을 향해 뛰어갔다.

20

안을 가운데 놓고 침대에 앉아 마리와 카미유는 그녀의 이야기를 들었다. 안은 5분 넘게 문을 두드리는 소리에 마지못해 문을 열었다. 친구들에게 거짓말하는 것이 이제 무의미하게 여겨졌는지 한차례 한숨을 내쉬고는 처음부터 차분히 설명을 이어나갔다. 안은 한 온라인 쇼핑몰의 관리직으로 일하고 있었다. 본사의 작은 사무실에서 회계 담당자와 한 공간에서 근무했다. 그녀는 자신의 일을 좋아했다. 유연한 근무 시간, 친근한 동료들, 적당히 안락한 일상이 주는 안정감이 마음에 들었다. 하지만 그 안정감은 어디까지나 현실적인 울타리 안에서만 가능했다. 안의 급여로는 사소한 사치를 꿈꾸는 것조차 불가능했다. 반면 도미니크는 행운이 따른 사람처럼 늘 안정적인 수입을 유지했다. 하지만 처음부터 그의 상황이 좋았던 것은 아니었다. 와인을 수출하는 무역회사를 시작한 첫해에는 자기 월급도 가져가지 못했으며, 생계를 책임지는 것은 온전히 안의 몫이었다. 상황이 반전되었을 때, 그들은 자연스럽게 공동 계좌를 만들고 각자의 수입을 그곳에 저축했다. 그런데 두 사람의 결별로 인해 이 공동 계좌에 변동이 생긴 것이다. 이 일을 계기로 도미니크와의 관계가 완전히 끝났음이 증명되었다. 안으로서는 상상도 못 한 날벼락 같은 일이었다.

안은 이야기를 마치며 이불을 끌어 올려 몸을 감쌌다.

"나는 서류를 다루는 일에 굉장히 약해요. 사무실에서야 어쩔 수 없이 온갖 서류에 파묻혀 살지만 적어도 집에서만큼은 그런 것들과 멀리 떨어져 살고 싶었어요. 그래서 은행 계좌에 돈이 얼마나 들어 있는지 들여다본 적이 없어요. 그건 내 일이 아니라고 생각했거든요."

여행을 예약할 때도 안은 계좌에서 얼마의 금액이 빠져나가는지 알지 못했다. 안의 말대로 그건 그녀의 일이 아니기 때문이었다. 안이 생각한 그녀의 일은 신용카드를 꺼내 비밀번호를 입력하는 것이 전부였기에 안은 결제가 필요할 때마다 모노폴리 게임을 즐기듯 지갑에서 카드를 꺼냈다. 그런데 며칠 전, 승무원으로부터 카드 결제에 문제가 생겼다는 전갈을 받았다. 배 안에서는 모든 지출이 펠리시타 카드 한 장으로 끝났다. 카드만 보여주면 소비금액이 일주일에 한 번씩 은행 계좌에서 빠져나갔다. 이렇게 하면 현금은 전혀 오가지 않고, 돈을 쓴다는 실감을 덜하게 된다. 여행객들의 눈을 속여서 더 큰 소비를 부추기는 상술이었다.

갑자기 결제 승인이 거부되며 문제가 생겼다. 해결되기 전까지는 어떤 거래도 할 수 없었기에 안은 은행에 전화를 걸어 무슨 일인지 알아봐야 했다. 하지만 그녀는 그러지 않았다. 할 필요가 없었다. 무슨 일이 일어난 건지 그녀는 알고 있었다. 도미니크가 공동 계좌를 닫은 것이다. 그는 아마 그녀를 벌주고 싶었을지도 모른다. 혹은 더는 자신의 이름이 그녀와 연결되는 걸 견딜 수 없었을 것이다. 이유가 무엇이든 상관없었다. 중요한 건 결과였다. 도미니크는 카드를 정지시켰고, 안은 크루즈에서 더 이상 어떤 거래도 할 수 없게 되었다. 안은 그동안 그의 무반응에 대해 걱정하고 있었는데, 이제 그는 확실히 반응을 보여주고 있다.

카미유가 흥분을 참지 못하고 소리쳤다.

"나쁜 사람!"

안이 고개를 저었다.

"아니, 도미니크가 옳아요. 헤어지자고 한 건 나였어요. 그런데도 아무 생각 없이 내 돈도 아닌 돈을 무턱대고 쓰다니, 정말 난 구제 불능이에요. 이런 나 자신이 너무 부끄러워요."

"너무 걱정하지 마세요. 해결 방법을 찾을 수 있을 거예요."

마리가 안을 다독이며 말했다.

"사실, 나도 이미 해결책을 생각해냈어요."

안은 어느 저녁, 최고층 갑판에서 만난 한 노부인을 떠올렸다. 그 노부인은 안의 카메오 펜던트를 보고 마음을 빼앗긴 듯했다. 어린 시절 자신이 가졌던 펜던트를 떠올리게 한다며 감탄했었다. 안은 그 펜던트의 가치를 잘 알고 있었다. 그것이라면 크루즈 여행을 무사히 마칠 수 있을 만큼 충분했다.

이블린은 안이 제안한 가격을 받아들였다. 곧바로 그녀는 펜던트를 가지러 왔고 안에게 현금을 건넸다. 이제 안에게 남은 일은 크루즈 선사와 협의하여 앞으로 여행에서 발생할 경비를 현금으로 지불할 방법을 찾는 것이다.

"펜던트가 없어도 괜찮겠어요?"

마리가 물었다.

"도미니크가 준 첫 번째 선물인데 어떻게 괜찮을 수 있겠어요. 내겐 부적과도 같은 물건인데요. 하지만 다른 방법이 없잖아요."

안이 대답했다.

"진작 말씀하시지 왜 혼자서 굶고 지내셨어요? 큰 도움은 못 됐더라도 식사 정도는 우리가 해결해드릴 수 있었어요."

카미유가 투덜거렸다.

"알아요. 하지만 입이 떨어지지 않았어요. 두 사람을 정말 좋아하긴 하지만 알게 된 지 한 달도 안 된 사람들에게 이런 얘길 꺼낼 수는 없었어요."

안이 한숨을 내쉬었다.

"무슨 말씀인지 이해해요. 그래도 필요한 게 있으면 언제든 말씀하세요. 그러라고 우리가 여기 있는 거니까요. 에이, 얼마나 걱정했는지 몰라요. 그건 알고 계시죠? 어쨌든 다행이에요. 이제 마음 놓으세요. 다 좋아질 테니까."

마리가 안을 위로했다.

"나를 힘들게 한 건 돈이 아니었어요. 도미니크와의 관계가 정말로 끝났음을 인정하는 게 가장 힘들었죠. 그래서 생각해봤어요. 이제 페이지를 넘겨야 할 때가 되었다고요. 벌써 네 장의 엽서를 보냈는데 아직 답장이 없거든요. 그래도 뭐, 계속해서 엽서를 보낼 수는 있을 거예요. 그래봤자 잃는 게 없을 테니까요."

카미유가 털썩 침대에 앉았다.

"자기가 뭘 잃었는지 모르고 있네요, 그 사람. 100미터 절벽만 봐도 기절하는 순진한 여자는 쉽게 만날 수 없잖아요. 안 그래요?"

세 여자가 동시에 웃음을 터뜨렸다. 안이 말했다.

"당신들이 있어서 얼마나 다행인지 몰라요. 혼자였다면 이 여행은 너무 슬펐을 거예요."

여행을 시작하며 안은 홀로 서는 법을 배우려고 했다. 하지만 분명히 알 수 있었다. 그녀는 혼자서 살 수 있는 사람으로 태어나지 않았다. 한 번도 그래본 적이 없었다. 안은 스물세 살에 도미니크와 함께 살기 시작했다. 도미니크 이전에, 착하지만 사랑하지 않았던 남자를 따라 집을 떠난 적은 있다. 그런데 사촌의 결혼식에서 도미니크를 만나자마자 깨달았다. 이 사람과 평생 함께해야겠다고. 그 후로 거의 40년 동안 그녀는 그의 곁을 떠나지 않았다.

도미니크 없이 보낸 밤은 단 한 번도 없었다. 차가운 그녀의 발을 그의 종아리에 대지 않은 밤도 없었고, 그의 코 고는 소리가 목 뒤에서 울리지 않은 아침도 없었다. 그는 항상 화장실 불을 켜놓고 나오는 습관 때문에 그녀의 잔소리를 듣곤 했다. 그의 접시에서 음식을 한두 입 뺏어먹지 않는 저녁이 하루도 빠지지 않았고, 어떤 결정을 내릴 때도 그의 조언 없이 한 적이 없었다. 사랑의 메시지가 없었던 아침은 단 하루도 없었다. 도미니크 없는 자신은 무의미했기에 안은 늘 혼자 살 능력이 자기에게 없다고 느꼈다. 그렇다면 결국 그녀는 다른 버팀목을 찾는 것으로 도미니크와의 관계를 끝내야만 하는 것일까? 어쩌면 그럴지도 몰랐다. 그녀가 원하는 삶은 혼자가 아닌, 둘이 함께하는 것이었으니까. 하지만 그 사실은 그녀를 절망케 했다.

한편, 안은 자신에게 이성적 매력이 여전히 남았는지 의문이었다. 서른 살이라면 도미니크를 대체할 사람이 더 쉽게 나타났을지도 모른다. 그러나 안은 자신이 매력적이라고 느낀 적이 한 번도 없었다. 그리스식 코와 벌어진 앞니는 늘 그녀의 콤플렉스였다. 그래도 안은 자신을 가꾸는 데 소홀하지 않았다. 그녀의 욕실은 마치 화장품 가게처럼 온갖 제품으로 가득 차 있었다. 20대의 피부와 샤론 스톤 같은 몸매를 약속하는 신제품이 나오면 하나도 빠짐없이 꼼꼼히 사용해보았다. 하지만 아무리 비싼 크림이라도 시간이 흐르는 걸 막을 순 없었다.

그리고 지금, 그녀는 못생겼다는 생각에 더해 나이가 들었다는 무력감까지 느꼈다. 만약 건강염려증만 아니었다면, 그녀는 벌써 성형외과를 예약해 얼굴을 당겼을지도 모른다. 몇 년 전, 그녀는 이마에 보톡스를 맞아보았지만 결과는 끔찍했다. 마치 뇌가 마비되는 것 같은 기분에 결국 응급실로 달려갔고, 다시는 그런 시도를 하지 않겠다고 결심했다.

카미유가 몸을 일으켰다.

"일어나요. 우리 물놀이하러 가요!"

"네? 지금은 새벽 1시예요."

안이 놀라서 물었다.

"카미유 말이 맞아요. 이 여행은 괄호잖아요. 내일 무슨 일이 일어날지, 언제 이 괄호가 닫힐지 아무도 몰라요. 그러니까 이 순간을 놓치지 말아야죠!"

마리도 자리에서 일어났다.

"물놀이가 끝나면 갑판으로 로스앤젤레스의 야경을 보러 가요. 환상적일 거예요!"

카미유의 말에 안은 단숨에 담요를 걷어찼다. 그러자 담요 밑에서 분홍색 강아지 인형 하나가 나왔다. 안이 얼굴을 붉히며 말했다.

"혼자서는 못 잔다고 전에도 말했었죠? 내 룸메이트를 소개할게요.

이름은 두두예요."

<h2 style="text-align:center">21</h2>

마리가 따뜻한 물을 틀어 몸을 덥히려던 찰나, 안과 카미유가 문을 두드렸다.

"아직 준비가 안 끝났어요?"

카미유가 객실 안으로 들어오며 물었다.

"발코니에서 잠이 들었었어요. 서두를게요."

지난밤 마리는 잠을 세 시간밖에 못 잤다. 선베드에 앉아 핫초코가 든 머그잔을 손에 들고서 잠들지 않으려 노력한 결과였다. 그녀가 전투력을 상실하고 잠든 것은 여객선이 로스앤젤레스 운하로 들어설 즈음이었다.

"여기서 기다려도 돼요?"

"그럼요. 커피라도 좀 드시면서 기다려주세요."

"이거 마리가 뜬 거예요?"

안이 소파 위에 놓여 있던 뜨개질 뭉치를 집어 들며 물었다.

"네, 맞아요. 제가 전에 뜨개질을 좋아한다고 말했던 것 같은데, 아니었나요?"

"말했어요. 그런데 이렇게 솜씨가 좋다고는 말하지 않았잖아요. 정말 근사한데요."

안의 말에 카미유가 맞장구쳤다.

"내 생각도 안과 같아요. 키프해요. 니트를 별로 좋아하지 않지만 이런 거라면 고민 없이 입을 것 같아요."

마리가 눈썹을 치켜올렸다.

"진심이에요? 그런 말은 처음 들어요."

"만들어서 팔 생각은 안 해봤어요?"

안이 물었다.

"아뇨, 그런 생각은 못 했어요. 제가 만든 걸 누가 사겠어요? 뜨개질은 누구나 할 수 있잖아요. 그래서 완성한 건 전부 자선단체에 가져다 줘요."

마리의 대답이 끝나기가 무섭게 안이 재촉했다.

"얼른 가서 샤워하고 와요. 물을 틀어놓고 이러면 어떡해요! 북극곰이 정신 차리라고 하겠어요!"

마리, 안, 카미유는 로스앤젤레스를 자유롭게 마음껏 구경하고 싶었다. 하지만 빡빡한 프로그램 일정상 그러지 못했다. 이러한 이유로 그들은 노란 택시를 타고 '천사들의 도시'를 둘러보기로 했다. 로드니는 하루 동안 그들을 안내해줄 가이드이자 택시 기사였는데, 그는 세 사람이 편하게 여행할 수 있도록 내내 세심히 배려했다. 안은 왕복 16차선 고속도로의 위엄 앞에 잔뜩 얼어서 비명을 질렀다. 마리는 베벌리힐스의 완벽하리만큼 깨끗이 정돈된 길에 감탄했고, 카미유는 구름을 뚫을 듯 높이 솟은 고층 빌딩에 할 말을 잃었다.

할리우드힐스에서는 운전사 로드니가 사진사로 변신했다. 그는 카미유가 안의 머리 뒤로 손가락 두 개를 들어 올려 토끼 귀를 만든 걸 보고 윙크했다. 호화로운 별장이 바다를 바라보며 늘어선 말리부 해변에서는 파멜라 앤더슨처럼 뛰어다니는 세 여자를 슬로모션으로 카메라에 담았다.

명예의 거리(스타들의 이름이 별 모양의 동판에 새겨진 길)에서는 각자 좋아하는 스타의 별판을 찾았다. 안은 클린트 이스트우드의 별이 없다는 사실을 듣고 심장마비가 올 뻔했다. 마리는 로빈 윌리엄스 앞에서 영원히 기억에 남을 사진을 찍었고, 카미유는 엉금엉금 기어 다니다가 조니 뎁의 별에 입을 맞췄다.

마리, 안, 카미유는 미국식 유쾌한 분위기에 취해 20년이나 젊어졌다. 아는 사람과 길에서 마주쳐도 못 알아볼 정도로 펄쩍펄쩍 뛰어다니고, 마음껏 웃었다.

할리우드 대로의 하드록 카페는 그날 마지막으로 방문한 곳이었다. 유명 스타를 닮은 소품으로 뒤덮인 그곳에서 세 여자는 맛있게 스테이크를 먹었다.

"오랜만에 즐거운 하루를 보냈어요. 가슴이 터질 것만 같아요."

마리가 음식을 씹으며 말했다.

"이 순간을 영원히 잊지 못할 거예요. 꿈을 꾸고 있는 것 같아요."

안이 대답했다.

"무엇보다 함께해서 좋았어요! 오, 그런데 잠시 떨어져 있어야 할 것 같아요. 1분 후에 다시 만나요. 방광이 터질 것 같거든요."

카미유가 몸을 일으키며 말했다.

잠시 후, 마리와 안은 할리우드가 아니었다면 목격할 수 없는 장면에 놀라 기절할 뻔했다. 카미유는 가죽 스키니진을 입고 화장실에서 나오고 있었다. 그런데 누군가 그녀의 손목을 붙잡았다. 이에 카미유는 사냥감이 걸려들었다는 생각에 교태를 부리며 슬며시 웃었고, 안은 고개를 돌린 남자를 보고 놀라서 비명을 질렀다.

"저 남자 커피 광고에 나오는 배우와 똑같이 생겼어요!"

"조지 클루니예요!"

마리가 포크를 떨어뜨리며 소리쳤다.

"진짜요? 정말 조지 클루니가 맞아요? 저 사람이 훨씬 더 잘생긴 것 같은데요?"

"쉿! 카미유가 조지 클루니를 유혹하고 있어요! 빨리 사진을 찍어야겠어요. 오, 이걸 누가 믿겠어요?"

카미유도 그 사실이 믿기지 않았다. 휴대전화 안에 여행에서 사냥한 남자 사진을 하나 더 추가하고 싶기는 했지만 조지 클루니는 정말이지 예상 밖이었다. 하지만 그가 분명 여기, 그녀 앞에 있었다. 조지 클루니는 카미유의 가까이에서 그녀에게 아름답다고 속삭였고, 프랑스식 영어도 마음에 든다며 로스앤젤레스 야경을 구경시켜주겠다고 했다. 일단 숨겨진 카메라는 없는 듯했다. 오래 망설일 필요가 없었다. 조지 클루니를 감히 누가 구석에 두고 가겠는가? 그것은 예의에 어긋났다. 카미유는 웃으며 남자에게 몇 마디 말을 한 다음 엉덩이를 흔들며 마리와 안의 곁으로 돌아왔다.

"조지가 로스앤젤레스를 구경시켜준대요! 함께 갈래요?"

"같이 가고 싶지만 두두가 날 기다리고 있어요."

안이 헛기침하며 순진한 얼굴로 웃었다.

"카미유, 난 세계적인 스타와 리무진을 탈 마음이 없어요. 그러니까 혼자 가요. 증거로 사진 한 장만 찍어서 보여주고요."

마리는 마리대로 안에게 눈을 끔뻑였다.

이후 카미유는 경호원 두 명을 대동한 채 조지 클루니의 팔에 안겨 친구들에게서 멀어졌다.

마리가 종업원에게 손을 흔들어 와인 한 병을 추가했다. 그리고 이렇게 말했다.

"안, 미리 말해두겠는데요. 만약 브래드 피트가 들어오면 그땐 내 차례예요."

22

마리와 안은 유니버설 스튜디오 입구에서 입장 순서를 기다리고 있었다. 지난밤 카미유가 떠나고 난 뒤에, 두 사람은 클럽에서 밤새 춤을 추려고 아이스크림, 아이스 초코, 오레오, 생크림에 당뇨병을 얹어 먹고 원기를 회복했다. 미성년자인 배우 지망생들과 귀를 멍하게 하는 음악 때문에 처음에 그들은 돌아가려 했지만, 결국 새벽 4시에 객실로 돌아갔다. 발은 저리고 머리는 텅 비어 있었다.

검은색 자동차 한 대가 그들 앞에 멈춰 섰다. 카미유가 차에서 내려 활짝 미소를 지으며 달려왔다.

"어땠어요?"

안과 마리가 동시에 물었다.

카미유가 멀어지는 자동차를 향해 손을 흔들며 말했다.

"나쁘지 않았어요. 닮은 사람치고는!"

마리가 눈을 동그랗게 떴다. 안은 놀라서 손으로 입을 막았다.

카미유가 처음으로 그를 의심한 것은 식당 안에서였다. 세계적인 대스타가 단 두 명의 경호원만 대동하고 조용히 저녁을 먹으러 왔다는 것이 그녀의 눈에는 비현실적으로 보였다. 하지만 그녀를 향해 미소 짓는 얼굴은 TV 화면을 통해 그동안 보아 온 모습과 조금도 다르지 않았다. 어느 모로 보나 흠잡을 데 없이 완벽한 조지 클루니였다. 게다가 그녀는 이 모든 게 충분히 가능한 로스앤젤레스에 있었다.

두 번째로 의심이 든 것은 자동차에 오를 때였다. 고풍스러운 검은 색 세단은 그녀가 상상한 리무진이나 커다란 사륜구동차와는 거리가 멀었다.

가면이 벗겨진 것은 조지 클루니가 아파트 문을 닫고 윤이 나는 실내화로 갈아 신었을 때였다. 사우스 센트럴에 위치한 방 셋짜리 아파트에 들어서자 조지가 페드로로 변신한 것이다. 도망칠 수도 있었지만 카미유는 그러지 않았다. 왜냐하면 그는 재미있고, 지적이었으며, 무엇보다도 완벽한 동성애자였으니까.

"우리는 다른 세상을 꿈꾸며 밤을 보냈어요. 페드로가 나중에 내가 사는 보르도로 온다고 했어요. 다시 만나기로 했거든요."

너무 웃어 마리의 눈에서 눈물이 흘렀다. 안도 마찬가지였다. 카미유가 휴대전화를 꺼내 사진을 보여주었다.

"실컷 비웃으세요! 조지 클루니의 단짝 친구가 술을 마시러 들렀을 때 무슨 일이 있었는지 알면 더는 그렇게 웃을 수 없을 테니까요. 참 그 친구는 이름이 매트예요. 캐나다 영화배우 라이언 고슬링의 공식 닮은꼴이고 완벽한 이성애자였어요."

유니버설 스튜디오 내를 순환하는 셔틀 전차 안에 앉아 마리는 열심히 사진을 찍었다. 영화 촬영장은 기대 이상이었다. 마리는 그녀와 일상을 함께했던 이들이 활약한 장소를 구경했다. 위스테리아레인(〈위기의 주부들〉의 등장인물들이 사는 등나무 마을)으로 들어가 배우들의 실제 의상을 입어보기도 했다.

"오, 여기가 브리의 정원이에요! 수잔의 집이랑 리넷의 차도 있어요!"

두 친구는 웃으며 신이 난 마리를 바라보았다.

"여기 온 게 정말 좋은가 봐요."

카미유의 말에 마리가 대답했다.

"네, 말할 수 없이 좋아요! '로맨틱 코미디' 어트랙션이 있었다면 좋았을 텐데. 〈죠스〉 어트랙션보다 그게 더 좋았을 거예요."

로맨틱 코미디는 마리가 무엇보다 사랑하는 것이었다. 마시멜로처럼 달콤하고, 이에 달라붙고, 코를 쿵쿵거리게 만들며, 조금은 부끄러운 행복과 함께 끝나면 웃게 되는 영화들. 마리는 로맨틱 코미디를 먹고 살 수 있을 정도였다.

집에는 마리가 '마시멜로 상자'라고 부른 작은 상자가 하나 있었다. 그 안에는 좋아하는 영화 DVD가 가득했다. 기분이 우울해질 때마다 마리는 그 상자에서 DVD 하나를 골라 두 시간 동안 일상으로부터 해방되어 자유를 누렸다. 〈러브 액츄얼리〉, 〈타이타닉〉, 〈매디슨 카운티의 다리〉, 〈노트북〉, 〈가을의 전설〉, 〈귀여운 여인〉, 〈브리짓 존스의 일기〉, 〈더티 댄싱〉, 〈굿 윌 헌팅〉, 〈노팅 힐〉, 〈로맨틱 홀리데이〉, 〈하트 브레이커〉 같은 영화들은 그녀에게 부작용 없는 우울증 약이었다.

유니버설 스튜디오에 로맨틱 코미디 어트랙션은 없었지만 마리는 마이크 델피노(〈위기의 주부들〉의 등장인물)의 집에도 가보고, 슈렉의 입맞춤도 받았다. 그걸로 충분했다.

23

이상하게도 그날 오후는 자쿠지가 한산했다. 마리는 따뜻한 거품 속에서 눈을 감고 편안하게 쉬고 있었다. 그런데 누군가 다가와 옆에 앉는 인기척이 느껴졌다. 확인차 눈을 가늘게 뜬 그녀가 놀라 몸을 일으

컸다. 회색 머리 남자가 그녀의 얼굴 바로 앞에서 그녀를 빤히 보고 있었기 때문이다.

"얘기를 나누고 싶었는데 늘 친구분들과 함께 계셔서 적당한 기회를 찾고 있었습니다."

"아, 네…."

"죄송하게 생각합니다."

그의 입에서 단어들이 불안정하게 서로 걸려 넘어지듯이 나왔다. 등을 곧게 세우고 앉아 양손을 무릎 위에 올린 모습이 상당히 긴장한 듯 보였다.

"저는 그런 사람이 아닙니다."

"그런 사람이 어떤 사람인데요?"

마리가 물었다.

"교양 없고, 무례한 행동으로 상대방에게 불쾌감을 주는…. 무슨 말인지 아시겠습니까?"

"네, 무슨 말씀인지 알겠어요."

"평소에는 호감을 주는 편입니다. 이것도 어디까지나 제 생각이긴 하지만요."

"그렇군요."

남자는 두 손을 마주 잡고 용기를 냈다.

"제가 이 여행을 선택한 건 혼자 있고 싶었기 때문입니다. 아무와도 관계를 맺고 싶지 않았어요."

마리는 입가에 냉소를 머금었다.

"그런데 동굴에 들어가는 게 아니라 천여 명이 넘는 사람이 타고 있는 여객선을 선택하셨다고요? 글쎄요. 저로서는 이해가 잘 안 돼요."

"압니다. 바보 같은 짓이죠. 당신도 이런 저를 제정신이 아니라고 생각하시겠죠?"

"사실대로 말하자면 조금은요."

남자가 고개를 떨구었다.

"사실 저는 몇 달 전에 아내를 잃었습니다. 암이었죠. 너무도 갑작스러운 일이었어요."

마리는 충격을 받았다.

"유감이에요….."

"처음에는 잘 견뎠어요. 그런데 시간이 지날수록 미치겠더라고요. 그래서 어디로든 떠나야만 했습니다. 그 집에 남아 있으니 우리의 모든 추억이 나를 죽이는 기분이었어요."

그가 계속해서 말을 이었다.

"그러던 중에 고독을 원하는 사람들을 위한 여행이라는 크루즈 광고를 보게 됐습니다. 좋은 아이디어라고 생각했어요."

"그러셨군요. 이해가 가요."

"그런데 당신이 제게 말을 걸었습니다. 솔직히 말하면 습격을 당한 기분이었어요."

"자연스러운 반응이에요."

"지금도 그런 건 아닙니다. 오해 마세요. 제겐 중요한 일이어서 그냥 좀 설명하고 싶었을 뿐입니다."

"말씀해주셔서 감사해요. 감동이에요."

마리가 부드러운 음성으로 대답했다.

남자가 일어나 자쿠지를 빠져나갔다.

"제 이름은 로이크입니다."

뒤돌아보며 그가 말했다.

"저는 마리예요."

잠시 후 안과 카미유가 마리 곁으로 다가왔다.

"마리, 괜찮아요? 혹시 지금 울어요?"

안이 물었다.

"아무것도 아니에요. 자쿠지 물에 탄 소독약 때문이에요."

카미유가 놀리듯 웃으며 말했다.

"물론 그렇겠죠. 그런데 그 소독약 이름이 로이크인가 보죠?"

24

이블린은 누구에게 비밀을 털어놓아야 할지 알 수 없었다. 그때 지난 저녁 자신에게 무척 친절했던 마리가 생각났다.

이블린과 마리가 객실에서 대화를 나눈 지 30분이 지났다. 머리를 저으며 이블린이 말했다.

"내겐 두 번 다시 오지 않을 시간이에요. 그런데 이렇게 배에서 쫓겨나다니! 겨우 이런 일을 겪으려고 80년을 기다렸다고 생각하니 내 인생이 너무 불행하게 느껴져요."

마리는 분노를 참지 못했다.

"이건 말도 안 돼요. 불법이라고요. 자기들 마음대로 어떻게 이럴 수 있죠?"

"아니에요. 가능해요. 우리가 잘못했으니까요. 나는 배의 규정을 알았고, 서명도 했어요. 규정대로라면 벌써 이곳을 떠났어야 해요."

특별 공연이 있던 저녁 이후 이블린과 조르주는 떼려야 뗄 수 없는 사이가 되었다. 두 사람은 함께 로스앤젤레스를 구경하면서 사랑이 나이와 무관하게 모든 이의 가슴을 두드리며 온다는 것을 알았다.

"우리도 처음엔 굉장히 놀랐어요. 조르주는 아내를 잃은 슬픔에 빠져 있었고, 나도 나를 이해하고 붙들어줄 누군가를 다시 만나게 되리라곤 생각지 않았으니까요. 그런데도 우리는 사랑에 빠지고 말았고, 이후 모든 일이 급속도로 진행되었어요. 우리 나이에는 잃어버릴 시간이 더는 없으니까요."

마리는 감동한 표정이었다.

"너무나 아름다운 이야기예요. 대부분은 그러지 못하니까요. 이블린은 자신의 감정을 충분히 느낄 권리가 있어요."

이블린이 미소 지었다.

"단순히 감정만 나눈 건 아니에요. 우린 이미 선을 넘었어요."

마리가 귀를 막는 시늉을 했다.

"아, 무슨 얘긴지 충분히 알겠어요. 그러니까 그만 말씀하셔도 돼요. 더 들어야 할지 아직 모르겠거든요."

"마리, 도대체 나를 어떻게 생각하는 거예요? 우리는 키스했고 그게 전부예요. 그런데 어젯밤엔 자제심을 잃었나 봐요. 아무도 우리를 보지 않는다고 생각하고 함께 밤을 지새웠어요. 최고층 갑판 위에서였는데, 누군가 우리를 보고 놀란 것 같았어요."

"그게 누구인지 보셨어요?"

"아니요. 발걸음 소리만 들었고 누구인지는 보지 못했어요."

"그래서요? 그 사람이 밀고한 거예요?"

"추측일 뿐이에요. 그 사람이 말한 게 아니라면 감시 카메라에 찍혔을 수도 있고요. 난 오늘 아침 문틈으로 들어온 소환장 내용밖에 아는 게 없어요."

여객선 책임자가 이블린과 조르주를 소환했다. 그들은 떨리는 목소리로 그럴 수밖에 없었던 이유를 설명하고, 앞으로 조심할 것을 약속했다. 하지만 여객선 책임자는 까다로운 사람이었다. 그에게 규칙은 규칙이었고, 규칙이 지켜지지 않는 '고독 속의 세계 일주'는 있으나 마나 한 것이었다.

눈물을 닦으며 이블린이 말했다.

"우린 샌프란시스코에서 내리게 될 거예요."

마리가 소리쳤다.

"그럴 순 없어요! 함께 해결책을 찾아보도록 해요."

마리는 규칙을 존중하는 사람이었다. 운전 중 속도위반을 하지 않았고, 일요일에는 이웃에 피해를 주지 않기 위해 잔디를 깎지 않았으며, 포장 상자는 분리해서 재활용 수거함에 넣었고, 유통기한이 지난 제품은 절대로 사지 않았다. 법을 무서워했고, 법을 집행하는 사람들을 두려워했다.

그러나 이번 경우는 뭔가 잘못되었다는 확신이 들었다. 규칙은 여객선이 유혹할 이성을 찾아다니는 남자들의 소굴이 될까 봐 걱정하는 잠재적 고객들의 걱정을 덜어주고 그들을 안심시키기 위해 존재하는 것이었다. 안내 책자에 명시된 규정에는 다른 여행객들에게 불쾌감을 주는 행동을 삼가고, 갑판 위 의자 위에서 애정 행각을 금지한다는 내용이 들어 있었다. 모두 수긍 가능한 사항이었다. 하지만 노인들의 짧은 입맞춤을 처벌 대상으로 삼는 것은 도를 넘어선 처사였다. 여객선 책임자가 흥분한 상태에서 즉흥적으로 결정을 내린 것이 분명했다. 조금만 설득하면 책임자의 마음을 되돌릴 수 있을지도 몰랐다.

마리, 안, 카미유가 사무실 안으로 들어갔을 때 여객선 책임자는 책상 뒤에 앉아 있었다. 그는 선한 인상의 50대 남자로 양쪽 볼이 호두 두 알을 문 것처럼 볼록했다. 정수리 부근은 탈모로 휑했다. 하지만 눈빛만은 호감을 살 만큼 다정해 보였다. 책상 위에 놓인 상자에서 캐러멜 한 개를 꺼내 입에 문 뒤, 그는 세 여자가 하는 말에 귀를 기울였다.

"규칙은 규칙입니다. 죄송하지만 여러분을 위해 제가 해드릴 수 있는 일은 없습니다."

이야기를 다 듣고 난 후, 한숨을 쉬며 그가 말했다.

안의 얼굴이 진홍색으로 바뀌었다.

"노인 두 명을 지구 반대편에 내려놓을 수는 없어요. 분별력 있는 사람이라면 절대로 그래서는 안 돼요."

"짐작하시겠지만 통보한 내용대로 두 분은 가장 빨리 뜨는 비행기를 타고 프랑스로 돌아가셔야 합니다. 여행 계약서에 서명하기 전에 여러분도 규정 사항을 읽지 않으셨습니까?"

강한 영국식 억양으로 책임자가 대답했다.

마리가 부드러운 어조로 설득했다.

"그래도 다시 한번 생각해주세요. 볼 사람이 없다고 생각하고 잠깐 입맞춤했을 뿐, 다른 사람에게 해를 끼치지 않았어요. 누구도 곤란하게 만들지 않았고요."

"유감스럽지만 누군가 그 장면을 목격했고 몹시 불쾌해했습니다. 한 사람의 의견이라도 무시해서는 안 되죠. 게다가 목격자는 여행 안내서의 저자예요."

카미유가 참지 못하고 한마디 쏘아붙였다.

"이제 보니 상당히 고상한 분이셨네요. 평판이 조금 나빠지는 쪽보다 사랑하는 두 노인을 희생시키는 쪽을 선택했으니까요. 그런데 그거 아세요? 저도 인터넷에 당신에 대한 글을 올릴 수 있어요. 그러니 똑똑히 이 얼굴을 기억해두세요."

책임자가 두 번째 캐러멜을 집어 들었다.

"할 말이 더 없다면 이만 모두 돌아가주시겠습니까? 규정을 어긴 두 분의 본국 송환 준비가 아직 끝나지 않아서요."

세 여자는 화가 난 채로 갑판 F의 카페에서 조르주, 이블린과 다시 합류했다.

이블린이 말했다.

"벽에 걸 아름다운 사진을 가져갈 순 없겠지만 괜찮아요. 사진보다 더 소중한 사람과 함께 돌아가는 거니까요."

이블린의 말에 조르주가 확고한 어조로 동의했다.

"맞습니다. 행복한 마지막을 보낼 수 있다는 희망보다 더 소중한 게 있을까요? 우리는 세상을 주고도 얻지 못할 걸 가지고 가는 겁니다."

25

깊은 밤, 누군가 객실 문을 두드렸다. 마리는 잠이 덜 깬 채 불을 켜고 긴 티셔츠로 몸을 가렸다. 그리고 침대에서 일어나 문을 열었다. 문 밖에 선 사람은 뜻밖에도 로이크였다. 마리의 안내로 실내로 들어온 그는 조용히 문을 닫았다. 그러고는 몸을 돌리더니 그녀를 껴안았다.

"오래전부터 당신을 원했습니다."

귓가에 그의 숨결이 느껴졌다. 로이크는 마리를 벽에 기대 세우고 부드러운 그녀의 목덜미에 격정적으로 키스했다. 마리는 남자의 머리카락을 움켜쥐었다. 두 남녀의 얼굴이 포개지며 서로의 혀가 상대의 입안에서 춤추기 시작했다.

그때였다. 안개 경보를 알리는 고동 소리가 울리고 마리는 놀라서 잠에서 깨어났다. 여객선이 자욱한 안개를 뚫고 샌프란시스코 항으로 들어서고 있었다.

평상시의 고른 숨결로 돌아오기까지는 몇 분이 걸렸다. 마리는 침대에서 일어나 객실 창문을 열었다. 관능적인 꿈을 꾼 것이 처음은 아니었지만 이번 꿈은 놀라우리만치 생생했다. 마리의 성생활은 한 달에 한 번 의무처럼 남편과 치른 것으로 요약될 수 있었다. 일요일 저녁 뉴스가 시작되기 전 광고와 광고 사이에 로돌프가 다른 여자를 생각하며 그녀 위에서 몸을 움직이면, 그녀는 남편 밑에서 입술을 깨물었다. 로돌프는 권위적인 태도로 마리에게 최소한의 쾌락만을 선물했고, 마리는 로돌프를 기쁘게 해주기 위해 최선을 다했다. 마리는 로돌프 외에 다른 남자와 잠자리를 가진 적이 없었다. 그리고 그런 자신에 만족했다. 자신을 무겁게 누르는 그의 몸에 만족했고, 몸에 와 닿는 그의 손길에 만족했으며, 절정의 순간에 다다랐을 때 그가 몰아쉬던 숨과 절정 이후 입술을 삐죽이 내미는 그의 버릇에 만족했다. 그런데 그는 그런 아내를 두고 사랑의 행위가 끝나자마자 곧바로 침대에서 일어나 벌거벗은 몸으로 욕실을 향했다.

그랬다. 마리는 남편 외에 다른 남자와 잠자리를 갖지 않았다. 그뿐만 아니라 상상으로라도 외간 남자와의 잠자리를 꿈꾼 적 없었다. 하지만 그런 마리도 가끔은 관능적인 꿈을 꾸었다. 꿈속에서는 로돌프가 주인공인 경우가 매우 드물었다. 같은 남자가 연이어 등장하지도 않았다. 꿈속 남자들은 모두 이름과 얼굴을 갖고 있지 않았다. 그런데 그런 그녀의 꿈에 얼굴과 이름이 분명한 한 남자가 등장한 것이다. 생각지도 않은 기이한 꿈에 마리는 와인을 줄이고 말도 안 되는 꿈속 장면을 잊어야겠다고 생각했다.

샌프란시스코는 여행 DVD에서 소개된 풍경 그대로였다. 친절하고 예의 바른 주민들은 활기차 보였고, 미국의 여느 대도시처럼 높은 빌딩으로 가득했다. 마리, 안, 카미유는 케이블카를 타고 경사면을 따라 늘어선 빅토리아풍의 가옥들과 도심을 이루는 상점들을 구경했다. '누구나 좋아하는' 도시답게 샌프란시스코는 세 여자 모두를 매혹했다.

오후의 끝에 이르자 안개가 걷히고 마침내 샌프란시스코를 상징하는 금문교를 구경할 수 있었다.

안이 말했다.

"오늘 저녁엔 같이 다니지 못할 것 같아요. 머리가 좀 아파서요. 내일을 위해 돌아가 쉬어야 할 것 같아요."

"괜찮겠어요? 이번엔 숨기는 게 없는 거죠?"

마리가 물었다.

"그럼요. 걱정하지 마세요. 두통이 좀 있을 뿐이니까 조용한 곳에서 쉬면 괜찮아질 거예요. 여기서 이틀을 머무니까 못 가 본 곳은 내일 가죠, 뭐."

안이 웃으며 대답했다.

옆에서 두 사람의 대화를 듣고 있던 카미유가 말했다.

"이런, 오늘은 나도 혼자 다니려고 했는데, 어쩔 수 없네! 마리, 그럼 나랑 같이 갈래요? 샌프란시스코에서 물이 제일 좋은 바에 갈 생각이에요.”

“아뇨, 혼자 가요. 난 맛집으로 소문난 식당에 갈 거예요.”

마리의 거절에 카미유가 투덜거렸다.

“쳇, 우리 모두 오랜만에 혼자만의 시간을 보내려나 보네요. 다들 보고 싶겠지만 어쩔 수 없죠.”

안을 객실까지 데려다준 뒤, 마리는 ‘여자 혼자 밤에 낯선 도시를 돌아다니는 것은 안전하지 않다’는 안의 충고에 따라 ‘여자 혼자 밤에 낯선 도시를 돌아다니는 것은 안전하지 않다’는 똑같은 충고를 카미유에게 했다. 그리고 안전을 위해 노출이 거의 없는 겉옷과 신발로 중무장하고 여객선 출구를 향했다.

“안녕하세요, 부인. 무엇을 도와드릴까요?”

보초를 서고 있던 아르놀드가 한결같은 미소로 물었다.

“아르놀드, 혹시 추천하고 싶은 식당이 있나요? 목록이 있긴 한데 어디로 가야 할지 모르겠어요.”

“물론입니다. 오늘 저녁에 가실 식당은….”

“게리 댄코가 좋을 겁니다. 나도 마침 가려던 곳인데 괜찮다면 함께 가시죠.”

마리의 등 뒤에서 누군가 두 사람의 대화에 끼어들었다. 로이크였다.

아르놀드가 머리를 끄덕였다.

“좋은 생각입니다. 지혜로운 사람은 밤거리를 혼자 다니지 않으니까요.”

잠깐의 망설임을 뒤로하고 마리가 대답했다.

“그럴까요? 아르놀드의 마음도 안심시킬 겸.”

26

미슐랭 가이드에 선정된 게리 댄코 레스토랑은 세계적인 미식가들의 까다로운 입맛을 사로잡은 곳이었다. 그래서인지 택시가 식당 앞에 섰을 때 두 사람은 그곳에서 저녁 식사를 할 수 없다는 사실을 깨달았다. 식당 밖으로 대기 중이던 사람들의 행렬이 끝없이 길게 이어진 탓이었다. 두 사람은 하는 수 없이 근방의 다른 맛집을 찾아보기로 했다. 그리고 웨이페어 태번이라는 한 오래된 식당에서 수제 햄버거와 감자튀김을 먹기로 합의했다.

자리에 앉자마자 마리가 코카콜라를 주문했다.

"종일 돌아다녔더니 갈증이 나요."

로이크는 오른쪽 뺨에 보조개 하나를 만들며 그녀를 향해 미소 지었다. 마리로서는 처음 보는 보조개였다.

"여기는 어떻게 알았어요? 와본 곳인가요?"

그녀의 물음에 로이크가 대답했다.

"아니요. 저도 처음이에요. 어렸을 때 스페인과 런던에 갔던 것 말고는 한 번도 프랑스를 떠난 적이 없거든요. 하지만 요리에 관심이 많긴 합니다."

"저도 이런 여행은 처음인데, 재밌네요. 그런데 세계 일주는 어떻게 하게 된 거예요?"

"여객선은 혼자 있을 필요가 있어서 선택했고, 세계 일주는 늘 꿈꾸던 일이었지만 한 번도 시도하지 못한 거라서죠."

결혼 이후 로이크의 아내 놀웬은 불안장애로 고통받았다. 그녀는 사람들을 두려워했다. 익숙한 것에서 멀어지는 것도 두려워했고, 자기 자신을 두려워했으며, 두려움을 느끼는 것 또한 두려워했다.

그녀가 두려움에서 벗어나 안정을 찾을 때는 익숙한 생활 범위를 벗어나지 않는 순간뿐이었다. 남편과 사는 집과 그 집이 있는 동네, 그 동네가 있는 도시, 그리고 그 도시의 몇몇 특별한 장소를 벗어나면 놀웬이 예외 없이 불안과 공포를 느꼈기에, 두 사람은 기차를 타거나 비행기를 타고 멀리 여행을 떠나지 않았다. 극도의 공포증을 극복하기 위해 약물과 심리 치료, 최면술, 침술 등 거의 모든 시도를 해봤지만 전부 실패했다.

놀웬은 두려움 때문에 자기 인생에도 적응을 잘하지 못했다. 그래서 부부는 차선책으로 두려움에 삶을 적응시키는 법을 터득했다. 그들의 모든 사회적 활동은 집 가까운 곳에서 이루어졌고, 불가능할 때는 로이크 혼자 길을 떠났다. 그는 그런 아내와 사는 것에 큰 불편을 느끼지 않았다. 자신을 희생한다는 느낌도 받지 못했다. 하지만 그런 그가 아내가 죽고 난 뒤 처음으로 한 생각은 멀리 떠나고 싶다는 것이었다. 아내의 체취가 묻어 있는 베개로부터 될 수 있는 한 멀리, 현관에 놓인 그녀의 신발로부터 멀리, 그녀가 고른 액자들로부터 멀리, 자신을 동정 어린 눈으로 바라보는 친지들로부터 가능한 한 멀리 떠나는 것이었다.

로이크는 아이들을 위해 그런 충동을 이겨내려 노력했다. 아이들 또한 엄마를 잃은 지 얼마 되지 않은 까닭이었다. 그런 상황에서 아빠까지 여행을 떠난다면 아이들이 겪어야 할 고통이 너무 클 것 같았다. 하지만 그의 부모님이 우울증에 걸린 듯 보이는 그를 설득했다. 그렇게 해서 결국 그는 아이들을 부모님께 맡기고 회사에 석 달간의 휴가를 신청한 뒤 가방을 챙겼다.

"천 번도 넘게 고민했어요. 하지만 잘한 것 같다는 생각이 듭니다."

마리는 조용히 로이크의 말에 귀를 기울였다.

"이런, 죄송합니다. 시시콜콜한 개인사로 지루하게 해서."

마리의 접시에 음식이 그대로인 것을 보고 그가 정색했다.

"아니에요. 조금도 지루하지 않았어요."

마리는 머리를 흔들었다.

"평소에는 이런 얘기를 잘 늘어놓는 편이 아닙니다. 그런데 무슨 일인지 모르겠군요. 죄송합니다."

"정말 괜찮다니까요. 믿으셔도 돼요. 이야기를 듣다가 시간 가는 줄도 몰랐어요. 지루했다면 지금쯤 디저트를 먹고 있었겠죠."

"그렇군요. 덕분에 안심이 됩니다. 이제 당신에 대해 이야기해주세요. 어떻게 혼자 여행을 떠날 생각을 하게 된 건지."

그녀는 결혼과 아이들, 상처, 권태, 결심, 로돌프의 마흔 살 생일을 위해 준비한 깜짝 이벤트에 관해 말했다. 귀 기울여 듣던 그가 마지막 대목에서 웃음을 터뜨렸다.

"영화를 만들어도 되겠어요. 마음에 듭니다."

"마지막 순간까지 망설였어요. 떠나기 전날까지요. 제게 남편을 떠날 용기가 있다고는 생각하지 않았거든요. 하지만 그에게 온 다른 여자의 문자를 보고 확신을 얻었죠."

"딸들은요? 애들은 어떻게 생각하죠?"

"사실 제 눈을 뜨게 해준 건 두 딸이었어요. 지금은 그 애들이 저를 지지해주고요. 둘 다 독립해서 사는데 이제 정말 다 컸나 봐요. 그쪽 애들은 나이가 어떻게 돼요?"

"아들은 열두 살이고, 딸아이는 열네 살입니다. 강한 아이들이죠. 매번 나를 놀라게 할 정도로요. 저는 아이들이 자신의 꿈 끝까지 갈 수 있도록 가르치고 싶어요."

마리가 미소를 지었다.

"장 자크 골드먼의 노래들이 생각나는군요."

그녀의 말에 로이크가 놀란 얼굴로 말했다.

"아, 그런가요? 뜻밖이네요. 그렇다고 크게 놀랍지는 않습니다. 다시 제 소개를 하죠. 저로 말할 것 같으면, 장 자크 골드먼의 첫 번째 팬입니다."

"그럴 리가요. 잘못 아셨어요. 그의 첫 번째 팬은 바로 저인걸요!"

그가 턱을 위로 들어 올렸다.

"골드먼의 음반이라면 한 장도 빼놓지 않고 다 소장하고 있는데요? 아마 저를 이기기는 힘드실 겁니다."

마리는 가방 속으로 손을 집어넣었다. 그리고 MP3를 꺼내 그에게 내밀었다.

"그의 모든 노래가 여기에 담겨 있어요. 이래도 첫 번째 팬이라고 고집부리실 건가요?"

"좋습니다. 졌어요. 저는 두 번째 팬입니다."

로이크가 햄버거를 한입 베어 물었다. 조금 식기는 했어도 풍미는 그대로였다. 흘러넘치는 치즈, 사각거리는 양파, 질감이 풍부한 브리오슈, 모든 게 일품이었다.

"요리에 관심 있다고 하셨죠?"

마리가 감자튀김을 집어 들며 물었다.

"네, 그래서 직업도 그쪽입니다. 〈웨스트 프랑스〉 신문의 음식 관련 기자로 일하고 있죠."

"와! 어떤 기사를 쓰세요? 요리법에 대한 글을 쓰나요?"

"가끔이요. 식당에 관한 평가도 쓰고, 인터뷰나 설문 조사도 써요. 하지만 전 요리를 하는 쪽보다는 열심히 먹어주는 쪽에 가까워요. 그런데 이 햄버거는 정말 잘 만들었네요!"

"네. 이렇게 맛있는 음식은 오랜만에 먹어봐요. 직업이 그래서인지 최고의 선택을 하셨어요."

"하하, 그런가요? 불평은 아니지만 태평양 한가운데서도 일을 하게 될 줄은 몰랐습니다. 인터넷에 감사해야겠어요."

마리가 문득 먹던 것을 멈추고 소리쳤다.

"덕분에 좋은 생각이 났어요!"

"네? 무슨 일인지 한번 들어볼까요?"

놀란 표정으로 로이크가 물었다.

그날 밤, 로이크는 마리를 객실 앞까지 데려다주었다. 새로운 사람을 만나는 것이 얼마나 행복한 일인지 그녀는 잊고 있었다. 그런데 여행이 그녀에게 그 사실을 일깨워주었다. 안, 카미유, 로이크…. 그들은 그녀에게 자신의 삶을 이야기했고, 그녀도 그들에게 자신의 인생을 이야기했다. 그들이 앞으로 채워나갈 페이지는 순결했다. 서로에 대해 많이 알지는 못했지만 아는 것이 없는 만큼 편견과 선입관도 없었다. 서로가 살아온 날들을 이야기하며 로이크와 함께 보낸 저녁 식사 자리도 그랬다. 두 사람은 서로의 잘잘못을 따지는 법 없이, 돌아서면 변할 다른 속내 없이 진솔한 대화를 나누었고, 마리에게는 그것이 기분 좋은 경험으로 남았다.

그녀가 펠리시타 카드로 객실 문을 열며 남자를 향해 돌아섰다.

"그럼 내일 아침 8시에 홀에서 만나요. 그런데 진짜 괜찮은 거 맞죠?"

"네, 내일 봬요."

"감사해요. 도와주셔서."

"제게도 기쁜 일입니다. 오늘 저녁도 덕분에 즐거웠고요. 감사합니다."

"저도…."

그녀가 멈칫했다. 그녀의 '사랑스러운' 이웃이 문을 연 탓이었다. 이웃 여자는 마리를 못 본 듯 유령 취급했다. 그러고는 로이크의 팔을 잡아끌며 이렇게 말했다.

"로이크, 목소리를 듣고 당신인 줄 알았어요. 저를 보러 오신 건가요? 깜짝 놀랐어요. 어서 들어오세요. 그렇게 복도에 서 있지 말고요."

로이크는 대꾸 한마디 못 하고 이탈리아 여자의 객실 안으로 끌려 들어갔다. 마리는 멍하니 그 모습을 지켜보았다. 객실 안으로 들어와 문을 닫고는 어떻게 저렇게 매력적인 남자가 하피(새의 몸에 날카로운 발톱과 여자 얼굴을 한 그리스 신화 속 괴물)와 친구가 될 수 있는지 놀라워했다. 하지만 그보다 더 놀라운 것이 있었다. 그것은 이탈리아 여자와 함께 있는 그를 보고 화가 난 그녀 자신이었다.

27

8시 15분, 안이 불안한 얼굴로 홀 중앙을 서성였다.

"내가 장담하는데 안 올 거예요. 그런 느낌이 들어요. 그럴 만한 사람이 아니거든요. 버스에서 처음 보고 알았어요. 그게 그 사람의 진짜 얼굴이라니까요! 딱 보면 모르겠어요?"

카미유는 의견이 조금 달랐다.

"너무 부정적으로 생각하지 마세요. 그러다가 세상 남자 전부를 쓰레기통에 처박아버리겠어요."

마리의 의견도 카미유와 같았다.

"약속했으니까 틀림없이 올 거예요. 어제는 분명히 함께할 의사가 있어 보였어요."

그때 카미유가 엘리베이터를 가리키며 소리쳤다.

"저기 와요!"

로이크였다. 그는 전날 입은 옷과 같은 옷을 입고 있었다. 마리는 그 사실에 주목했다. 그는 무표정한 얼굴로 세 여자에게 손을 흔들며 인사했다. 카미유가 참지 못하고 말했다.

"이제 갈까요? 빨리 끝내고 해변에 가서 자야겠어요. 어제 피곤한 밤을 보냈거든요."

여객선 책임자는 책상 뒤에 앉아서 사무실 안으로 들어오는 한 무리의 사람들을 평온한 얼굴로 응시했다. 그는 그들이 자신을 찾아온 이유를 알고 있었고, 마리는 책임자가 습관적으로 캐러멜을 하나 집어 입 안에 넣는 동안, 미소를 머금은 채 설득에 필요한 적당한 단어를 골랐다.

"안녕하세요. 이렇게 또 방해해서 죄송해요. 하지만 우린 여객선에서 쫓겨날 두 노인에 대해 조금 더 대화를 나누고 싶어요."

"좋습니다. 제게 더 하실 말씀이 뭡니까?"

그가 조용히 대답했다.

"어제 저희가 드린 말씀에 관해 다시 생각해보셨나요?"

책임자는 있지도 않은 수염을 매만졌다. 그러고는 과장된 한숨을 내쉬며 다음과 같이 말했다.

"그렇습니다. 생각해보았죠. 다시 말씀드리지만 제 결정에는 변함이 없습니다. 너무 늦으셨어요. 그러니까 여기서 이러지 말고 공항에 가 보세요. 비행기는 두 시간 뒤에 이륙합니다. 물론 두 노인에게는 분명 슬픈 일입니다. 하지만 여객선의 명성에 해를 끼칠 수는 없어요. 자, 우리가 더 나눌 이야기가 있을까요?"

마리가 로이크에게 신호를 보냈다. 그러자 그가 책상 앞으로 다가가 종이 한 장을 내밀었다.

"이렇게까지 하고 싶진 않습니다만, 지금으로서는 다른 선택의 여지가 없군요."

책임자가 책상 위에 놓인 종이를 집어 들었다. 내용을 살펴본 그가 종이를 구겨 던지며 소리쳤다.

"이 쓰레기 같은 글은 뭐죠?"

로이크가 그에게 기자증을 내보였다.

"내일 〈웨스트 프랑스〉에 실리게 될 기사 내용입니다. 물론 기사가 실릴지 아닐지는 당신이 어떤 결정을 내리는가에 따라 달라집니다."

카미유가 웃음을 터뜨렸다.

"하하, 어쩌죠? 이제 그 명성이 땅바닥에 떨어지게 되었으니!"

여객선 책임자가 입안에서 캐러멜을 꺼냈다. 그러고는 캐러멜을 포장하고 있던 종이 안에 끈적해진 물체를 구겨 넣었다.

"이건 명백한 명예 훼손입니다!"

그가 소리쳤다.

"단순한 기고문이죠. 각종 미디어를 통해 크루즈 여행을 홍보하려는 마음은 이해합니다. 나쁘지 않은 방법이거든요. 그래서 제가 어떻게든 도와드리려는 겁니다."

안이 팔짱을 끼고 로이크를 거들었다.

"이제 더는 고집부릴 일이 아닌 것 같네요. 용기 있는 분이라고 생각했는데, 아닌가요?"

책임자가 의자에서 일어나며 소리쳤다.

"다들 여기서 당장 나가세요!"

"정말로 양보할 생각이 없으세요?"

마리가 물었다.

"내가 뭘 할 수 있는지 찾아보겠소. 그러니 일단 나가요. 어서요. 내 말이 들리지 않습니까?"

사무실 문이 닫히자마자 세 여자는 기쁨의 환호성을 질렀다. 카미유가 로이크에게 말했다.

"이렇게 일이 간단히 풀릴 줄 몰랐어요. 책임자의 엉덩이를 두드리며 잘했다고 말해줄걸 그랬어요!"

안도 가만히 있지 않았다.

"정말 고마워요."

마리가 마지막으로 감사의 마음을 전했다.

"조르주와 이블린도 무척 행복해할 거예요. 고마워요, 로이크!"

"아무것도 아닙니다. 시간이 오래 걸린 일도 아니고요. 이제 가봐야겠습니다. 좋은 하루 보내세요."

로이크가 고개를 숙이며 말했다.

그는 여객선 출입구를 향해 걸어갔다. 마리가 그 모습을 지켜보았다. 안과 카미유는 입가에 미소를 머금은 채 멀어져 가는 남자에게서 시선을 떼지 못하는 마리를 유심히 바라보았다.

세 사람이 여객선에서 다시 만난 것은 이틀간의 샌프란시스코 여행이 끝난 뒤였다.

마리가 말했다.

"즐거운 여행이었어요. 도시도 매력적이었고요."

카미유도 한 마디 덧붙였다.

"저도 너무 좋았어요. 잘생긴 남자들이 줄줄이 사탕처럼 쏟아져 나왔거든요. 정말 대단했죠. 어? 잠깐! 저기를 보세요!"

여객선 책임자가 이블린, 조르주와 함께 홀에서 이야기를 나누고 있었다. 책임자는 환하게 웃으며 힘차게 고개를 끄덕였다. 안, 마리, 카미유는 그가 대화를 마치고 자리를 뜰 때까지 기다렸다.

"보고 싶었어요! 고마워요. 정말 고마워요."

이블린이 세 여자를 차례로 껴안으며 말했다.

조르주가 그들의 손을 잡았다.

"어떻게 하셨는지는 모르지만 덕분에 일이 잘 풀렸어요. 정말 고맙습니다."

마리는 책임자와의 협상을 이야기하며 이블린과 조르주의 여행이 어떻게 계속될 수 있었는지 설명했다.

"협박을 하셨다고요?"

"책임자가 뜻을 굽히지 않아서 어쩔 수 없었어요."

카미유가 대답했다.

이블린이 말했다.

"우리에겐 전혀 다른 얘길 했어요. 상황을 잘못 파악한 승무원의 실수였다고요."

"거짓말이에요. 그 사람 정말 고집불통이었어요. 마리가 다행히 신문 기자를 알아서 일이 잘 풀렸지만요."

안이 설명했다.

카미유가 웃으며 말했다.

"맞아요. '마리의 신문 기자' 덕에 일이 잘 해결되었죠."

"감사히 여긴다고 대신 전해주십시오. 그분이 아니었으면 지금쯤 우린 프랑스행 비행기 안에 있었을 테니까요."

마리는 조르주의 말에 미소 지었다. 불과 며칠 전만 해도 로이크는 신경을 건드리며 화를 돋우는 사람이었다. 그런데 지금은 모두가 고마워하는 사람이 되어 있었다. 믿기지 않는 일이었지만 사실이었다.

28

여객선이 마르세유를 떠난 지 한 달이 되었다. 하와이에 가까워지자 기온은 한결 온화해졌고, 갑판 위에서는 댄스파티가 열렸다. 출항 한 달을 기념하는 파티였다. 그날 밤, 여행객들은 별빛 아래에서 춤을 출 예정이었다. 그들을 위한 조명이 켜졌다. 시원한 음료와 과자로 가득한 테이블이 차려졌으며, 오케스트라가 초대되었다.

마리는 침대 위에 꽃무늬 드레스를 펼쳐 놓고 샤워실로 들어갔다. 두 달 후면 괄호가 닫히고 집으로 돌아가게 된다. 어떤 선택을 하는지에 따라 그녀의 집이 될 수도 있고 아닐 수도 있는 과거의 집으로 말이다. 이후에는 몇몇 소지품만 챙겨 들고 새로운 집을 찾기 전까지 호텔에 묵을 예정이었다.

아파트가 구해지면 그녀는 평소 원하는 대로 실내를 꾸미기로 했다. 로돌프가 게이들이나 좋아한다며 금지했던 온갖 색과 조명으로 집을 장식할 것이었다. 핫초코와 브리오슈로 마음껏 허기를 채우고, 리모컨의 주인이 되어 보고 싶은 프로그램을 원 없이 볼 것이었다. 화장실 문을 열어놓고 볼일도 보면서 '그녀는 혼자서 아기를 만들었네'(1986년 발표된 장 자크 골드먼의 노래)에 맞춰 춤추고, 침대에 대각선으로 누워 자고, 원하는 속옷을 입을 것이었다. 브리짓(영화 〈브리짓 존스의 일기〉의 주인공)과 노래도 하고, 설거지는 마음이 내킬 때 하면서 자기 집을 자기가 만든 규칙에 따라 꾸리고, 오로지 자기 자신의 리듬에 맞추어 인생을 살아갈 것이었다.

마리는 남편 로돌프의 돈에 의존하고 싶지 않았다. 그러려면 무엇이 되었든 최대한 빨리 일자리를 구해야 했다. 중단한 학업과 전업주부가 전부인 경력 아닌 경력 때문에 선택이 어려울 수도 있겠지만 그녀에게는 아무도 따라올 수 없는 큰 재능이 있었다. 무한한 인내심을 갖고 화장실을 문질러 닦는 최고의 재능 말이다. 마리는 그것만으로도 미래의 지평을 열기에는 충분하다고 믿었다.

무슨 직업이 되었든, 아파트의 크기가 어떠하든, 어떤 어려움이 있든, 마리는 개의치 않을 것이었다. 어떤 고난도 인생을 함께하기로 약속한 남자에게 믿지 못할 사람, 쓸모없는 사람이 되어 투명 인간 취급받는 것보다는 낫기 때문이었다.

안은 긴 원피스로 몸을 감쌌다. 원피스는 완벽한 재단에 허리가 너무 조이지도 않았고, 허벅지도 지나치게 헐렁하지 않았다. 그녀는 색만 다를 뿐 똑같은 모양의 그 원피스를 네 벌 사들였는데 옷장 안에는 늘 그런 식으로 색만 다를 뿐 같은 모양의 옷이 많았다.

마리처럼 그녀도 두 달이 지나면 텅 빈 아파트로 돌아간다. 집으로 돌아가면 가장 먼저 이웃집에 맡긴 고양이 뽐므를 찾아올 테고, 가방을 풀어 소지품을 벽장에 정리해 넣을 것이다. 그런 다음 마지막으로 남은 희망을 쓰레기통에 던져버리고 나면 그녀의 삶도 이전의 흐름을 되찾게 될 것이다. 물론 이전과는 자각할 수 없을 만큼 미묘한 차이가 있겠지만 늘 그랬듯 녹음해 놓은 새들의 노랫소리에 잠을 깨고, 샤워를 마친 뒤에는 지난밤 미리 골라 놓은 좋아하는 옷을 입고 차를 마실 것이다. 이어 사무실에서 보내는 일곱 시간과 차 안에서 보내는 한 시간이 지나고 나면 빵 가게에 잠깐 들렀다가 3층에 있는 집으로 올라가 저녁을 준비할 것이다. 그렇게 그녀의 삶은 두 사람이 함께하던 것에서 혼자만의 것으로 변하겠지만 일상만은 이전과 변함없이 유지될 터였다.

도미니크와의 관계가 호전될 것이라 믿고 엽서를 보낸 지 한 달이 지났다. 그것은 대답을 기다리며 남은 엽서를 보낼 시간이 아직 두 달이나 남아 있음을 의미하기도 했다. 안은 그때가 되면 자기가 비로소 현실을 직시하고 새로운 삶을 향해 나아갈 수 있으리라 믿었다.

통굽 샌들을 신고 카미유는 지난 한 달을 회상했다. 여행을 떠나올 때 그녀에게는 직장이 있었다. 마음에 품은 남자가 있었으며, 모든 면에서 설계가 끝난 미래가 있었다. 투자은행에서 경력을 쌓으며 줄리앙과의 사랑도 쌓아 갈 생각이었다. 그러나 지금은 확실한 게 아무것도 없었다. 집으로 돌아가면 직업소개소에 등기우편을 보낸 뒤 구직자 안에 이름이 올랐다는 편지를 받게 될 것이었고, 그것이 의미하는 바는 다름 아닌 바로 줄리앙과의 이별이었다.

투자 상담가로 일하면서 그녀는 언제나 자기 일에 만족한 사람처럼 행동했다. 하지만 사실 은행 일은 그녀가 원하는 것이 아니었다. 그런 까닭에 비록 아무에게도 내색한 적은 없었지만 일하는 동안 그녀는 주기적으로 자기가 뭘 하고 있는지 자문했다. 그녀는 온종일 사무실에 앉아 가진 돈으로 뭘 해야 좋을지도 모르는 고객들과 얼굴을 맞대고 앞으로 도달해야 할 수익 곡선을 들여다보며 시간을 보냈다. 아버지의 기쁨을 위해 은행 관련 공부를 했지만 그녀가 진정으로 좋아하는 것은 그림이었다. 카미유는 이유 없이 미술이 좋았다. 은행에 취직하지 않았다면 그림을 그릴 수 있었을까? 모를 일이었다. 아니, 그것이 아니었다. 그녀가 후회하는 것은 줄리앙이었다. 지난 여섯 달 동안 그녀는 줄리앙을 두고 적잖은 상상을 하며 시간을 보냈다. 이렇게 갑작스럽게 그와의 관계가 끝나리라고는 상상도 하지 않았다. 결과적으로 볼 때 관계에 아무 도움도 되지 않은 세계 여행을 선택한 것도 귀국 후 그와 연인이 될 가능성을 믿었기 때문이었다.

하지만 인생은 그렇게 호락호락하지 않았다. 그녀는 눈에 보이지도 않는 신 따위는 믿지 않았다. 대신 단단한 근육질의 살아 있는 신들이 자신을 구원해줄 것이라 믿었다. 하지만 언젠가부터 모든 게 무의미하게 느껴졌다. 그러나 그녀가 누구인가? 그녀는 결말에 이르기 전에 포기하는 사람이 아니었다. 그런 까닭에 카미유는 새로운 남자를 찾아 사냥을 계속해야겠다고 마음먹었다.

댄스파티가 끝난 뒤 세 여자는 각자의 객실로 되돌아갔다.

"우리가 축제 같은 한 달을 함께 보냈네요."

카미유가 두 친구의 허리를 잡으며 말했다.

"맞아요. 감동적이었어요. 난 두 사람이 정말 너무 좋아요. 참, 맞다. 키프라고 했죠?"

안이 맞장구쳤다.

"오, 이런! 그만 하세요. 저를 울릴 셈이에요? 다 알겠지만 제게도 두 분은 굉장히 소중해요."

마리가 고백했다. 세 여자의 웃음소리가 복도 끝까지 울려 퍼졌다.

객실 앞에서 카미유는 멈칫했다. 손끝으로 슬쩍 밀기만 했는데도 문이 열렸기 때문이다. 다행히 물건은 모두 제자리에 있었다. 그녀는 늘 외출 전에 문을 잘 잠갔는지 확인했다. 그날도 그랬다. 그렇다면 이것이 의미하는 바는 하나였다. 누군가 그녀의 객실에 들어왔던 것이다.

29

"꼭 해보고 싶었던 거예요."

안이 강조해 말했다.

마리는 난처한 표정을 지으며 안을 바라보았다.

"안, 물속에 갇히게 될 거예요. 알고 하시는 말씀이에요?"

"물론이에요. 그게 잠수의 본질인걸요. 게다가 호놀룰루는 잠수함을 타고 해저를 누비는 탐험으로 유명해요. 그런데 그걸 어떻게 그냥 지나쳐요? 걱정하지 마세요. 내가 장담하는데 굉장히 재미있을 거예요."

"좋아요. 다 같이 가요!"

카미유가 재빨리 결론지었다.

버스는 거의 비어 있었다. 여행객 대부분이 공기가 부족할 일 없는 물 밖 관광지를 선호한 까닭이었다. 로이크는 앞에서 세 번째 줄의 복도 쪽 좌석에 다리를 길게 뻗고 앉아서 여행 안내서를 읽고 있었다. 가방은 언제나처럼 옆 의자 위에 올려져 있었다. 안, 카미유는 여느 때처럼 뒷좌석으로 향했고, 마리는 로이크 앞으로 다가가 헛기침했다. 예상대로 그는 무뚝뚝한 얼굴로 방해꾼을 향해 고개를 들었다. 그러나 그녀를 발견하고는 입가에 미소를 머금은 채 두 다리를 접고 가방을 무릎 위로 옮겼다. 두 사람이 다시 마주한 것은 여객선 책임자의 사무실에서 만난 이후 처음이었다. 자리에 앉자마자 마리가 대화를 시도했다.

"네모 선장(쥘 베른의 소설 『해저 이만리』의 등장인물)을 만나러 가는 건가요?"

"네."

그가 짧게 대답했다. 그러고는 버스를 타고 가는 내내 아무 말 없이 책만 읽었다.

마리는 남자가 이상하다고 생각했다.

아틀란티스는 세계에서 가장 큰 잠수함으로 유명했다. 여행객들은 잠수함이 바닷속으로 내려가는 동안 플라스틱 의자에 앉아 안내 방송을 들었다.

해저 30미터에 이르자 잠수함은 안정적으로 해파리와의 산책을 시작했다. 둥근 유리창 너머로 놀라운 광경이 펼쳐졌다. 산호와 오래전 바다가 삼킨 난파선 잔해, 그 잔해 속에서 사는 형형색색의 물고기들, 하와이안 거북이의 모습도 보였다.

카미유가 말했다.

"놀라워요. 이렇게 환상적인 풍경은 처음이에요."

마리도 속삭였다.

"나도 그래요. 몇 시간이고 여기 있을 수 있을 것 같아요. 안, 당신 생각은 어때요?"

안은 별다른 말이 없었다.

"안, 무슨 생각을 그렇게 하세요?"

"내가 지금 여기서 뭘 하고 있나 묻고 있었어요. 초를 세면서요. 이제 뭍으로 돌아가기까지 3,250초가 남았어요."

안이 천천히 숨을 내쉬며 대답했다.

잠수함의 문이 열린 것은 그로부터 정확히 3,250초가 지난 뒤였다. 안이 맨 먼저 밖으로 뛰어나갔다.

"다신 잠수함을 타지 않을 거예요! 내가 어떻게 이런 걸 좋아할 거라고 생각했는지 정말 모르겠어요."

안의 말에 카미유가 웃음을 터뜨렸다.

"잘 견디셨어요. 기절도 안 하고 진짜 대단하세요. 그러니까 자긍심을 가지세요."

"그래도 감동하셨잖아요. 아니에요?"

마리가 물었다.

"네, 네. 무사히 밖으로 나온 걸 지금 감동하고 있어요."

마리는 와이키키 해변으로 향하는 배 위에서 로이크의 맞은편에 앉았다. 그는 눈을 감고 태양을 향해 고개를 돌리고 있었다. 그의 옆에는 프랑스인 여행 가이드가 앉아 있었는데, 배를 타고 가는 내내 그녀에게서 눈을 떼지 않았다. 마리는 그의 시선이 불편했다. 그래서 고개를 돌리고 멀리서 조금씩 가까워지고 있는 해변으로 시선을 옮겼다. 해변에는 흰색 옷을 입은 사람들이 한 쌍의 남녀와 꽃으로 장식한 교회를 둘러싸고 있었다. 결혼식이었다. 마리는 고개를 주억였다.

어릴 적 그녀는 어른들이 왜 결혼행진곡이 울려 퍼질 때마다 "불쌍한 사람들!"이라고 말하는지 이해하지 못했다. 어른들과 반대로 어린 그녀의 눈에는 결혼식이 행복 그 자체로 보인 까닭이었다. 식장의 소란스러운 분위기마저도 그녀의 눈에는 행복하게만 보였다. 하지만 그 날은 달랐다. 결혼하는 젊은이들을 보며 처음으로 "불쌍한 사람들!"이 무엇을 의미하는지 슬프게 깨달았다.

마리는 오랫동안 혼인 서약의 견고함을 믿어왔다. 열두 살 때 부모님이 이혼한 뒤에도 성공적인 결혼을 마음에 품었다. 청소년기에 접어들어서는 친구들이 한창 배우나 가수 포스터로 방 안을 도배할 때, 잡지에서 오린 웨딩드레스로 자기 방 벽을 장식하며 공주 드레스와 청혼하는 왕자님 등 만화 영화에나 나올 법한 결혼식을 꿈꾸었다. 그 꿈속에서 매번 등장했던 왕자님들은 늘 금속처럼 반짝이는 눈을 하고 있고, 청혼 반지를 손에 든 채 바닥에 무릎을 꿇고 있었다.

그런데 뜻하지 않던 임신이 되었다. 갑작스러운 일이었다. 로돌프는 그녀의 임신 소식에 결혼하는 게 낫겠다 말했지만 꿈꿔온 프러포즈는 없었다. 디저트가 나오기 전, 치즈를 먹다 말고 나눈 결혼에 관한 대화가 전부였다.

그런데도 결혼식 날 그녀는 행복했다. 사랑하는 남자를 남편으로 맞이하고, 사랑하는 남자의 아내가 되는 날이기 때문이었다. 가까운 이들도 모두 참석했고, 이혼한 부모님도 큰 마찰 없이 그날 하루를 한 공간에서 보냈다. 마리는 웨딩드레스 대신 파란색 임부복에 면사포를 쓰고 죽음이 서로를 갈라놓을 때까지 함께하겠다고 맹세했다. 그리고 자기가 정말로 원하는 게 무엇인지 깨닫기 전까지 그 약속을 지키기 위해 최선을 다해 노력했다.

카미유가 윈드서핑 중인 남자들을 곁눈질로 훔쳐보는 동안, 마리와 안은 호놀룰루 거리를 다니며 마음에 드는 엽서를 찾았다. 그러다가 한 작은 기념품 가게에서 안의 마음에 쏙 드는 엽서 한 장을 발견했다. 앞면에는 일몰을 배경으로 행복해 보이는 남녀의 사진이 인쇄되어 있었다. 계산을 마치고 가게를 나서려는데 프랑스인 가이드가 문 앞에 서 있는 것이 보였다.

그가 마리를 향해 다가왔다.

"저, 이름이 마리, 맞으시죠?"

마리가 머뭇거리며 대답했다.

"네. 그런데 무슨 일로….."

남자가 머리카락을 쓸어 넘기며 설명했다.

"오늘 저녁에 식사 초대를 하고 싶은데, 의향을 여쭤봐도 될까요? 참, 내일 아침까지 항구에 계실 건지도 궁금합니다."

"말씀은 고맙지만 사양할게요. 친구들과 선약이 있어서요."

거절 후 돌아서려는데 안이 그녀를 붙잡았다. 그러고 나서 이렇게 말했다.

"어머 아니에요! 우리가 무슨 약속을 했다고 그러세요? 저녁 식사는 두 분이 하세요."

안은 장딴지를 걷어차이면서도 마리가 군소리 못 하도록 가이드와 의 저녁 약속을 잡았다.

"잘생긴 남자네요. 분명 좋은 일이 생길 거예요."

안이 속삭였다.

"어쩌려고 이러세요? 제 인생에 남자는 이제 필요 없다고 말씀드렸 잖아요. 제가 한 약속이 아니니 나가지 않을 거예요."

마리가 항의했다.

"가게 될 거예요. 사랑이란 원하지 않을 때 다가오거든요. 게다가 세 상 모든 남자가 로돌프처럼 나쁘지는 않아요. 누가 알아요? 언젠가는 당신이 내게 고맙다고 할지?"

마리는 한숨을 내쉬었다.

"좋아요. 알았어요. 하지만 미리 말해두겠는데 오늘 일은 제가 반드시 갚아드리죠."

30

미카엘은 여객선에서 멀지 않은 곳에 자동차를 주차하고 곧바로 밖으로 나가더니 차체를 반 바퀴 돌아 조수석 옆에 섰다. 숙녀에게 문을 열어주기 위서였다. 하지만 마리는 그와 함께 있는 시간을 일분일초라도 줄이고 싶었고, 그가 도착했을 때는 그녀가 이미 차 밖으로 나온 뒤였다.

그날 저녁, 마리에게는 동행한 사람보다 로코모코(흰밥에 소고기 패티와 계란 프라이를 올리고 소스를 뿌린 하와이 전통 가정식)가 훨씬 더 매력적으로 느껴졌다.

미카엘은 2년 전, 하와이에 온 이후 현재까지 여행 가이드로 일하고 있었다. 그에게는 열 살 난 아들이 하나 있는데 현재는 이혼한 아내가 돌보고 있었고, 부모님은 마르세유에 거주 중이었으며 하나뿐인 동생은 자기보다 나이가 훨씬 많은 여성과 결혼했다. 좋아하는 것은 수상스키 같은 활주 스포츠와 축구, 공상과학소설, 바게트, 비욘세, 시원한 맥주, 모가 부드러운 칫솔이었고, 소다수와 담배는 싫어하지만 파티에서는 예외였으며, 너무 마른 여자나 너무 뚱뚱한 여자는 어느 때고 예외 없이 좋아하지 않았다. 비욘세는 이상형을 말할 때 한 번 더 거론됐는데, 그가 좋아하는 이성은 '더도 덜도 말고 딱 그녀 정도의' 여자였다. 날마다 자기 집 현관 앞에 주차하는 이웃은 그에게 증오의 대상이었고, 페미니스트와 상어는 혐오의 대상이었으며, 어학을 전공했고, 에어컨이 없는 점을 제외하면 모든 면에서 나무랄 데 없는 집에서 살고 있었다. 그런데 얼마 전 입양한 새끼강아지가 오줌을 아무 곳에나 싸서 더 데리고 살아야 할지 고민이었다. 청바지를 산 건 일주일 전이었고, 창문을 열고 자는 잠버릇이 있는데 마리가 원한다면 잠버릇은 물론 어떻게 사는지 전부 다 공개할 의향이 있었다. 하지만 마리는 되도록 빨리 여객선으로 돌아가고 싶었다. 그래서 두통이 있다고 핑계를 댔다.

"좋은 저녁이었어요, 미카엘. 고마워요. 잘 자요."

식사를 마치고 헤어지려는데 미카엘이 키스를 시도했다. 마리는 그런 그를 부드럽게 밀어냈다. 그리고 여객선을 향해 몸을 돌렸다. 그때였다. 그가 마리를 끌어안으며 말했다.

"저녁 식사 마무리는 키스로 해야지."

"아니요. 당신과는 하고 싶지 않아요. 나를 놓아주세요."

마리가 저항하며 소리쳤다. 그러나 힘으로 누르는 남자를 이길 수는 없었다.

"당신에겐 처음부터 선택권이 없었어, 알아?"

그가 거칠게 그녀를 떠밀고는 강압적인 태도로 이렇게 말했다.

"다행인 줄 알아. 나도 당신이 마음에 들지 않으니까. 쳇, 혼자만 잘난 줄 알지? 당장 꺼져!"

마리는 엘리베이터 안에서 무너졌다. 폭력적인 말과 행동으로 자신을 짓밟은 남자에게 한바탕 욕을 퍼붓고 팔을 물어뜯고 면상에 침을 뱉고 싶었다. 그래서 무례한 언행에 대한 대가를 톡톡히 치르게 하고 싶었다. 하지만 그녀는 그러지 못했고, 오래도록 버리지 못한 습관은 참으로 무서운 것이었다.

거울 속의 그녀는 불쌍하게 보일 만큼 처참했다. 눈물로 얼룩진 마스카라, 볼썽사납게 붉어진 코, 떨리는 입술…. 마리는 서둘러 옷소매로 얼굴을 닦았다. 그때였다. 엘리베이터 문이 열리고 로이크와 이탈리아 여자가 눈앞에 나타났다. 마리는 재빨리 고개를 숙이고 소지품을 찾는 척 가방을 뒤적이며 밖으로 나왔다.

"잠깐만요. 마침 잘 만났어요. 안 그래도 할 말이 있었는데."

이탈리아 여자가 말을 걸었다.

두 사람의 발이 마리의 눈앞에서 어른거렸다.

"마리, 괜찮아요?"

로이크의 물음에 그녀가 고개를 들었다.

"네, 괜찮아요. 그런데 무슨 일이시죠?"

마리가 이웃 여자를 한번 힐끔거리고는 건조한 어투로 물었다. 이탈리아 여자는 입가에 묘한 미소를 지었다. 그녀가 대답했다.

"지난 아침의 일에 관해서 얘길 좀 하고 싶었어요. 내가 요즘 스트레스를 많이 받고 있거든요. 직원이 속을 썩여서요. 그런데 당신이 불쑥 나타난 거예요. 그때 내가 얼마나 놀랐…."

"아, 알았어요. 그 일은 다 잊었으니까 더는 신경 쓰지 마세요. 이제 가봐도 될까요?"

"아직 제 말을 이해하지 못한 것 같군요. 그날 나는 벗은 몸일 수도 있었어요. 남자와 있었을 수도 있고요. 그러니까… 아, 어떻게 설명해야 할지 모르겠네요. 어쨌든 모르는 사람에게 염탐을 당하는 건 누구에게든 썩 기분 좋은 일은 아니에요."

"잠깐만요. 저는 당신을 염탐하지 않았어요."

마리가 잘라 말했다.

"그런가요? 물론 그렇게 말하고 싶겠죠. 하지만 당신은 나를 염탐했어요. 이탈리아에서는 당신이 한 그런 행동을 두고 염탐한다고 말하거든요. 인간은 누구든 실수할 수…."

마리는 그녀의 얼굴을 똑바로 바라보았다. 그리고 이렇게 말했다.

"실수를 한 건 당신이에요. 난 당신을 염탐하지 않았고 조용히 해달라고 정중히 부탁한 것뿐이라고요. 이탈리아에선 그렇게 다들 이웃에 대한 배려 없이 휴대전화에 대고 아침부터 소리를 지르나 보죠?"

"자, 이제 갑시다."

로이크가 이탈리아 여자의 팔을 잡아당기며 말했다. 이탈리아 여자는 갑자기 웃음을 터뜨렸다.

"안됐지만 할 수 없군요. 사과하면 받아줄 준비가 되어 있었는데, 어디 내일 아침에 보죠."

"어련하시겠어요, 모니카 벨루치 씨. 좋아요. 나머지는 내일 아침에 얘기해요."

31

3일 후면 다음 기항지에 도착할 예정이었다. 여행객들은 휴식을 취하며 여유로운 배 위에서의 생활을 즐겼다. 여객선 안에서는 청소, 요리, 장보기 등 일상적인 의무가 강요되지 않았다. 여행객들을 위해 제공되는 청소 및 각종 룸서비스, 날마다 채워지는 생필품을 마음껏 누리고 소비하며 한가로운 시간을 즐길 수 있었다. 마리, 안, 카미유는 실외 수영장 테라스의 긴 의자에 누워 이야기를 나누거나 낮잠을 자고 책을 읽었다.

"도미니크에게 전화를 걸었었어요."

힘없이 책장을 넘기며 안이 말했다. 마리와 카미유가 동시에 몸을 일으켰다.

"뭐라고요?"

"어제저녁에 내가 전화를 했어요."

"그래서요? 그래서 어떻게 됐는데요? 뜸 들이지 말고 빨리 얘기해보세요."

"조금 전에는 옆집 여자와 전화 통화를 했어요. 그녀가 고양이를 돌봐주고 있거든요. 티거는 잘 지내고 있대요. 적응되었는지 현관 카펫에 똥을 누는 것 말고는 대체로 잘 지내고 있다고 했어요."

카미유가 한숨을 쉬었다.

"우리가 알고 싶은 건 그게 아니잖아요. 알면서 그러세요? 고양이의 일상이 아니라 대화의 진짜 주제에 이제 좀 집중해주시면 어떨까 싶은데요?"

카미유에 이어 안이 말을 이었다.

"이웃 여자가 일주일에 한 번 나한테 오는 우편물을 수거해요. 어제 편지 뭉치 안에서 도미니크에게 온 엽서를 발견했대요."

"어머, 우리가 보낸 엽서들이 잘 도착했나 보네요!"

마리가 소리쳤다.

"들어봐요. 그러니까 나는 도미니크와 전화 통화를 하고 싶은 마음에 어쨌든, 전화를 걸긴 걸었어요. 그런데 어찌나 떨리던지. 그런 적은 처음이었어요. 너무 무서웠거든요."

"와, 저도 덩달아 떨려요. 그래서 그다음엔 어떻게 되었어요?"

"발신자 정보를 숨기지 않고 전화를 걸었어요. 그래야 도미니크가 받을지 안 받을지 선택할 수 있으니까요. 그런데 그는 전화를 받지 않았어요."

"뭐라고요?"

"전화를 받지 않았다고요."

"말도 안 돼!"

카미유가 화가 나서 외쳤다.

안이 다시 말을 이었다.

"마리, 당신 말대로 메시지를 남겼어요. 엽서를 받는지 물어보았고 괜찮다면 전화를 달라고요."

"그랬더니요?"

마리가 물었다.

"그가 전화를 걸지 않았어요."

카미유가 안의 등을 어루만졌다.

"너무 실망하지 마세요."

"그럼요. 나도 알아요. 이제 정말 페이지를 넘겨야 할 때인가 봐요. 그래도 마음이 좀 힘들긴 해요. 시간이 더 필요한 모양이에요. 그래서 말인데 지금은 다 잊고 우리 셋이서 수영이나 하러 갈까요?"

세 여자는 수영장을 향해 몸을 돌렸다. 카미유가 기회를 놓치지 않고 한 마디 덧붙였다.

"긍정적인 면을 보세요. 안에게는 특별한 재능이 있거든요. 말할 때 특별한 반전 효과를 낼 줄 안다니까요! 정말이에요! 아마 스티븐 스필버그 감독에게 이력서를 내도 좋을걸요?"

안, 마리, 카미유에게는 평소 각자의 객실로 돌아가 치르는 의식이 하나씩 있었다. 수영장에서 맥주병처럼 물에 떠다니고, 긴 의자에 비스듬히 누워 도마뱀처럼 일광욕을 즐긴 그 저녁에도 그 의식은 변함없이 치러졌다.

마리는 핫초코를 손에 들고 신발을 벗은 채 소파에 앉았다. 그리고 활짝 열어놓은 창문 앞에서 장 자크 골드먼의 노래를 들으며 뜨개질바늘을 잡고 미래를 상상했다. 카미유는 침대에 앉아 노트북을 펼치고 여행을 떠나던 날 시작한 블로그에 그날 하루의 일을 적었다. 세세한 묘사와 유머로 가득한 그녀의 여행 일기는 블로거들 사이에서 적잖은 인기를 끌었다. 글을 읽으러 찾아오는 사람의 수도 매일 증가했는데, 통계에 집계된 방문자 수만 해도 이미 5만 명을 넘어서 있었다.

안은 침대 위에 소지품을 올려놓고 침대맡 테이블에 놓아둔 휴대전화로 몸을 던졌다. 그리고 나서 휴대전화를 부여잡고 크게 심호흡을 하더니 곧바로 부재중 걸려온 전화 목록을 확인했다. 결과는 늘 실망스러웠다. 그런데 그날은 뜻밖에도 음성 메시지 하나가 남겨져 있었다. 심장이 요동치기 시작했다. 그러나 희망은 오래 지속되지 않았다. 도미니크의 목소리가 아니기 때문이었다. 하지만 잠시 후, 메시지를 확인한 그녀의 얼굴에 미소가 번졌다. 안은 2번을 눌러 메시지를 저장하고 휴대전화를 주머니 안에 넣고는 서둘러 객실을 빠져나갔다.

32

마리는 안이 말하는, 앞뒤가 맞지 않는 문장을 해독하려 애썼다.

"제가 뜨개질한 옷에 점수를 매긴다고요?"

"미리 말하지 않아서 미안해요. 가능성이 커 보였어요. 이런, 내가 너무 흥분했나 봐요."

안은 마리에게 헛된 희망을 심어주고 싶지 않았다. 그것이 미리 알리지 않은 이유였다. 며칠 전 아침, 마리가 샤워하는 동안 안은 마리가 짠 손뜨개 제품을 보고 사진을 찍었다.

"왜 그런 일을 하셨어요?"

"뜨개질에 대해 조금 아는데 판매가 가능해 보였거든요. 자세히는 모르지만요. 우리 회사는 온라인으로 물건을 팔아요. 수공예품을 전문으로요. 독창적이고 우수한 제품만 골라서 판매하죠. 그런데 반응이 굉장히 좋아요. 액세서리, 장식품, 옷 할 것 없이 대유행이라니까요."

안은 마리가 뜨개질해 만든 제품의 사진을 사장에게 보냈고, 사진은 사장의 마음에 들었다. 요즘은 손뜨개 제품이 인기가 좋았다. 거의 모든 유명 브랜드가 수제품을 소개할 정도였다. 안은 한번 실험해보기로 했다. 그래서 마리가 뜬 옷 사진을 한 장 골라서 상점의 공식 페이스북에 올리고 반응을 지켜보았다. 금방 열 개 정도의 댓글이 달렸고, 뒤이어 많은 이들이 어디서 저런 멋진 옷을 살 수 있는지 알고 싶어 했다. 보기 드문 반응이었다.

"저를 놀리시는 거 아니죠?"

마리가 물었다.

"물론 아니에요. 그런데 이게 다가 아니에요. 사장이 하고 싶은 말이 있대요. 지금 전화를 걸어줄 테니까 통화해봐요."

마리에게 휴대전화를 건네며 안이 말했다. 그리고 말릴 겨를도 없이 통화 버튼을 눌렀다. 세 번째 신호음이 울리고, 마침내 컬컬한 목소리의 여자가 전화를 받았다.

"안녕하세요. 저는 마리라고 합니다. 안의 소개를 받고 전화를 드렸어요."

"아, 마리! 당신의 전화를 기다리고 있었어요."

33

마리는 걱정되기 시작했다. 그날 아침은 이탈리아 여자가 아무리 소리를 질러도 아침 시간을 방해받는다는 느낌이 없었다. 그녀는 거품을 일으키며 바다에서 뛰어오르는 돌고래들을 바라보았다. 그리고 뮤리엘과 나눈 대화를 떠올렸다. 뮤리엘은 안이 다니는 회사의 사장이었다. 뮤리엘은 통화하는 내내 무척 흥분해 있었는데 사진 속 뜨개 제품에 감탄하며, 마리의 작품이 시대의 흐름과 완벽하게 부응한다고 장담했다. 물건의 품질 또한 우수해 보인다고 칭찬하면서, 약간의 독창성과 변별력 있는 브랜드 이름이 필요하다고 했다.

이후 그녀는 마리에게 시제품 몇 개를 소포로 보내줄 수 있는지 물었고, 상품에 개성을 불어넣을 더 좋은 아이디어가 있는지도 생각해보라고 조언했다. 회사 차원에서의 검토가 긍정적인 방향으로 끝나고 자기들이 제시하는 조건에 마리가 동의한다면, 마리가 뜬 옷들은 인터넷과 백화점의 진열장, 광고 책자 등을 통해 홍보될 예정이었다. 그러면 마리는 판매 금액에 따라 일정 비율의 보수도 받을 수 있었다.

마리는 계산해보았다. 그녀는 뜨개질을 빨리했고, 재료비도 그다지 많이 들지 않았다. 손뜨개 제품의 가격도 어느 정도 알고 있었다. 결과는 긍정적이었다. 생계를 꾸려갈 만큼의 충분한 돈을 벌 수 있을 것 같았다.

좋아하는 일에 열정을 바쳐 사는 것, 그것은 그녀가 아직 살아보지 못한 꿈의 영역에 남아 있었다. 그런데 꿈을 실현하기 위해서는 먼저 독창성을 확보해야만 했다. 창의력이 부족한 그녀로서는 결코 쉬운 일이 아니었다.

마리의 머리는 스낵바에서 간단히 점심을 먹으려고 안, 카미유를 만났을 때도 일 생각으로 가득했다.

기다리는 줄 속에서 카미유가 고개를 쳐들었다.

"세상에, 아직도 저기 있네."

"누가요?"

마리가 물었다.

"밀루(벨기에 만화 『땡땡의 모험』에서 주인공 땡땡과 함께 다니는 강아지)요. 더는 못 참겠어요. 저 새끼가 뭘 원하는지 알아봐야겠어요."

'밀루'는 카미유가 가는 곳이라면 어디든 쫓아다니는 껑다리 금발 청년에게 그녀가 붙인 별명이었다. 카미유가 마치 자신의 땡땡이라도 되는 양 그는 여객선 안과 밖 어디서나 그녀가 있는 곳이라면 어디든 멀지 않은 곳에서 모습을 드러냈다. 처음 카미유는 그것이 우연의 일치라고 생각했다. 하지만 그를 향해 돌아설 때마다 그가 시선을 피하는 것을 보고는 잦은 마주침이 우연만은 아니라는 판단이 들었다.

밀루는 카미유와 몇 미터 떨어진 곳에 서서 실내에서 지켜야 할 규정이 적힌 안내문을 읽고 있었다. 마리, 안은 그 모습을 보고 청년의 태도를 설명할 이론을 만들어냈다. 말하자면 이랬다. 카미유의 미모가 멀쩡한 청년에게 심리학적으로 극심한 혼란 장애를 일으킨 것이었다. 이러한 장애는 순수한 사람만이 겪을 수 있었다.

카미유가 말했다.

"저길 보세요. 내가 하는 행동을 그대로 따라 하고 있어요. 아무래도

저 젖먹이의 다리털을 뽑으러 가야겠어요. 아니, 털이 뽑히는 것보다 더한 고통을 줘야겠는데요. 방금 내 카바스(챙이 넓은 모자) 위로 머리털이 솟구치기 시작했거든요."

덫은 한 시간 후에 놓일 터였고, 내용은 이랬다. 첫째, 아무 일 없다는 듯 갑판 E를 걷는다. 둘째, 샛길이 나오면 재빨리 몸을 숨기고 기다린다. 셋째, 청년이 지나가면 몸을 던져 붙잡는다.

잠시 후, 계획에 따라 카미유가 청년 위로 뛰어올라 팔을 잡은 다음 그를 벽으로 몰아붙였다. 밀루의 몸이 겁에 질려 경직되었다.

카미유가 소리쳤다.

"내게 원하는 게 뭐지?"

마리가 끼어들었다.

"살살해요. 살인자도 아닌데."

청년은 횡설수설했다.

"죄송해요. 아, 아니에요. 그게 아니라, 저한테 왜 이러시는지 영문을 모르겠어요."

카미유가 그를 놓아주고 한 발자국 뒤로 물러섰다.

"몇 주 전부터 내 뒤를 밟았잖아. 원하는 게 뭐야?"

금발 청년의 입술이 떨리기 시작했다. 안이 카미유의 팔을 붙잡았다.

"가엽잖아요. 겁을 줘선 안 돼요. 봐요. 해를 끼칠 생각이 없어 보이잖아요. 안 그래요?

"알았어요. 하지만 왜 나를 미행하는지는 알아야겠어요."

카미유가 조금은 부드러워진 목소리로 말했다.

"너무 예뻐서 그랬을 거예요."

마리가 말했다.

그녀의 말에 청년이 맞장구쳤다.

"맞아요. 그래서 그랬어요. 정말 아름다우세요. 그래서 쫓아다녔어요. 멀리서 바라보는 것만으로도 너무 좋았거든요."

카미유는 긴장이 풀렸다.

"좋아, 그건 귀엽네. 하지만 더는 나를 쫓아다니지 마. 참을 수가 없으니까. 계속해서 감시받는 기분이 든다고. 알았어?"

"네, 더는 따라다니지 않을게요. 약속해요. 정말 기분을 상하게 하고 싶진 않았어요."

"몇 살이에요?"

뜬금없이 안이 물었다.

"스무 살요."

"그럼 같은 또래의 아가씨를 찾아봐요. 여객선 안에도 몇 명 있으니까. 마리, 자기 객실 앞에 묵는 아가씨가 대충 몇 살쯤 됐죠?"

"안젤리크요?"

마리가 되물었다.

밀루와 안젤리크는 이미 서로 아는 사이였다. 둘이서 같이 돌고래와 수영을 한 경험이 있기 때문이었다. 하지만 여객선 안에서는 새로운 커플이 탄생할 수 없었다. 규정이 그랬다. 그리고 그 규정을 어겼을 때 어떤 일이 벌어지는지는 이미 모두가 아는 바였다.

카미유가 어깨를 으쓱하며 말했다.

"이제 좀 기분이 나아졌어요. 가서 오늘 사냥할 남자나 물색해야겠어요."

"저는 이제 가도 될까요?"

밀루가 물었다.

세 여자는 청년이 떠날 수 있도록 길을 열어주었다. 밀루는 코를 훌쩍이며 셔츠를 고쳐 입고 갑판 위로 사라졌다. 그러더니 잠시 후, 세 사람이 시야에서 멀어진 걸 확인하고는 슬며시 웃으며 주머니에서 휴대전화를 꺼냈다.

"응, 나야. 그 여자가 나한테 어떻게 했는지 알아? 들어도 아마 안 믿을걸?"

34

파고파고(태평양 남부 투투일라 섬의 항구도시)에서의 일정이 취소되었다. 독감이 여객선을 휩쓴 탓이었다. 안과 카미유는 힘을 짜내 마리의 객실로 기어가듯 들어갔고, 세 사람은 함께 바이러스와 약을 나누게 되었다.

세 여자는 턱까지 담요를 끌어 올리고 침대에 누워 손이 닿는 곳에는 휴지 더미를 쌓아 둔 채로, 눈물로 젖은 눈으로 TV를 바라보았다. 몇 분 전 마리가 머리맡 탁자에서 '마시멜로 상자'를 꺼냈고, 세 사람은 만장일치로 〈러브 액츄얼리〉를 방에서 함께할 최고의 동반자로 선정했다.

"난 아픈 게 싫어요."

안이 코를 홀쩍이며 말했다.

카미유가 웃었다.

"정말요? 난 아픈 걸 좋아해요. 그것도 아주 많이요."

"어떻게 아픈 걸 좋아할 수가 있어요?"

안이 강한 어조로 말했다.

기억을 더듬어보면 안은 언제나 건강염려증 환자였다. 중학교 때부터 보건실 양호선생님을 자주 찾았고, 보건실 선생님은 그녀를 달래느라 몇 시간씩 써야 했다.

"아니야. 사람은 너무 오래 써서 고장 난 가전제품처럼 꺼질 수가 없어."

"그래. 네가 관자놀이를 누를 때 심장박동이 느껴지는 건 정상이야."

이런 식이었다. 하지만 나이를 먹으면서 그녀의 건강염려증은 더 악화되었지, 나아지지 않았다.

그녀에게 매일은 자신의 삶이 끝날 날로 한 걸음 더 다가가는 과정일 뿐이다. 그녀는 자신의 몸이 닳아가는 소리를 듣는다. 그리고 아주 사소한 이상 징후도 놓치지 않았다. 그녀는 마음 속에서, 이미 열 번의 뇌동맥 파열, 몇 차례의 심장마비, 세 번의 다발성 경화증, 셀 수 없이 많은 암, 그리고 여러 번의 '마지막 순간'을 겪었다. 그녀의 핸드백은 온갖 종류의 약으로 가득했고, 휴대전화의 단축키 1번에는 주치의의 번호가 저장되어 있다.

여객선의 의사가 그녀와 다른 많은 승객들에게 독감이라고 진단했을 때, 안은 안심했어야 했다. 그다지 심각한 게 아니었으니까. 하지만 그녀의 머릿속에서는 다른 이야기가 그려졌다.

"오진! 크루즈 승객, 끔찍한 고통 속에 사망하다."

그녀는 상상 속 신문 헤드라인을 떠올리며 몸을 떨었다.

안은 휴지를 뽑아 코를 풀었다.

"당신들은 증상이 어때요?"

마리가 대답했다.

"오한이 나고 온몸이 쑤셔요. 목은 불타는 것 같고 코도 막혔어요."

"그래요? 나랑 똑같네요. 음, 그렇다면 진짜 독감이 맞겠죠?"

"그것 보세요. 독감이 맞죠? 제가 뭐라고 그랬어요. 아직 더 살 수 있다니까요?"

카미유가 재치 있게 말했다.

마리는 어릴 때 아프면 좋아했다. 그러면 학교를 빠질 수 있었고, 일하러 가신 부모님 대신 할머니가 그녀를 보살폈기 때문이다. 마리는 그 시간이 좋았다. 소파에 누워 담요로 온몸을 감싸고 온종일 만화 영화를 볼 수 있었으니까.

아플 때면 할머니는 긴 손톱으로 그녀의 머리를 간지럽혔다. 핫초코, 크레이프, 과자도 달라는 대로 다 주고, 먼 왕국의 공주 이야기도 들려주었다. 그러다가 어린 마리의 눈이 감기면 할머니는 실타래와 바늘을 꺼내 달가닥거리는 소리를 내며 뜨개질을 시작했다. 그 소리는 마리에게 위안이 되었다. 그러다가 할머니가 세상을 떠나셨고, 마리의 어린 시절도 함께 끝이 났다. 아프다는 것은 더 이상 따뜻한 위로의 시간이 아니라 끔찍한 고통으로 변했다. 위장염, 고위험 임신, 독감, 폐렴 같은 병으로 그녀가 쓰러질 지경이어도, 남편은 언제나 제 시간에 저녁 식사가 준비되길 요구했다.

그런데 정작 로돌프가 감기에 걸렸을 때는 상황이 달랐다. 그는 아내가 자신을 돌봐주기를 기대했으며, 심지어 가장 사적인 부분까지도 돌봐주길 바랐다. 그렇게 '강인한 남성성'이라는 표현은 한순간에 완전히 다른 의미를 띠게 되었다.

카미유가 기침하며 말했다.

"그래도 잠깐 나가서 밖을 구경하는 건 괜찮지 않을까요? 콜록, 날씨가 이렇게 좋은데 객실 안에만 갇혀 있기가 아까워요."

카미유에게 병은 익숙한 것이었다. 그녀는 자신이 약해지도록 내버려두지 않기로 했다. 힘이 조금 없었지만 그대로 물러나지 않을 것이었다.

병은 그녀에게서 어머니를 앗아갔다. 카미유를 늘 따뜻하게 품어주었던 어머니의 가슴이 어느 날 온몸에 독을 퍼트리는 병의 근원지가 되었다. 하지만 어머니는 카미유에게 병과 싸워 이길 수 있다고 말하며 희망을 심어주었다. 실제로 어머니의 상태가 잠깐 괜찮아졌지만 그 후 병이 더 심해졌다. 어머니가 숨을 거둔 뒤에도 차갑게 식은 손을 오랫동안 놓지 못했다. 그 일이 있고 난 뒤, 그녀는 병에 대해 남다른 시각을 갖게 되었다.

그녀는 병을 고쳐준다는 의사들의 말도 전혀 믿지 않았다. 그녀에게 병이란 어디서, 누구에게, 언제, 어떻게 나타나느냐에 따라 회복의 정도가 다른 것이었다. 크루즈 의사의 처방을 따르기로 한 것은 오직 더 빨리 회복해서 남자 사냥을 재개하기 위함이었다. 그래야만 복잡한 생각에서 벗어날 수 있을 테니까.

안이 마리에게 물었다.

"손뜨개 옷을 개성 있게 만들 방법은 생각해봤어요?"

"네, 그런데 아무것도 떠오르지 않아요. 이런저런 글자를 옷에 붙이면 어떨까 했는데, 이미 너무 많은 사람이 해서 아닌 것 같고, 무슨 좋은 아이디어가 없을까요?"

이때 카미유가 일어나 앉으며 말했다.

"시각 이미지를 활용하면 어떨까요? 뜨개질을 하기 전에 도안을 만들어 고객에게 보여주는 거예요. 원하는 스타일의 옷을 스스로 선택하게 하는 거죠."

"괜찮은데요? 개인의 취향에 따라 다르게 옷을 다르게 만들자는 말이죠? 나쁠 것 같지 않아요. 그런데 어떤 모양의 그림을 넣는 게 좋을까요?"

마리가 물었다.

"간단해요. 별로 어렵지도 않고요. 동물, 꽃, 현대적 문양… 뭐든 가능해요. 그런데 뜨개질로 문양을 만들 수 있어요? 뭐든지요?"

마리가 자세를 바로 하고 앉았다.

"물론이에요."

카미유가 일어나 비틀거리며 책상으로 걸어갔다. 그러더니 노트와 연필을 들고 침대로 돌아와서는 되는 대로 그림을 그리기 시작했다.

카미유의 손길이 스칠 때마다 고양이, 하트, 부엉이, 콧수염, 갈매기, 폭신한 뭉게구름 등 다양한 그림이 그래픽적 요소와 회화적 요소가 혼재된 모습으로 탄생했다.

"어때요? 대충 그린 거라 좀 그렇지만 이런 비슷한 도안을 넣으면 될 것 같아요. 어떻게 생각해요?"

"멋져요! 왜 이 생각을 미처 하지 못했을까요? 콧수염은 모자와 잘 어울리겠고, 부엉이는 스웨터와 딱 맞아요. 카미유, 정말 근사해요!"

안이 입가에 미소를 머금고 두 사람을 바라보았다.

"내 생각도 같아요. 아무래도 첫 번째 고객은 내가 될 것 같고요. 등에 날개가 있는 겉옷을 하나 주문하고 싶은데, 어때요? 나랑 잘 어울릴 것 같지 않아요?"

남은 일은 사장 뮤리엘을 설득하는 일이었다.

세 사람은 완성된 옷을 상상하며 많은 시간을 보냈고 어느새 밤이 깊었다. 안, 카미유는 시제품 생각에 잔뜩 들뜬 마리를 뒤로 하고 코를 훌쩍이며 각자의 객실로 되돌아갔다.

마리는 침대에서 몸을 뒤척였다. 잠이 오지 않았다. 담요를 걷어찼다가 다시 덮고, 기침하고, 정신을 집중하다가 코를 풀었다. 그러다가 생각을 비우기 위해 노력했지만 모두 실패했다. 생각이 너무 많은 탓이었다.

침대에서 일어나 창문을 열었을 때는 이미 자정이 넘어 있었다. 발코니로 나가자 신선한 공기와 찰랑거리는 파도 소리가 마음을 진정시켰다. 보름달과 밤하늘의 별들이 바다에 반사되어 해저 깊숙이서 잠들어 있던 도시가 일제히 불을 켜고 깨어난 듯했다. 마리는 난간에 팔을 기댄 채 밤이 선물한 아름다운 풍경에 빠져들었다. 그녀는 점점 가까워지는 발소리를 듣지 못했다. 누군가가 문 밑으로 밀어 넣은 봉투도 보지 못했다.

35

마리는 눈을 떴다. 벌써 정오에 가까운 시각이었다. 사춘기 시절 이후로 이렇게 늦게 일어난 건 처음이었다. 밤새 고열로 시달리느라 잠을 설쳤고 머릿속에선 수천 가지 아이디어가 끝없이 이어졌다.

잠에서 깬 마리는 가슴이 설레었다. 뜨개질에 그림을 넣어 독창적인 제품을 만든다는 생각으로 가슴이 뛰었다. 그녀의 머릿속은 이미 서둘러 완성하고 싶은 수많은 아이디어로 가득했고 그 아이디어들이 형체를 갖추는 모습을 빨리 보고 싶었다. 지난밤, 그녀는 열이 나고 기침을 하는 와중에도 뮤리엘에게 보낼 시제품 목록을 작성했다. 최종적으로 채택된 것은 고양이 얼굴을 넣은 귀마개와 콧수염 모양의 목도리, 일 각수를 본뜬 쿠션, 부엉이가 있는 스웨터, 갈매기 무늬의 장갑, 별똥별 이 들어간 유아용 치마였다.

다행히 작업할 시간이 충분해 보였다. 감기로 아픈 덕에 며칠 더 객 실에 머물며 열중할 수 있기 때문이었다. 마리는 다음 기항지에서 그 것들을 뮤리엘에게 보낼 예정이었다.

밤을 지새우며 보낸 시간은 일 외에도 두 딸에 대한 그리움으로 채 워졌다. 처음 그녀는 석 달 동안 두 딸과 연락을 끊고 지내기가 그리 힘들지는 않으리라 예상했다. 쌍둥이 자매는 이미 다 컸고, 둘 다 독 립해서 더는 한집에 살지도 않았다. 마리는 자신을 지지해주고 떠날 수 있도록 용기를 불어넣어준 아이들이 매우 대견했다. "엄마, 우리한 테 3개월 동안은 연락하지 마요. 엄마도 엄마 인생을 즐겨야죠."라 말 하며, 여행 기간에는 절대로 전화를 걸지 말라고 당부하던 딸들의 말 을 존중하려 했지만, 빈자리는 생각보다 더 크게 느껴졌다. 그래서 완 전히 따르진 못했다. 정기적으로 자신의 근황을 적은 엽서를 딸들이 사는 아파트 두 곳에 나누어 보냈다. 매일 저녁, 마리는 쌍둥이 딸에게 전화를 걸고 싶은 마음을 애써 참았다. 어리광을 부리며 안기는 아이 들의 모습과 냄새가 그리웠지만 보고 싶은 마음을 조금 더 견뎌보기로 했다. 한 달이 넘게 딸들을 보지 못한 건 처음이었다. 마리는 마음속으 로 딸들의 안부를 물었다. 부모님의 이혼에 어떻게 대처하고 있는지, 로돌프와는 큰 문제 없이 잘 지내고 있는지, 릴리는 운전면허를 땄는 지, 쥐스틴은 지난 연애의 상처를 잘 극복했는지, 혹시 엄마가 필요하 지는 않은지…. 로돌프를 떠난 후 마리는 죄책감을 잊으려 노력했다.

그리고 그 노력은 성공을 거둔 듯 보였다. 그러나 독감으로 인해 몸이 약해지자 이런 생각이 머릿속을 떠나지 않았다. 무엇 때문에 이토록 멀리 떠날 결심을 했는지. 그녀의 아이들을 두고서.

머릿속을 오가는 생각들을 떨쳐버리기 위해 그녀는 몸을 길게 늘이고 기지개를 켰다. 발코니에 나가 핫초코를 마시면 기운이 날 것만 같았다. 침대에서 내려와 문 앞을 지나는데 뭔가가 발에 걸리는 것이 느껴졌다. 작은 편지 봉투였다. 봉투 안의 흰 종이 위에는 파란색 글자들이 행과 행을 엮으며 이어져 있었다.

마리,
이 노래를 들으며 당신을 생각했습니다. 당신도 이 노래를 좋아하지 않을까 하고요. 하루빨리 감기가 낫기를 바랍니다.

로이크.

〈무관심이 아니야〉

고통을 받아들이리라
두려움 또한 받아들이리라
결말을 알아도
두려움은 어쩔 수 없어도

모두 받아들이리라, 그것이 무엇이든
가장 큰 시련과 가장 아름다운 시간까지도
의혹 속에서 눈물 흘리며
다가올 모든 불행을 감내하리라

모든 것을 받아들이리라, 그러나 무관심은 제외하고
이 죽은 시간도 제외하고
색도 향기도 없이 지나간
지난 모든 날도 제외하고

그러고는 고통을 배우리라
불에 탄 자국에 대해
꿀처럼 달콤한 현존과
속삭이는 바람에 대해

차가운 문장과
뜨거운 단어를 배우리라
그리고 맹세하리라, 더 지혜롭고
더 어리석어지겠노라고

모든 것을 받아들이리라, 그러나 무관심은 제외하고
이 죽은 시간도 제외하고
색도 향기도 없이 지나간
지난날도 제외하고

단 한 번의 눈길에 10년을 바치고
성과 궁전을 낯선 기차역과 바꾸리라
안락한 모든 것을 한 조각의 모험과 바꾸고
확실한 모든 것을 열정과 바꾸리라

죽어 지낸 수많은 해는 한 줌 생명력과 맞바꾸고
열쇠를 찾아 모든 광기 어린 것들로 문을 열어가리라
가능한 한 많은 표를 사서 가능한 한 많은 곳을 여행하리라
어디로든 가서 풍경을 바꾸리라

부재한 이 시간과
거짓을 말하는 저 영혼을
울며 미소 짓는 저 영혼을
온갖 색으로 다시 칠하리라

로이크였다.

마리는 편지를 몇 번이나 다시 읽었다. 편지에 적힌 노래는 눈을 감고도 그대로 옮겨 적을 수 있을 만큼 수없이 반복해 들은, 그녀가 가장 좋아하는 곡 중 하나였다. 마리는 이 노래를 들을 때마다 장 자크 골드먼이 그녀의 일상을 들여다본 것처럼 느껴졌다. 그녀가 느끼는 감정을 가져다가 그대로 노래로 만든 것은 아닐까 생각했다.

로이크라는 남자는 그녀에게 점점 더 흥미롭게 다가왔다. 대부분의 시간 동안 그는 거리를 두는 태도를 보였는데, 이제 와서 이 몇 마디 글로 그녀를 이해했다고 보여주고 있었다. 저녁 식사 자리에서 마리가 자신의 인생 이야기를 했을 때, 그는 이야기를 단순히 듣는 것이 아니라 그 속에 숨어 있는 것을 읽어냈다. 그녀는 사실만을 말했는데, 그는 그녀의 감정을 유추했다. 그러고는 그 이후로 그는 거의 말을 건네지 않았다. 도대체 무슨 게임을 하는 거지? 이 편지의 목적은 뭘까? 그는 따뜻하게 다가왔다가는 차갑게 대하며 마리를 혼란스럽게 했다. 지금까지 그녀의 감정에 관심을 가졌던 사람은 오직 부모님과 그녀의 딸들

뿐이었다. 낯선 사람이 그녀에게 관심을 보이는 건 익숙하지 않은 일이지만, 솔직히 말해 조금 기분 좋은 일이기도 했다. 하지만 그런 사람이 다음 순간에 벽처럼 차갑게 변하는 건 전혀 즐겁지 않았다. 이 남자는 이중인격자일까, 아니면 그녀를 가지고 놀고 있는 걸까?

둘 중 어느 쪽이 맞을지는 모르지만 결론은 하나였다. 그녀에게는 남자에게 쏟을 시간이 없다는 것! 마리는 편지에 답장하지 않기로 마음먹었다. 하지만 그렇다고 편지를 한 번 더 읽지 말라는 법은 없었다. 마리는 감기약을 삼킨 후 슬며시 웃으며 편지를 들고 담요 속으로 들어갔다.

36

"이렇게 흔들리는데 어떻게 안전하다고 확신할 수 있죠?"

카누에 앉아 있는 안은 좀처럼 긴장을 풀지 못했다. 그런 그녀를 보며 카미유는 웃음을 터뜨렸다.

"걱정하지 마세요. 이럴 줄 알고 내가 사탕을 가져왔거든요. 배가 뒤집히면 이 사탕으로 악어들을 유인해볼게요."

"웃을 일이 아니에요."

"카미유, 그만 놀려요. 악어는 사탕 안 먹는 거 알잖아요. 나는 신용카드 챙겨왔어요. 분명 뇌물이 통할 거예요."

마리까지 자기를 두고 농담하자 안이 항의했다.

"됐어요. 놀려요, 놀려! 근데 우리가 물에 빠지면 다들 그렇게 여유롭지는 않을걸."

열대림이 나부아 강(남태평양 섬나라 피지에 있는 강. 카누 타기로 유명하다)에 영광을 바치듯 길게 뻗어 있었다. 배 뒤쪽에서는 나뭇잎으로 옷을 해 입은 원주민 남자가 조심스럽게 카누를 몰았다. 수바(피지의 수도)에 도착했지만 세 여자는 감기에서 완전히 회복되지 않았다. 하지만 이 특별한 체험을 놓치고 싶지 않아 무리를 했다. 지금은 그 결정을 잘했다고 생각하고 있었다. 강을 따라 이어진 열대의 풍광은 예상했던 것보다 훨씬 인상적이었다. 때때로 나무 대신 절벽이 나타나고 그 사이로 폭포가 떨어지며 형형색색의 새들이 날아다녔다. 그 모든 풍경이 시간과 함께 파노라마로 펼쳐지며 뒤로 밀려났다.

마을에 도착하자 피지어로 부르는 전통 노랫소리가 여행객들을 맞이했다. 따뜻함이 느껴지는 진심 어린 환대였다. 단순성과 현대성이 혼재된 옷을 입고 마을 주민들은 능숙한 솜씨로 여행객들을 대접했다. 여행객들은 가이드를 따라 마을을 한 바퀴 둘러본 다음 과즙이 넘쳐흐르는 온갖 과일로 풍성하게 차려진 식탁 앞에 앉았다.

이제까지 경험한 기항지에서의 여행은 장소를 방문하는 것이 전부였다. 그러나 이번 여행은 장소만이 아닌 사람과 문화를 동시에 접할 수 있었다. 미국인 통역사의 도움을 받아 원주민들과 대화를 나누는 동안 아름답고 감동적인 순간들이 누구도 눈치채지 못할 만큼 빠르게 흘러갔다.

마을의 아이들이 특히 사랑스러웠다. 두세 살 정도 되어 보이는 사내아이는 마리의 품에서 몸을 웅크린 채 잠이 들었고, 열 살배기 소녀는 카미유의 팔찌에 반했다. 하루가 끝나 갈 무렵, 마을의 아이들이 여행객들에게 작별 인사로 전통춤을 선물했다. 그것은 어느 날 갑자기 먼 곳에서 온 낯선 이방인들에게 아름다운 추억을 만들어주기 위해 고단함도 잊은 채 준비한 최상의 작별 인사였다. 원주민 하나가 안의 손을 잡고 춤 속으로 이끌었다. 안은 처음에는 거절했지만 곧 원주민들을 따라 춤추기 시작했다. 그녀의 어색한 동작을 보고 마을 사람 모두는 손뼉을 치며 웃었고, 카미유는 마을을 떠나며 눈물 흘리는 소녀에게 팔찌를 선물했다.

돌아오는 카누 안은 고요했다. 모두가 생각에 잠긴 까닭이었다.

안은 어렸을 때 입버릇처럼 아이를 다섯 명은 낳겠다고 말했었다. 그 말에 어른들은 웃었지만 그녀는 진심이었다. 안에게는 형제자매가 없었다. 그래서 늘 식구들이 북적거리는 가족을 꿈꿨다. 그 꿈속에서 아이들은 서로 장난감을 빌려주며 재미있게 놀다가도 머리카락을 잡아당기며 싸우는가 하면 서로의 비밀을 나누며 추억을 공유했다. 부모님 앞에서 귀엽게 춤추다가 서로에게 기댄 채 TV 앞에서 잠들기도 했고, 사탕을 훔쳐 먹고 시침을 떼기도 했다. 안은 그 꿈속에서 자녀들의 이름을 지으며 언젠가는 만나게 될 얼굴들을 그리워했다.

하지만 도미니크를 만난 이후 안은 그것들을 전부 잊었다. 도미니크 하나로 충분했기 때문이다. 그 대신 그녀가 선택한 것은 두 사람이 함께하는 식탁이었다. 안은 살면서 한 번도 자신의 선택을 후회한 적이 없었다. 아이들을 향한 안의 사랑은 직장 동료들의 자녀들에게로 쏟아졌다. 그 아이들에게 안 아줌마는 매해 크리스마스와 생일에 선물을 사주며 아낌없는 사랑을 베푸는 사람이었다. 이에 대한 보답으로 안의 집 냉장고 문은 언제나 아이들이 그려준 그림으로 가득했다.

카미유는 아이를 원치 않았다. 큰 소리로 울고, 똥을 싸고, 일요일 아침에나 가능한 늦잠까지 포기하게 하는 그 작은 뭔지 모를 존재들이 특별한 의미로 다가오지 않았다. 한계가 있기는 했지만 다른 사람의 아이는 그래도 몇 분 정도는 참을 수 있었다. 그러나 자신의 아이를 낳고 그 아이와 인생의 전부를 함께하는 것을 카미유는 원하지 않았다. 식물도 제대로 키우지 못하는데 어떻게 아기를 낳아 기른다는 말인가! 그녀로서는 상상도 못 할 일이었다. 그게 아니라면 다 큰 아이를 낳는 수밖에 없었다. 혼자 옷을 입고, 혼자 밥을 먹고, 식기세척기도 비울 수 있는 다 큰 아이 말이다.

더욱이 아이를 가지려면 술과 담배를 끊고, 때에 따라 욕설을 퍼붓는 거친 말투와도 작별해야 했다. 하지만 카미유는 그런 희생을 치를 준비가 되어 있지 않았다. 그런 그녀에게 어울리는 것은 아이가 아니라 인형이었고, 불행 중 다행인지 그녀 앞에는 아이의 아빠이길 원하는 남자가 나타나지 않았다.

마리는 계획에 없던 임신을 했다. 물론 그녀가 꿈꾸는 미래의 청사진 속에 아이가 없지는 않았지만 그때까지만 해도 임신은 서둘러 달성해야 할 목적이 아니었다. 그러나 태동을 느끼기 시작하면서 그녀의 마음은 서서히 아이들에게로 향했다. 태어나자마자 서로의 손을 찾아 잡는 쌍둥이의 모습을 본 순간, 마리는 엄마들이 말하는 그 사랑을 느꼈다. 너무 강렬해서 아플 정도의 사랑. 그 사랑의 힘은 놀라웠다. 이전에는 경험하지 못한 새로운 차원의 감정이었다. 아이를 위해 모든 수고를 감내하게 했고, 자기 자신을 강하게 만들었다.

임신 테스트기에 두 줄이 그어지며 두 번째 임신을 알리는 종이 울렸을 때는, 첫 임신 때보다 훨씬 빠른 속도로 자궁 속 아기와 사랑에 빠졌다. 아이의 방을 꾸미고, 산더미처럼 많은 인형을 사들이고, 새로 산 옷과 인형을 친환경 세제로 세탁하고, 방문에 갖가지 색으로 아이의 이름을 쓴 푯말을 걸며 그녀는 행복했다. 그리고 기쁜 마음으로 아이와의 만남을 기다렸다. 아기의 이름은 쥘이었다. 아기의 입술은 마리를 닮았고, 코는 아빠를 꼭 닮은 잘생긴 사내아이였다. 하지만 아이는 태어나자마자 하늘나라로 올라갔고, 죽은 아이와 함께 마리의 일부도 서서히 죽어갔다. 로돌프는 하루빨리 잊어야 한다고 했다. 그러면서 아이와 함께했던 시간이 짧았던 만큼 잊는 것 역시 빠를 것이라 위로했다. 그래서 그녀는 아이에 대한 기억을 지우려 노력했다. 그러나 살아 있었다면 지금쯤 청소년기에 접어들었을 그 가여운 아이를 마리는 살면서 한순간도 잊은 적이 없었다.

시간 밖으로 떠났던 마법 같은 여행이 끝나고 여객선으로 돌아오자, 실내의 휘황찬란한 조명과 금박 장식이 오히려 현실과 멀게 느껴졌다. 안, 마리, 카미유는 엘리베이터를 향해 걸었다.

"안녕하세요, 데샹 부인. 또 편지가 도착했습니다."

아르놀드가 편지 봉투 하나를 마리에게 건네며 말했다. 삐딱하게 붙인 우표 아래로 로돌프의 휘갈겨 쓴 글자가 보였다.

"괜찮겠어요?"

안이 물었다.

"네, 괜찮아요. 조금 있다가 읽어보려고요."

편지를 가방 속에 넣으며 마리는 어떤 내용일지 상상했다. 유쾌한 내용은 아닐 듯했다. 그러자 갑자기 기분이 나빠졌다.

37

길게 생각할 필요가 없었다. 마리는 객실로 들어와 문을 닫자마자 편지 봉투를 뜯었다. 많은 시간을 할애할 일도 아니었다. 그가 보낸 편지를 읽는 것은 브라질리언 왁싱과 같은 것이었다. 고르게 발라 굳힌 왁스는 빨리 뜯어낼수록 덜 아프다.

　　나의 아내에게,

　　당신이 떠나고 나는 절망에 빠졌어. 꽤 오랜 시간을 두고 내가 어쩌다 이 지경에 이르렀는지 생각해보기도 했어. 하지만 그런다고 뭐가 달라질까? 벌써 5킬로그램이나 빠졌어. 밥도 제대로 먹을 수가 없어. 이제 나는 나 자신조차 알아볼 수 없는 그림자 같은 존재가 되었고, 주위 사람들마저 나를 보고 겁을 낼 정도야. 나는 이런 대접을 받을 이유가 없다고 생각해. 나는 항상 당신에게 잘해줬잖아. 당신이 필요해. 당신 없이는 살 수 없어. 그러니 돌아와줘. 나는 당신의 남편이고 우리 딸들의 아버지니까. 더는 이 집의 적막함을 견딜 수 없어. 내게 한 번만 더 기회를 줘.

　　당신이 돌아올 날을 손꼽아 기다리며.

　　　　　　　　　　　　　　　　　　　　당신의 로돌프.

　마리는 처음 편지를 읽고 충격을 받았다. 그녀가 아는 로돌프는 이런 내용의 편지를 쓸 수 있는 사람이 아니었다. 누군가 총으로 위협하거나 환각제를 복용한 것이 아니라면, 혹은 둘 중 한 가지 상황이거나 그 두 가지 경우가 동시에 적용된 게 아니라면, 절대로 먼저 자존심을 굽히고 애원할 사람이 아니었다.

　마리는 편지를 다시 읽어보았다. 그리고 죄책감을 느꼈다. 로돌프가 너무 불행해 보인 탓이었다. 그녀는 그가 자기 때문에 괴로워할 줄은 꿈에도 몰랐다. 더욱이 그녀의 목적은 그를 괴롭히는 것이 아니었다. 그가 불행해지기를 원한 적도 없었다. 마리는 문득 로돌프를 구원해주고 싶다는 마음이 들었다. 이런 상태로 그를 내버려두지는 말아야 했다. 관계 개선을 위해 조금 더 인내심을 갖고 대화를 해봐야 했다.

세 번째로 편지를 읽었을 때는 모든 의문이 풀렸다. 편지를 쓴 사람은 로돌프가 분명했다. 편지에 적힌 글이 전부 자기감정에 관한 것이었으니까. 그 외에는 어떤 것도 묻지 않았으니까. 그는 절망에 빠졌고, 그녀가 필요하며, 상황을 받아들일 수 없다고 했다. 하지만 그녀에 대한 걱정은 어디에도 없다. 그랬다. 그는 자기가 가지고 놀던 장난감이 더는 말을 듣지 않는다는 사실을 깨달았을 뿐이다. 그리고 자기 힘으로는 어긋난 상황을 바꿀 수 없음을 깨달았을 뿐이다.

로돌프를 떠나며 마리는 그가 자유로워질 거라 확신했다. 그는 기쁨과는 거리가 먼 삶을 견디고 있었고, 단지 헤어질 결심을 못 하고 있을 뿐이었다. 그녀의 생각이 옳았다. 지금 그에게 중요한 것은, 떠난 아내 때문에 불쾌해진 자기감정이었다. 마리는 편지를 구겨서 휴지통에 던져 넣었다. 그러고 나서 바닷바람이 마음을 진정시켜주길 바라며 창문을 열었다.

심호흡하는 동안 비릿한 바다 냄새와 요오드 냄새가 콧속으로 들어오며 환각제 효과를 냈다. 마리는 순간적으로 바닷가에서 살아도 좋겠다고 생각했다. 남편과 헤어진 마당에 파리 외곽을 굳이 고집할 이유도 없었다.

마리는 절벽 가장자리에 자리한 미래의 집을 상상했다. 마사지 소파에 앉아 노을을 바라볼 수 있는 집, 정원에는 미모사가 피어 있고, 바람이 따스하게 불어오는 곳. 그러나 그녀의 상상은 이웃 발코니에서 들려오는 목소리로 끊겼다.

이탈리아 여자는 누군가와 열띤 대화를 하고 있었다. 로이크였다.

밤이 다 된 늦은 시각에 남자가 여자 혼자 묵는 객실에 있다는 것은 분명 밀가루 반죽이나 만들기 위함은 아닐 것이다. 모성애를 자극하는 눈물 젖은 홀아비의 노래가 이제야 그 실체를 드러냈다. 마리는 지금까지 자신을 잘도 속여온 로이크라는 이름의 브르타뉴 남자에게 큰 경멸감을 느꼈다.

이탈리아 여자의 객실 문 밑으로 그 남자는 또 어떤 노래를 적어 넣었을까? 〈라시아테미 칸타레〉('나를 노래하게 내버려둬') 아니면 〈티 아모〉('당신을 사랑해')? 그냥 웃어넘길 수도 있는 일이었지만 이상하게도 쓰디쓴 실망감이 몰려왔다. 로돌프의 편지와 로이크…. 하루 만에 일어난 일치고는 조금 지나치다는 생각이 들었다.

그녀는 객실로 돌아와 창문을 닫고 커튼을 친 후 침대에 누웠다. 그리고 이어폰을 귀에 꽂고 장 자크 골드먼의 노래를 들었다. 눈물이 뺨을 타고 흘렀다.

38

여객선이 프랑스의 대척점에 들어섰다. 이것은 여행객들이 그들의 집에서 2만 4천 킬로미터나 떨어져 있음을 의미했다. 안, 마리, 카미유는 마리의 발코니에 모여 지구 반대편에 도착한 것을 기념하는 파티를 열었다. 두 번째 샴페인 병을 따는 순간, 카미유의 휴대전화가 울리기 시작했다. 휴대전화의 화면을 보고 발신인을 확인한 후, 카미유는 단숨에 잔을 비우고 객실 안으로 들어갔다. 두 사람이 귀를 기울였다.

"알겠어. 아니야, 괜찮아. 어쩔 수 없지. 그래도 고마워. 그래, 괜찮다니까. 네 잘못이 아니야. 알았어. 그래, 이해해. 그렇긴 하지만 그 자식에게 얼간이 같은 놈이라고 전해줘. 그래, 안녕."

카미유가 돌아와 설명했다.

"줄리앙이었어요."

마리가 카미유의 잔에 샴페인을 채우며 물었다.

"괜찮아요?"

"결국 해고당했어요. 이렇게 될 줄 알았어요. 다 내 잘못이에요. 사장이 이런 기회를 놓칠 리 없죠. 나라도 똑같이 했을 거예요."

"이제 어떻게 할 거예요?"

안이 물었다.

"어떻게 하긴요. 뉴질랜드 남자를 유혹해야죠! 당연한 걸 물어보고 그래요."

카미유가 낄낄대며 웃었다.

"우린 진지하게 묻는 거예요. 앞으로 어떻게 할지 생각해둔 거라도 있어요?"

"모르겠어요. 어쩌면 그림을 다시 배울 수도 있겠죠. 하지만 그 전에 뉴질랜드 남자를 유혹할 생각이에요."

"좋은 생각이에요. 뉴질랜드 남자는 성기가 아주 크대요. 아니, 뉴칼레도니아 남자들이었나? 잘 기억나진 않지만 어딘가에서 읽었어요."

마리가 뜻밖의 발언을 했다. 안과 카미유가 동그랗게 뜬 눈으로 그녀를 쳐다보았다.

"뭐 어때서요? 내숭 떨지 말아요."

세 여자는 터져 나오는 웃음을 참지 못하고 다 함께 미친 듯이 웃었다. 안은 깔깔대며 옆구리를 잡았고, 마리는 눈물을 닦았으며, 카미유는 코를 훌쩍이며 웃어댔다.

"좋은 생각이 났어요. 세상 반대편에 온 날을 기념할 수 있는."

마리가 일어서며 말했다.

객실로 간 그녀는 노트와 연필을 가지고 발코니로 돌아왔다.

"지금부터 프랑스에 두고 온 것들 중에 더는 그립지 않은 걸 적을 거예요. 다 쓴 다음에는 불태워버리고요. 이렇게 하면 나중에 프랑스로 돌아갔을 때 보고 싶지 않은 것들이 완전히 사라지고 없을 거예요."

"좋은 생각이에요! 어떻게 그런 생각을 했어요? 샴페인이 즐거운 부작용을 일으킨 건가요?"

카미유가 동의했다.

"정말 멋진 생각이에요! 그런데 목록에 사람을 넣어도 되나요?"

안이 감탄하며 물었다.

마리, 안, 카미유는 연필에 침을 묻혀가며 차례차례 목록을 작성했다. 첫 번째 순서는 마리였다.

더 이상 그립지 않은 것들-마리

로돌프의 코 고는 소리

저녁 뉴스 오프닝 음악

학교 정문 앞에서 조제트 라뉘즈가 나대는 것

스팸 문자, 특히 다르티(프랑스의 대형 슈퍼마켓)의 할인 광고 문자

초록색 잠옷 가운

물이 새는 세면대 수도꼭지

늘어난 양말

새로운 모양으로 바꾸기 전의 내 머리

로돌프의 휴대전화 벨 소리

로돌프의 형

불면증 약

딸들이 집을 떠나는 일요일 저녁

오로지 전나무 울타리만 보이는 전망

그저 그런 날들

외로움

목록을 작성한 다음 마리가 정식으로 노트와 연필을 안에게 넘겼다. 안은 초등학생처럼 팔로 글씨를 가리며 목록을 작성했다.

더 이상 그립지 않은 것들-안

적막감이 감도는 아파트

전철 탈 때 느끼는 불안감

고양이의 화장실 모래를 가는 일

환경오염

간이식당의 스테이크

높은 습도로 인한 관절염

계단에서 아주 작은 소리에도 깜짝 놀라는 나

차가운 침대

기다림

에펠탑을 가리는 굴뚝, 특히 거실 앞 창문으로 보이는

직장 동료 장 마크의 집요한 시선

외로움

작성이 끝나자마자 안은 샴페인 병을 집어 들고 바닥에 남은 마지막 한 방울을 입안에 털어 넣었다. 카미유에게 노트를 넘기며 그녀가 말했다.

"난 올해가 가기 전에 반드시 결혼할 거예요. 바보 같죠? 카미유, 이제 당신 차례예요."

카미유는 안이 건네는 연필을 받아 들고 머릿속 생각을 재빨리 옮겨 적었다.

더 이상 그립지 않은 것들-카미유

사무실 커피

성과 목표에 대한 압박

상사의 얼굴

체중계

교통체증

전자레인지로 데운 즉석식품

아파트 관리인의 외설적인 농담

배신자 아르노의 페이스북 염탐하기

내 몸무게가 궁금한 사람들

아래층에 사는 여자의 과도한 신음 소리

악몽

외로움

카미유는 연필을 내려놓고 목록이 적힌 페이지를 뜯어냈다.

"자, 다 썼어요. 이제 뭘 하면 되죠?"

마리가 탁자 위에 놓인 라이터를 집어 들었다.

"각자 자기가 적은 목록을 불태우는 거죠! 처음에는 물속에 던져버릴까 생각했는데 환경오염 때문에 피하는 게 좋겠다는 생각이 들었어요. 모두 준비됐어요?"

그때였다. 카미유가 소리쳤다.

"잠깐만요. 뭔가 말해야 하지 않을까요? 마법의 주문 같은 거?"

"오, 그게 좋겠어요. 안, 뭐 생각나는 거 없으세요?"

안은 잠시 생각에 잠겼다.

"내가 좋아하는 영어 문장이 있어요. 지금의 우리와 잘 어울릴 것 같아요. 'Today is the first day of the rest of my life!'"

"너무 멋져요! 내가 좋아하는 영화 제목과 비슷해요."

마리가 말했다.

안, 마리, 카미유는 각자 작성한 '더 이상 그립지 않은 것들'의 목록을 둥글게 말았다. 그리고 불을 붙인 뒤 다 함께 큰소리로 외쳤다.

"오늘은 내 남은 인생의 첫날!"

39

밸런타인데이는 달력 속에나 존재했다. 커플이 금지된 여객선에는 하트를 붙여 놓은 진열장도 없었고, 누군가와 함께하는 특별한 저녁도 없었으며, 스피커를 통해 들려오는 노래도 없었다. 승객들도 자신들이 두고 온 낭만을 보고 싶어 하지 않았다.

여객선은 오클랜드(뉴질랜드 북섬의 도시) 한복판에 정박했다. 오클랜드는 택시나 버스가 필요하지 않았다. 어디든 걸어 다닐 수 있는 까닭이었다.

선착장에서 안이 친구들과 포옹했다.

"저녁에 봐요, 아가씨들. 좋은 하루 보내고요!"

"네, 사촌분 잘 만나고 오세요. 그런데 주소는 있으세요?"

마리가 물었다.

"그럼요. 사촌이 보내줬어요. 빨리 보고 싶어요. 2년이나 만나지 못했거든요. 어서 가서 지난 시간을 보상받아야겠어요."

마리와 카미유는 반바지를 입고 뉴질랜드의 거리를 거닐며 아침나절을 보냈다. 2월이었지만 날씨가 프랑스의 8월처럼 무더웠다. 높은 기온 탓인지 여름 휴가철에나 구경할 수 있는 분위기가 도시 전체를 휘감았다. 서프보드, 앞이 터진 샌들, 휘파람 소리를 내며 돛을 부풀리는 바닷바람, 인파로 붐비는 해변, 뜨거운 태양, 흘러내리는 아이스크림, 바람에 하늘거리는 원피스, 구릿빛 피부, 넘치는 거리의 행인들…. 이 도시는 여행 DVD에서 본 그대로 즐겁고 편안했으며 사람들도 마찬가지로 친근했다.

마리와 카미유는 올블랙스(뉴질랜드 남자 럭비팀) 기념품 가게 앞에서 아이스크림을 먹었다. 그때 한 남자가 다가와 말을 걸었다. 조금 더 정확히 말하자면, 한 남자가 카미유에게 도시를 구경시켜주고 싶다고 영어로 말을 건 것이다.

"젠장, 이렇게 잘생긴 남자는 정말 오랜만에 봐요."

카미유가 마리에게 속삭였다.

"나도 인정. 완전 대박이야. 어서 가요. 난 혼자 구경하러 다닐게요."

카미유가 알 듯 모를 듯 난해한 미소를 지으며 태닝이 잘 된 남자의 잘생긴 얼굴을 힐끔거렸다. 그러고는 거절의 표시로 머리를 흔들었다. 하지만 그녀의 눈빛은 이미 남자를 따라가고 있었다.

"마리, 혼자서 다녀도 정말 괜찮겠어요?"

카미유가 걱정스러운 표정으로 마리에게 물었다.

"걱정하지 말고 어서 가봐요. 우린 이따가 저녁에 만나요."

멀어져 가는 젊은 남녀를 바라보며 마리는 어디로 가면 좋을지 자기 자신에게 물었다. 두 사람의 모습이 더는 보이지 않았다. 그녀는 뒤돌 아섰다. 순간, 하늘 높이 우뚝 솟아 도시를 내려다보는 거대한 탑이 그 녀의 시야에 들어왔다. 스카이 타워(오클랜드 시내를 360도로 조망하는 전 망대)였다.

엘리베이터를 타고 정상에 오르기까지는 몇 초도 걸리지 않았다. 300미터가 넘는 고도에서 바라보는 광경도 놀라움 그 자체였다. 전망 대를 빙 두른 유리창 너머로 하늘과 바다, 도시, 태양이 끝 간 데 없이 펼쳐져 있었다. 안이 곁에 없어 다행이었다. 마리는 겁많은 친구를 생 각하며 피식 웃었다. 그때 귀에 익은 목소리가 들려왔다.

"대단한 장관이군요. 우리가 세상을 지배하는 기분이에요."

로이크였다.

마리가 못 본 척 고개를 돌렸다. 그러나 유리창에 비쳐 사방에서 말 을 걸어오는 로이크의 여러 분신을 전부 외면할 수는 없었다.

"마리, 잘 지냈어요?"

"물론이에요."

건조한 어투로 그녀가 대답했다.

"편지는요. 읽어보셨어요?"

"읽었어요. 죄송하지만 지금은 혼자 조용히 풍경을 감상하고 싶네 요."

로이크가 눈썹을 치켜올렸다. 그리고 몇 분간 침묵을 지켰다.

잠시 후 그가 다시 대화를 시도했다.

"제가 혹시 뭘 잘못했나요?"

"전혀요."

"거리감이 느껴지는데 이것도 제 착각일까요?"

"거리감이라니요. 그런 거 없으니 걱정하지 마세요."

수평선에서 시선을 떼지 않은 채 그녀가 대답했다.

"그럼 점심식사 같이 해요."

"아니요."

마리의 대답에 그가 한쪽 입꼬리를 끌어올리며 미소를 지었다.

"분명 뭔가 있는 것 같은데요. 저 좀 고집이 세요. 절대 포기하지 않거든요."

그녀가 그를 향해 돌아서며 한숨을 내쉬었다.

"저한테 왜 이러시죠? 원하는 게 뭐예요?"

"그게 무슨 말이에요?"

"당신 지금 뭐하는 거냐고요. 저녁에 밥을 먹을 때는 인생 얘기도 하면서 다정했다가 버스에서는 갑자기 차가운 사람으로 돌변했다가, 이게 장난치는 게 아니면 뭐죠?"

마리가 목소리를 높이자 주변의 시선이 두 사람에게로 쏠렸다. 로이크는 어리둥절한 표정을 지었다.

"무슨 말을 하는 건지 하나도 모르겠는데…. 왜 이러는지 이해되지 않아요."

"좋아요. 사실대로 다 말할게요. 난 당신이 들려준 아내와의 가슴 아픈 사연이 거짓이라고 생각해요. 여자를 유혹하기 위해 지어낸 이야기라고요. 지난밤엔 이탈리아 여자 방에서 당신의 목소리도 들려왔고요. 분위기가 굉장히 좋아 보이던데요."

로이크는 눈을 동그랗게 뜨고 웃음을 터뜨렸다. 마리는 그 모습을 보고 방금 한 말을 후회했다.

"이제 알겠네요. 다 해명해드리죠. 먼저, 저는 여자들을 유혹할 생각이 없어요. 최근에 아내를 잃은 것도 사실이고요. 당신을 침대에 끌어들이기 위해 수작을 부렸다고 생각했다면 미안합니다. 사과할게요. 그리고 그날 저녁에는 당신이 진짜 친구처럼 느껴졌어요. 말 그대로 그냥 친구요. 그 이상도 그 이하도 아닌. 그리고 그 외의 시간은 차갑게 대한 게 아니에요. 그냥 제가 내성적인 성격이라 그런 겁니다. 그게 내 본성이에요. 나도 고치려고 노력 중인데 잘 안 돼요."

"아니요. 해명할 필요 없어요. 그런 말을 하는 게 아니었어요."

"그다음, 제가 프란체스카의 객실에 있었던 건 사실입니다. 왜냐하면 그 여자가 제게 끝없이 도움을 요청했거든요. 제가 거절을 잘 못해요. 프란체스카는 현재 크루즈 여행을 주제로 여행 안내서를 쓰고 있어요. 그날 저녁엔 프란체스카가 자신의 원고를 읽고 의견을 말해달라고 부탁해서 갔던 거고요."

"죄송해요. 제가 정신이 좀 나갔었나 봐요. 배가 좀 고픈데 점심 식사 이야기는 아직 유효한가요?"

"할렐루야! 좋아요. 가요. 더 있다가는 잡아먹히고 말겠는걸요. 얼른 근사한 레스토랑으로 모셔야겠어요."

"아무렴요. 그게 좋겠어요."

엘리베이터를 향하며 그녀가 말했다. 마리는 그 이탈리아 여자가 어떻게 책을 쓸 수 있는지 의아했다.

40

마리와 로이크가 여객선으로 돌아왔을 때는 이미 자정이 가까운 시각이었다.

"정말 기억에 남을 하루였어요."

마리가 말했다.

"저도 그렇습니다. 좀 더 이야기를 나누고 싶은데 갑판 위를 산책할까요?"

"좋아요."

살짝 피곤한 감은 있었지만 마리는 그쯤에서 하루를 마감하고 싶지 않았다. 그날 아침부터 두 사람은 공원 벤치에서 샌드위치를 먹고, 도시 곳곳을 거닐고, 바닷새들과 놀고, 와이헤케 섬을 두 눈에 담고, 저녁을 먹으러 가서는 편안한 분위기에서 요리와 음악을 주제로 대화를 나누었다. 또한 우회적 화법을 사용해 지난 일들을 털어놓았고, 삶의 희망과 고통, 소망과 행복에 관해서도 많은 이야기를 나누었다.

갑판은 사막처럼 고요했다. 느린 두 남녀의 발걸음 소리만이 나무바닥 위로 길게 이어졌다.

"그러니까 고향이 브르타뉴이신 거죠?"

그녀가 물었다.

"네, 정확히는 모를레(프랑스 북서부 브르타뉴 지방의 작은 도시)고요. 모를레는 바다에서 10분 정도 떨어진 곳인데 지금도 거기 살아요. 제겐 바다가 필요하거든요. 바다에서 멀어지면 견딜 수 없어지죠."

"이해가 가요. 저도 바다가 좋아지기 시작했거든요. 바다는 마음을 진정시키고 용기도 주는 것 같아요. 여행이 끝나면 아마 바다가 참 그리울 거예요."

로이크는 놀란 눈으로 그녀를 바라보았다.

"그럴 만도 하죠. 바다는 정말…. 젠장, 저기 프란체스카가 오고 있어요!"

휴대전화를 귀에 댄 프란체스카가 요란한 제스처를 하며 갑판 맞은편에서 그들을 향해 다가오고 있었다. 로이크는 얼른 마리의 허리를 감싸 안고 구명보트 뒤로 그녀를 이끌었다. 벽에 붙어 정리된 구명보트 뒤에 쪼그려 앉자, 두 사람의 몸이 꼭 붙었다. 서로의 팔다리가 보이지 않게 숨다 보니 공간이 터무니없이 좁았다.

마리의 심장이 목 부근에서 뛰는 게 느껴졌다. 어린아이처럼 숨죽이며 숨어 있는 설렘 때문일 것이다. 프란체스카의 목소리가 점점 더 뚜렷하게 들리고, 그녀의 발소리가 가까워졌다. 마리는 웃음이 터질 것 같아 입을 꾹 다물었다. 로이크 역시 마찬가지였다. 그의 얼굴은 마리의 목에 파묻혀 있었고, 그녀는 그의 턱 근육이 긴장하는 것을 느꼈다. 그녀를 붙잡고 있는 그의 손은 떨리고 있었다. 그들은 마치 열 살짜리 아이들 같았다.

프란체스카가 그들 앞에 도착했다. 두 사람은 숨을 죽였다. 프란체스카는 걸음을 멈추지 않고 구명보트 앞을 지나갔다. 그러고는 통화에 몰두하면서 반대편 갑판을 향해 멀어져갔다. 마리와 로이크는 안도의 한숨을 내쉬었다. 심장 박동도 차츰 진정되었다. 로이크의 뜨거운 숨결이 그녀의 목덜미에 와 닿았다. 긴장이 풀리고 나서야 그들은 자신들의 자세를 자각했다. 로이크는 마리의 뒤에서 그녀의 등에 꼭 밀착해 있었다. 그의 손은 그녀의 허리를 감싸고 있었고, 그의 뺨은 그녀의 귀에 닿아 있었다. 그의 몸은 그녀의 엉덩이에 닿아 있었다. 두 사람은 말을 잃었다. 웃음은 이미 사라졌다. 움직이지도 않았다. 그런데 로이크의 숨소리가 다시 빨라지기 시작했다. 마리는 그것을 온몸으로 느꼈다. 한순간 그녀의 피부에 소름이 돋았다. 그녀는 눈을 감고 고개를 옆으로 살짝 기울였다. 로이크의 입술이 천천히 목덜미에 와 닿았다. 그러고는 더 강하게 입술을 눌렀다. 순간, 그가 갑자기 고개를 들고는 헛기침을 했다.

"흠흠, 우리 안 들킨 것 같아요."

숨어 있던 장소에서 나오며 마리는 그의 눈을 똑바로 보지 못했다.

"네, 그런 것 같아요. 정말 아슬아슬했네."

별의 개수와 공기의 온도 따위를 이야기하다가 산책은 일찍 끝났다.

마리는 객실로 돌아와 침대 위로 쓰러졌다. 제정신이 아니었다. 막 결혼 생활을 정리하고 다시는 그런 일을 겪지 않겠다고 다짐한 지 얼마나 됐다고 목에 와 닿는 숨결 하나에 금방이라도 안기고 싶은 생각이 들었다. 마리는 당혹스러웠다. 내면에서 무슨 일이 일어났는지 하나하나 따져봐야 했다. 두 사람은 분명 좋은 하루를 보냈다. 그는 불쾌한 사람이 아니었고, 불가피하게 몸을 숨겨야만 하는 상황이 왔다. 두 사람이 있었던 그 자세는 자연스럽게 친밀함을 불러일으킬 만한 상황이었다. 그녀의 몸도 분명히 어떤 신호를 보냈다. 하지만 그렇다고 해서 이럴 수는 없는 일이었다. 그녀는 이성의 힘으로 본능을 억제할 줄 아는 사람이었다. 또다시 똑같은 상황을 만날 확률도 제로에 가까웠다. 그러니 같은 일이 반복될 염려는 없었다. 마리는 그날 밤 자신에게 일어난 모든 일이 바다 때문이라고 생각했다.

마리, 안이 카미유를 카바레 쇼에 데리고 갔다. 마술 공연이 있는 날이었다. 카미유는 그런 종류의 볼거리를 좋아하지 않았다. 재주를 넘거나 칼을 삼키는 사람을 구경하기보다는 차라리 모자란 잠을 실컷 자는 편이 더 나았다. 하지만 근육질의 곡선이 뚜렷한 곡예사들이 나온다는 약속에 그녀는 결국 설득당했다.

세 여자는 동그란 모양의 테이블을 가운데 두고 앉아 이제 막 공연을 시작한 복화술사에게 시선을 고정했다. 테이블 위에는 간단한 해산물 요리가 놓여 있었다.

"바보가 아니고서야 어떻게 저런 걸 좋아할 수 있죠?"

카미유가 큰 소리로 웃으며 투덜거렸다.

"난 마음에 드는데요. 공연하는 사람들도 전부 다 재능이 뛰어나 보이고요."

안이 굴을 하나 집어 들며 대답했다.

"원숭이 인형 엉덩이 속에 팔을 찔러넣고 입만 뻥긋거리는 게요? 언제부터 그런 게 뛰어난 재능이 되었죠?"

카미유의 말에 마리는 웃음을 터트렸다.

"카미유는 유머 감각이 정말 남달라요. 당신이 없었다면 우린 벌써 지루해서 죽었을 거예요."

카미유가 자랑스럽다는 듯 턱을 들어 올렸다.

"오, 그래서 나를 여기로 끌고 온 거로군요! 그렇죠? 이제야 본색이 드러났네요. 작은 사기꾼 일당! 그래도 잘하셨어요. 신선한 해산물을 먹는 것도 나쁘지는 않으니까요."

관객의 머리 위에서 움직이던 조명이 일순간 멈추었다. 열심히 게 다리를 빨아먹는 카미유의 머리 위에서였다. 복화술사의 공연을 끝으로 술이 달린 가죽 바지에 상의를 탈의한 남자가 콧수염을 휘날리며 등장했다. 카미유가 고개를 들었을 때는 몸에 꽉 끼는 금색 옷을 입은 커다란 금발의 여자가 그녀를 향해 손을 내밀며 다가오고 있었다.

"뭐야? 저 사람이 왜 여기로 오죠? 뭘 어쩌려고요?"

"내 생각엔 저 여자 뒤를 따라가야 할 것 같아요."

안이 말했다.

"말도 안 돼! 난 노래하고 싶지 않아요. 고맙지만 사양할래요."

마리는 다음번 공연 준비로 무대 위를 분주히 움직이는 스태프들을 유심히 살펴보았다.

"확실하진 않지만 노래를 시키려는 것 같진 않아요."

카미유가 무대 쪽으로 고개를 돌렸다. 무대 위에는 커다란 판자 하나가 세로로 세워지고 있었다. 콧수염을 기른 남자는 거기서 몇 미터 떨어진 곳에 서 있었다. 관객들은 사회자의 요청에 따라 카미유를 응원하며 손뼉치기 시작했다. 카미유는 머리를 흔들었다.

"설마 농담이겠죠? 지금 나한테 저 사람이 던지는 칼을 맞으라는 거예요?"

금색 보디수트를 입은 금발 머리 여자가 카미유의 손을 잡았다. 카미유는 마지못해 따라가며, 뒤에서 웃음소리를 터뜨리는 마리와 안을 흘겨보았다. 그러고는 판자 위에 십자가 모양으로 팔다리가 묶인 채 숨죽여 첫 번째 칼이 던져지기를 기다렸다. 마음속으로 살아남기를 바라면서, 동시에 복수의 칼날을 갈면서 말이다. 이윽고 콧수염을 기른 남자가 무기를 손에 쥐고 정신을 집중했다. 순간, 남자의 바지에 매달린 술 장식이 가늘게 떨려왔다. 어쩌면 술 장식이 아닌 그녀의 눈이 떨리는 것일지도 몰랐다. 콧수염을 기른 남자는 변태 같았다. 변태처럼 가학 행위에서 즐거움을 찾는 잔인한 남자였다. 카미유의 마음 따윈 아랑곳없이 팔을 높이 쳐들고 수차례에 걸쳐 칼을 던지는 시늉을 했기 때문이다. 잠시 후, 첫 번째 칼날이 대기를 가르며 그녀를 향해 날아왔다. 카미유는 눈을 질끈 감고 비명을 질렀다.

"꺅! 안 돼!"

그녀가 눈을 떴다. 살아 있었다. 칼은 그녀의 머리 바로 옆에 꽂혀 있었다. 홀 전체가 웃음으로 진동했다. 카미유는 화장실에 미리 다녀오지 않은 것을 후회했다. 칼날이 날아올 때마다 비명을 질렀고, 입에 담기 어려운 욕설을 퍼부었다.

마침내 카미유는 사지를 묶고 있던 끈에서 풀려나 비틀거리며 자리로 돌아왔다. 디저트가 나오고 마지막 공연이 시작되었다. 마술사 한 명이 무대 위로 올라가 커다란 검은색 상자 옆에 섰다. 마리가 신이 나서 손뼉을 쳤다.

"와, 내가 정말 좋아하는 마술이에요. 사람을 여러 조각으로 자르는 거요."

"미리 말하지만 저 금발 머리 여자가 나한테 다시 오면 그때는 내가 저 여자를 토막 낼 거예요."

카미유가 분통을 터뜨렸다.

이번에는 헤드라이트가 다른 테이블 위에 정지했다. 금발 머리 여자가 조명이 멈춘 곳으로 다가가 한 여성에게 손을 내밀었다.

"올가예요. 늘 투덜거리던 그 여자요."

마리가 속삭였다.

올가는 얼굴을 찌푸렸지만 그녀도 관객의 환호와 박수갈채에 거절할 이유를 찾지 못하고 금발 머리 여자를 따라 무대 위로 올라갔다. 마술사는 그녀를 반갑게 맞이하며 귀에 대고 몇 마디 말을 속삭였다. 이윽고 올가가 상자 안에 누웠다.

"정말 놀랍지 않아요? 어떻게 저렇게 하는지 진짜 궁금해요."

올가의 몸이 두 개로 나뉘는 것을 보며 마리가 감탄했다.

"내가 알아요. 가끔 무료로 마술 공연을 하러 다니는 직장 동료가 있는데, 그 친구가 비밀을 알려줬어요."

안이 말했다.

"오, 제발 더는 말씀하지 마세요. 나도 속임수라는 건 아니까. 그래도 비밀을 알고 싶지는 않아요. 소매에서 비둘기가 나오는 마술의 비밀은 아는데 원하시면 알려드릴까요?"

마리가 물었다.

"아니요. 나도 비밀은 지키는 쪽이 더 좋아요."

안이 대답했다.

"정말 귀여운 아가씨들이군요. 그 나이에 아직도 마술을 좋아하다니."

카미유가 두 사람을 놀렸다.

"뭐라고요? 그 나이요? 우리 나이가 어때서요!"

마리와 안이 동시에 소리쳤다.

공연이 끝나고 객실로 돌아온 마리는 카미유의 말을 되새겨보았다. 그리고 그녀의 말이 맞는다는 결론에 이르렀다. 마리는 마술을 좋아했다. 사실 인생과 마술 사이에는 공통점이 많았다. 어릴 때는 무대 위에서 벌어지는 놀라운 광경에 감탄하며 공연을 감상한다. 훌륭한 공연을 보며 경탄하고, 스스로에게 질문하고, 더 알고 싶어 한다. 시간이 지나 어른이 되어 무대 뒤의 베일이 벗겨지면 그제야 우리는 비로소 깨닫는다. 화려하고 신비롭게만 보였던 무대 뒤가 사실은 매우 복잡하며, 덜 아름답고 때로는 추하며 실망스럽다는 사실을. 그럼에도 우리는 여전히 경탄한다.

42

마리가 마흔 살이 되는 날이었다. 이를 축하하기 위해 안과 카미유는 그녀를 위한 특별한 하루를 준비했다. 마리는 녹차 스크럽, 캘리포니아식 마사지, 얼굴 릴랙싱 케어로 완전히 몸이 노곤해질 때까지 마사지를 받았다. 그리고 한결 가벼워진 몸으로 친구들을 만나러 여객선에서 맛집으로 유명한 페르낭디 하우스로 갔다.

"생일 축하해요!"

카미유가 샴페인 잔을 들어 올리며 외쳤다.

"생일 축하해요! 쌍둥이들과 전화한 건 좋았어요?"

안이 카미유를 따라 외치며 물었다.

"그럼요. 말할 수 없이 좋았어요. 딸들은 언제나 제게 최고의 선물인 걸요."

그날 아침 안은 쌍둥이들에게 전화를 걸 수 있도록 마리에게 자신의 휴대전화를 빌려주었다. 마리는 두 딸의 목소리를 듣게 되어 기뻤다. 딸들은 동시에 말을 쏟아내며 수많은 질문을 했고, 엄마에게 꼭 여행을 만끽하라고 당부했다. 마리는 눈을 감고 딸들의 목소리를 들으며 그들이 전화기 주변에서 서로 밀치고 전화기에 가까이 가려고 애쓰는 모습을 상상했다.

"쥐스틴에게 남자친구가 생겼어요!"

릴리가 웃으며 말했다.

"안 돼. 말하지 마. 안 그럼 네가 운전면허 필기시험 떨어진 얘기할 거야!"

"알았어. 그 얘긴 안 할게. 이제 엄마 얘길 해주세요. 여행은 어때요. 재미있어요?"

아이들의 질문에 마리는 행글라이더를 타고 하늘을 날았던 일과 머리모양을 새롭게 바꾼 일에 관해 말했다. 친구가 된 안과 카미유, 배 위에서의 생활, 발코니에서의 아침, 감기, 돌고래에 관한 이야기도 했다. 두 딸에게서는 학교 이야기와 남자친구, 교수님에 관한 이야기를 들었다. 그 외에도 아이들에게는 여러 일이 많았다. 쥐스틴은 고양이 한 마리를 입양했는데 마시멜로에서 착안해 이름을 멜로라고 지었다. 릴리에게는 새로운 룸메이트가 생겼다. 룸메이트는 여러모로 호감 가는 타입이었지만 음악을 너무 크게 틀었다. 마리는 아이들이 기특했다. 걱정과 달리 잘 지내고 있었기 때문이다.

아이들과 한창 통화를 하는데 갑자기 수화기 너머에서 로돌프의 음성이 들렸다. 그제야 그녀는 오늘이 일요일임을 알았다. 마리는 순간적으로 그가 통화하자고 할까 봐 걱정되었다. 하지만 다행히 그런 일은 일어나지 않았고, 스피커 너머로 과장되게 웃는 그의 웃음소리만이 들려왔다. 그것을 끝으로 쌍둥이들은 보고 싶다는 말과 함께 황급히 전화를 끊었다. 마리는 아이들에게 사랑한다고 속삭였다. 그리고 전화 연결이 끊겼음을 알리는 신호음과 함께 지구 반대편으로 되돌아왔다.

카미유가 입을 삐죽거리며 메뉴판을 보았다.

"오리 고기 요리를 먹을지, 송아지 고기를 먹을지 고민되네요. 어쨌든, 여러분, 어제는 어땠나요?"

오클랜드 관광 이후에 그들은 자주 만나지 못했다. 그래서 서로에게 할 이야기가 많았다.

"친척과 함께 즐거운 하루를 보냈어요."

안이 먼저 대답했다.

포스틴은 안의 사촌이지만 안과 친자매처럼 자랐다. 그만큼 두 사람은 서로가 서로에게 특별한 존재였고, 옆집에 살면서 틈나는 대로 상대의 집을 오갔다. 그러다가 10년 전, 포스틴이 남편을 따라 뉴질랜드로 이주한 뒤에는 최대한 자주 전화를 걸어 서로의 안부를 물었다.

안과 포스틴은 반가움의 눈물을 흘리며 포옹했다. 안은 그날 하루를 22층에 있는 포스틴의 아파트에서 보냈다. 물론 발코니 가까이는 가지 않았다. 대신 소파 위에서 서로의 일상을 이야기했다. 전화 통화로 이미 대부분 아는 내용이었지만 얼굴을 맞대고 앉아 나누는 이야기에는 또 다른 맛이 있었다. 성인이 된 포스틴의 자녀 이야기도 나누었다. 첫째는 조만간 아빠가 될 예정이었는데 새삼 지난 세월을 실감하게 했다. 포스틴의 남편 자크도 화제에 올랐다. 그는 은퇴를 눈앞에 두고 있었고, 부부는 은퇴 이후 자녀들이 사는 프랑스로 돌아갈 생각을 하고 있었다. 도미니크 이야기가 나왔을 때는 포스틴이 안을 위로했다.

"틀림없이 다시 돌아올 거야."

그녀에게 있어 안과 도미니크의 사랑은 선망의 대상이었다. 모두에게 부러움을 주던 사랑이었기에 포스틴은 두 사람의 관계가 허무하게 끝나지는 않을 것이라 믿었다. 그리고 "일시적인 위기일 뿐이야. 모두 잘될 거야.”라며 상처받은 안의 마음을 다독였다.

“포스틴 말대로 된다면 좋겠어요. 나 진짜 노력해봤는데, 도저히 잊을 수가 없어요. 다시 내 삶을 시작하는 건 불가능해요. 그리고 '다시 내 삶을 시작하다'라는 표현 자체가 싫어요. 마치 코 성형하듯 삶을 고칠 수 있다는 뜻처럼 들리잖아요.”

마리가 안의 어깨를 쓰다듬었다.

“모두 잘될 거예요. 그런 확신이 들어요.”

카미유도 한마디 거들었다.

“저도 그렇게 생각해요. 사랑은, 그러니까 진정한 사랑은 영원히 죽지 않으니까요.”

두 여자가 놀란 눈으로 카미유를 바라보았다.

“그 사이에 무슨 일이 있었던 거죠? 그런 말을 하니까 우리가 아는 카미유가 아닌 것 같아요.”

“설마 마약을 한 건 아니죠?”

마리가 물었다. 마리에 이어 안도 같은 질문을 했다.

카미유가 웃기 시작했다. 물론 그녀는 마약에 취하지 않았다. 다만 윌리엄과 하루 종일 함께 보냈을 뿐이었다. 카미유는 얼굴에 미소를 머금은 채 윌리엄을 찍은 여러 장의 사진을 두 친구에게 보여주었다. 사진 속에는 디저트가 놓인 식탁에 앉은 윌리엄과 상반신을 벗은 윌리엄, 저물어가는 저녁 해를 배경으로 카미유와 포즈를 취한 윌리엄, 곤히 잠든 윌리엄의 모습이 있었다. 그녀의 과거 연애 상대들은 한 장의 사진이면 충분했지만, 윌리엄은 열 장이 넘었다. 심지어 그녀는 윌리엄이 하카(마오리족 전통 전투 춤)를 추는 모습을 영상으로 찍어두었고, 재생하면서 눈을 떼지 못했다.

카미유는 한때 '사랑에 빠지는 번개 같은 순간'을 산타클로스나 이빨 요정 같은 전설 속 이야기로 여겼다. 하지만 그녀가 믿는다면, 이번에는 정말 그런 순간을 경험했을 것이다. 윌리엄과 함께한 시간은 많은 점에서 달랐다. 그중 가장 큰 차이점은 모든 면에서 단순하고 자연스럽다는 것이었다. 그의 말에 귀를 기울이는 것도, 자신에 대해 이야기하는 것도, 서로를 바라보는 것도, 마치 예정된 일이 차례로 일어나듯 더없이 자연스러웠다.

"그냥 좋았어요. 있어야 할 자리에 있는 느낌이랄까요? 그래서 윌리엄과의 관계가 영원히 지속되면 좋겠어요."

마리와 안은 먹는 걸 멈추고 바보 같은 미소를 지으며 카미유를 바라보았다. 카미유는 잠시 생각에 잠긴 듯 보였다. 하지만 곧 윌리엄의 사진이 나열된 앨범을 닫고 휴대전화를 가방에 정리해 넣었다.

굳이 아름다운 말로 두 사람의 관계를 포장할 필요는 없었다. 윌리엄은 분명 그녀를 잊을 테고, 시간이 지나면 그녀 또한 그를 잊을 테니까. 그렇게 된다고 해도 이상할 점은 전혀 없었다. 하지만 한 가지, 카미유가 예측하지 못한 것이 있었다. 그것은 그녀가 정복한 상대 중 어느 한 명에게 그녀 스스로 마음을 빼앗길 수 있다는 것이었다. 그러나 이 또한 모를 일이었다. 여행이 아직 많이 남아 있었기에 성급히 결론지을 일은 아니었다. 누가 알겠는가? 다음 기항지에 도착하자마자 카미유가 여느 때처럼 윌리엄과의 키스 사진을 휴대전화의 배경 화면에서 삭제하고 그 자리에 다른 남자와 찍은 사진을 올릴지 말이다.

"마리는요? 어제 뭘 했어요?"

마리는 스카이 타워에서 바라본 풍경과 바닷새, 로이크와 함께 보낸 하루, 그의 해명, 이탈리아 여자 프란체스카, 함께한 저녁 시간, 갑판 위에서의 산책, 구명보트에 관해 말했다. 그리고 그 뒤에 숨어서 둘이 몸을 맞대고 있던 순간의 떨림까지 솔직히 털어놓았다.

"우리의 마리가 방탕한 생활을 하고 있었네요!"

안이 말했다.

"그 남자랑 잤어요?"

카미유는 그녀답게 단도직입적으로 물었다.

"어머! 카미유가 다시 자신의 몸속으로 돌아왔나 봐요. 진정해요. 아 가씨들. 설마 내가 다시는 사랑에 빠지지 않겠다고 말한 걸 잊은 건 아 니겠죠?"

마리가 웃으며 대답했다.

"당연히 그렇게 말했죠. 그런데 사랑에 빠지고 말고는 우리가 결정 하는 게 아니거든요."

카미유가 빵을 뜯으며 말을 흘렸다.

마리는 완벽한 하루를 보내고 객실로 돌아왔다. 그리고 바닥에 놓인 편지를 발견했다. 편지를 줍는 그녀의 얼굴에는 어느새 환한 미소가 지어져 있었다.

마리,

어제 대화를 나눈 뒤, 이 노래가 생각났습니다. 당신의 지금 모습과 노래 속 주인공이 어딘가 서로 많이 닮았거든요. 어쩌면 우리 둘 다 장 자크 골드먼의 노래를 들으며 그 안에서 자신의 인생을 발견 하는 것일지도 모르겠습니다.

생일 축하합니다.

로이크.

그녀는 세상이 변하기를 기다리네
시간이 변하기를
이 이상한 세상이 사라지기를
바람이 불기를
기다리고 또 기다린다네

그녀는 지평선이 움직이기를 기다리네
사람들이 변하기를
첫눈에 반하듯이
순수한 천사들의 왕국이 내려오기를
기다리고 또 기다린다네

그녀는 거대한 바퀴가 회전하길 기다리네
시간의 바늘이 돌아가기를
아무 결심도 하지 않고서
은식기를 닦으며
기다리고 또 기다린다네

그녀는 사진을 보네
그 안에서 지난 이야기를 읽네
그녀는 여행을 떠나는 자신을 상상하네
안락의자와 환자용 침대 사이에서
장미꽃 물과 지혜로운 열정 사이에서
옛날이야기처럼 순수하고
오래 기다린 만큼 놀라운 여행길에 오른 그녀 자신을

마리는 머리가 어지러웠다. 와인 때문일 수도 있었다. 하지만 그 때문만은 아니었다. 자기 자신과 똑 닮은 노랫말 때문이었다. 마치 벌거벗은 기분이었다. 그러나 이상하게도 불쾌하지는 않았다. 마리는 책상에 앉아 노트를 펼쳤다. 그리고 연필을 찾아 들고 답장을 쓰기 시작했다.

43

"설마 크루즈 여행만으로도 배 타는 시간이 부족해서 이러는 거예요? 자신을 학대하는 사람이 아닌 이상 이럴 수는 없어요."

카미유가 마리와 안 뒤를 따라가며 불평했다. 시드니에는 작은 만을 따라 이동하는 선박에서 식사를 즐기는 것으로 유명한 식당이 있었다. 신문 기사를 본 적이 있었던 터라 마리는 그곳에 꼭 한번 가보고 싶었다. 그런데 그런 사람은 마리만이 아니었다. 테이블 전체가 여행객들로 이미 만원이었다.

종업원이 그들을 자리로 안내했다. 몇몇 아는 이들의 얼굴이 눈에 띄었다. 불평 많은 올가, 절대로 떨어질 수 없는 이블린과 조르주, 카미유를 스토킹하던 소심한 성격의 밀루(그의 실제 이름은 야니스였다), 수줍음 많은 금발의 안젤리크. 어쩌면 이 저녁이 두 젊은 남녀를 가까워지게 하는 계기가 될지도 몰랐기에 세 사람은 그들과 한 테이블에서 저녁을 먹기로 했다.

레스토랑 맞은편 창으로 오페라 하우스가 보이고, 반짝이는 도시와 하버 브리지(시드니 중심지와 북쪽 해변의 시드니 항을 가로지르는 다리. 인접한 오페라 하우스와 함께 시드니의 상징)가 짙푸른 물에 투영되어 보였다.

레스토랑 안에는 원주민으로 구성된 한 무리의 음악가들이 낯선 악기로 전통곡을 연주하고 있었다.

"정말 아름다워요."

마리가 말했다.

"이런 풍경을 누릴 수 있다니. 난 아직 살아 있다는 게 너무 행복해요."

이블린도 동의했다.

"난 차라리 죽는 쪽을 택하겠어요. 정말이지 이 음악은 도저히 견딜 수가 없네요. 거북이들이나 좋아할까. 사람을 위한 악기가 아니에요."

올가가 눈살을 찌푸리며 반대 의견을 내놓았다.

"디제리두(호주 원주민들의 전통악기)라는 악기예요. 오래된 악기죠. 2만 년 전부터 연주되어왔거든요."

야니스가 와인을 한 모금 마시고 잔을 내려놓으며 말했다.

"그렇다고 해서 역겨움이 덜해지는 건 아니에요. 이럴 줄 알았다면 귀마개를 갖고 올 걸 그랬어요."

올가의 불평에 마리가 끼어들었다.

"야니스, 놀랐어요. 상식이 정말 풍부하네요. 안 그래요, 안젤리크?"

안젤리크는 얼굴을 붉히며 시선을 접시 위로 떨구었다. 야니스가 카미유에게서 시선을 떼지 않은 채 말을 이었다.

"제가 음악을 좀 좋아해서요. 교양을 쌓는 것도 좋아하고요. 아직 어리지만 아는 것도 많아요. 아마 나이 든 남자보다 훨씬 많은 걸 알걸요."

카미유는 그 메시지를 이해했다. 야니스는 고집이 셌다. 그렇다고 마냥 받아줄 수는 없었다.

"그런 것 같긴 하네. 그럼 곰돌이 푸에 대해서도 잘 알겠네? 어때, 당나귀 이요르는 잘 지내고 있어?"

"안젤리크는 음악을 전공한 학생이라고 들었는데, 맞아요?"

마리가 물었다.

"네, 맞아요."

"어머, 그래요? 두 사람은 공통점이 많네요. 둘 다 음악을 좋아한다니. 우연이란 정말 놀라워요."

안이 한마디 덧붙였다.

이블린은 한쪽 팔로 턱을 괴고 잠시 눈을 감았다.

"사랑은 서로 다른 악기를 조화롭게 연주하는 예술과 같아요. 알다시피 공동의 열정은 남녀가 하나 되는 데 없어선 안 되는 것이죠."

이블린이 다소 과장된 어투로 말했다. 그 말에 마리, 안, 카미유가 슬그머니 미소 지었다. 작전대로 잘 진행되고 있었다. 안젤리크가 야니스를 향해 몸을 기울이며 뭐라고 속삭였다. 그 모습을 보고 올가는 한숨을 내쉬었다.

"다들 그렇게 얘기하니 멋진 음악이라고 해두죠. 어쨌든 재미없는 얘기는 이제 그만하고 조용히 식사나 할까요?"

조르주가 냅킨으로 가볍게 입술을 두드렸다. 그런 다음 천천히 냅킨을 접어 접시 옆에 내려놓고는 이렇게 말했다.

"식사에 대화가 빠져서는 안 되죠, 부인. 그래서 말인데 대화를 재미있게 이끌어갈 소재를 한번 찾아보면 어떨까 합니다. 예를 들면 더러운 창문과 종업원의 끔찍한 영어 발음 같은 소재 말입니다. 아, 갱년기 우울증도 좋겠네요."

디저트가 나왔다. 안젤리크와 야니스는 바깥 풍경을 감상한다면서 먼저 테이블을 떠났다. 카미유가 속으로 손뼉 쳤다.

"우리의 작전이 성공한 것 같아요."

"설명 좀 해주시겠어요? 저 두 사람을 서로의 품에 밀어 넣으실 모양인데, 이유가 뭘까요?"

이블린이 물었다.

카미유가 대답했다.

"밀루가, 아니 그러니까 야니스가 계속해서 저를 쫓아다녔어요. 제가 어디를 가든지요. 얼마나 힘들었는지 몰라요. 그래서 다른 애인을 찾아주자고 의견을 모은 거예요."

올가가 정색했다.

"여객선 안에서 연인이 되는 건 규칙 위반이에요. 그것도 모르세요?"

이블린이 테이블 밑으로 조르주의 손을 잡고는 그녀가 말했다.

"그럼요. 알고 말고요. 당신 말대로 저 두 사람이 연인이 되면 한바탕 큰 소동이 일어나겠죠."

이블린의 말에 조르주가 맞장구쳤다.

"네, 맞아요. 그것도 아주 큰 소동이 일어날 겁니다."

언제부터인가 객실로 들어서며 마리가 가장 먼저 하는 일은 바닥에서 그녀를 기다리고 있을 편지 봉투를 찾는 일이었다. 이제 그 일은 하나의 의식처럼 되었다. 오클랜드 이후로 그녀는 로이크를 만나지 못했다. 그러나 매일 저녁 두 사람은 번갈아 가며 골드먼의 노랫말을 문 밑으로 밀어 넣었다. 이틀에 한 번, 자신의 차례가 올 때마다 그녀는 무엇을 쓸지 고심했다. 〈왜냐하면 네가 떠났기 때문에〉는 딸들이 집을 떠났을 때 그녀의 마음에 특별한 울림을 준 노래였다. 〈그는 삶을 바꿀 것이다)는 로이크가 구두 수선공이었던 아버지에 대해 말할 때 떠오른 노래였다. 마리가 처음으로 로이크의 객실 문 아래로 밀어 넣은 노랫말은 〈비밀〉이었다. 처음에는 망설였다. 가사가 남자의 마음을 흔들까 봐 걱정된 까닭이었다. 그러나 후회할 일은 일어나지 않았다. 이튿날 로이크가 아내가 죽고 난 뒤 가장 많이 들은 노래가 〈비밀〉이라며 답장을 보내온 것이다. 그러면서 그녀가 자기 마음을 알아주어 감동했다는 말도 했다.

그녀는 편지를 주고받는 일이 좋았다. 많은 말을 하지 않고도 서로를 알아 갈 기회가 되었기 때문이다. 편지는 그날 저녁에도 있었다. 마리는 서둘러 봉투를 열었다.

이 노래를 들으며 당신은 추억에 잠기겠죠. 나 또한 당신이 이전에 내게 얘기한 옛날의, 내가 모르는 마리에 대해 생각하게 되었으니까요. 물론 당신이 바꾼 마지막 소절은 제외하고요.

로이크.

그녀가 발코니에 오래된 빵을 내려놓네
참새와 비둘기를 유인하기 위해
그러고는 TV 앞에서
다른 사람의 삶을 사네

태양이 뜨면
깨어남 없는 잠에서 깨어나
소리 없이, 걱정 없이
하루를 산다네

다림질과 먼지가 있는 곳
그곳에서 그녀는 늘
고독한 식사를 하네

깨끗한 집
그녀는 그 집을 수상하게 여기네
아무도 살지 않는
어느 집들처럼
사람들은 죽어 더 이상
투쟁하지 않는다네
깨끗한 집, 거기서 우리가 얻은
죽은 자들의 영토
우리를 파멸시키는 시간도
우리를 변화시키지는 않는다네
산 자들은 시들어 가지만
그림자는 시들지 않으니까
모든 것이 간다네
목적 없이, 왜냐고 묻지도 않고
뜨겁지도 차갑지도 않은
겨울에서 가을로
이동해 간다네
그녀가 발코니에 오래된 빵을 내려놓네
참새와 비둘기를 유인하기 위해
그러고는 TV 앞에서
다른 사람의 삶을 사네

그녀는 황색언론에서

변화 없는 다른 사람의 인생을 배우지만

결국 덜 나쁜 것에서 진부한 것에 이르기까지

특별하지 않음을 알게 된다네

그녀가 발코니에 오래된 빵을 내려놓네

참새와 비둘기를 유인하기 위해

화장품과 목욕은

피부를 부드럽게 한다네

하지만 여러 달, 여러 해를

사랑하는 사람 없이

어루만지는 손길 하나 없이 살아온 사람에게는

아무 필요가 없지

나날이 사랑을 잊은 이에게도

꿈과 욕망을 잊은 이에게도

최대한 지혜로웠으나

고통에 몸부림친 날과

열정 없이, 어떤 받아들임도 없이

열, 혹은 스무 장의

그저 그런 사진을 얻기 위해

빛없이, 신비와는 거리가 먼

여러 해를 산 이들에게도

마리는 천 번도 넘게 이 노래를 들었다. 단지 꿈꾸는 것만이 아닌, 진정으로 살아 숨 쉬는 삶을 살려면 무엇을 해야 하는지 끝없이 물으면서 말이다.

하지만 지금은 노랫말 하나에 마음이 흔들릴 때가 아니었다.

44

마리는 택시를 타고 헬리콥터 이착륙장에 도착했다. 시드니에서 보
내는 둘째 날을 위해 헬리콥터를 타고 하늘을 나는 프로그램을 고른
까닭이었다. 세 여자는 아침 시간을 함께 보냈다. 그리고 각자 선택한
여행 프로그램에 참여하기 위해 잠시 헤어졌다. 안은 바닥에 발을 딛
고 즐길 거리를 찾아갔고, 카미유는 근사한 호주 남자를 사냥하러 갔
다. 비행을 택한 사람은 서른 명 정도였는데 이미 모두 도착해서 조종
사의 설명을 듣고 있었다. 그들의 머리 위로 짙게 깔린 먹구름이 보였
다.

헬리콥터는 두 명씩 짝지어 탑승하게 되어 있었다. 마리는 눈을 크
게 뜨고 비행할 짝을 찾았다. 소규모로 무리 지은 사람들 뒤로 로이크
의 회색 머리가 눈에 띄었다. 헬리콥터를 같이 타기에 더없이 좋은 동
료였다. 마리는 그에게 다가가 가볍게 어깨를 두드렸다. 로이크는 그
녀를 발견하고 기뻐하는 표정을 지었다. 옆에 있던 남자에게 다른 사
람을 찾아보라고 양해를 구한 후 마리와 함께했다.

하늘에서 내려다본 풍경은 놀라움 그 자체였다. 조종사는 야구 모자
를 눌러 쓰고 있었다. 모자 아래로 가파른 시옷 자 모양의 눈썹이 보였
다. 그가 호주인 특유의 강한 억양으로 두 사람에게 발아래 펼쳐진 항
구의 역사를 설명했다.

육지가 바다를 향해 수없이 넘실대며 혀를 내밀었다. 항해 중인 배

들은 파도에 맞추어 야성적인 춤을 추었고, 때 묻지 않은 자연과 마천루가 어깨를 나란히 하며 조화를 이루고 있었다. 시드니는 한마디로 아름다움 그 자체였다. 오페라 하우스는 경이로웠고, 하늘 아래로 흑백의 고독한 놀이를 즐기는 섬들도 매혹적이었다. 마리는 넋을 잃고 지평선을 바라보다가 문득 조종사가 너무 조용하다는 사실을 알았다. 조종사는 무거운 침묵 속에서 조종간을 뚫어지게 응시하고 있었다.

"무슨 문제라도 있나요?"

마리가 헤드폰으로 교신을 시도했다. 조종사는 뭐라고 중얼거렸지만 무슨 말인지 이해되지 않았다.

"억양 때문에 확실하진 않지만 비행시간을 단축할 것 같아요. 바람이 너무 강해서요."

로이크가 설명했다.

마리는 최대한 빨리 육지로 내려가고 싶어졌다. 비행을 즐기는 데 도움 되는 생각은 아니었지만 DVD를 보는 편이 나을 듯했다.

로이크도 공포를 느꼈다. 그러면서도 마리를 안심시키기 위해 헬리콥터가 흔들릴 때마다 억지로 웃어 보였다. 풍경은 더 이상 아름답지 않았다. 오히려 적의가 느껴졌다. 바다는 아가리를 쫙 벌리고 삼킬 듯 달려들었으며, 대지는 모든 것을 부숴버릴 기세로 세차게 회전했다. 그대로 가다가는 헬리콥터와 마천루가 충돌해 폭발할 것 같았다.

헬리콥터는 거센 폭풍을 뚫고 천천히 하강했다. 하강 속도가 너무 느려서 매분 매초가 천년처럼 길게 느껴졌다. 무전기를 통해 "No problem!"을 외치는 또 다른 조종사의 목소리가 들려왔다. 두 사람을 안심시키려는 의도였지만 로이크는 오히려 파랗게 질린 입술을 깨물며 허벅지 위에 놓은 손을 움켜쥐었다. 상황이 확실해졌다. 이제 곧 그들은 죽음과 대면할 것이다. 내일이면 여객선을 타고 세계 일주를 하던 두 명의 프랑스인이 시드니에서 비극적인 헬기 사고로 삶을 마감했다는 기사가 뜰 것이다. 그들의 신분을 확인할 단서는 어디서도 찾지 못할 것이다. 적갈색으로 물들인 마리의 머리카락 외에는.

상상만 해도 끔찍한 일이었다. 거친 돌풍 속에서 회전하는 헬리콥터를 타고서 마리는 두 번 다시 쌍둥이 자매를 볼 수 없다는 망상에 빠졌다. 조종실에서 경고음이 요란하게 울리고 계기판 불빛이 점멸했다. 뒤돌아보는 조종사의 눈썹은 이전의 가파른 시옷보다 더 가파른 시옷이 되었다.

본능적으로, 마리는 로이크의 품속으로 몸을 던졌다. 로이크는 그녀를 단단히 끌어안았다. 그리고 겁에 질린 그의 눈을 들여다보며 쓰고 있던 헤드셋을 벗어 던지고는 입술이 으스러질 정도로 뜨거운 키스를 퍼부었다. 뺨을 타고 흘러내린 두 사람의 눈물이 입속에서 혀와 절망적으로 뒤섞였다. 생의 마지막 순간에 이르러 본능에 충실한 두 사람에게는 아무것도 들리지 않았고 아무것도 보이지 않았다. 그들은 이 모든 것이 끝나기 전, 마지막 순간에만 집중했다.

얼마나 시간이 지났을까? 진동이 멈추고 소음이 잦아들었다. 두 사람은 눈을 뜨고 서로에게서 입술을 뗐다. 프로펠러가 멈추었다. 헬리콥터가 무사히 착륙한 것이다.

"그렇게까지 무서워할 필요는 없어요."

조종사가 뒤돌아보며 멋쩍게 웃었다.

'No problem'이라고 외치던 다른 조종사의 말처럼, 머리 위로 별다른 위험 없이 순조롭게 비행 중인 헬리콥터들이 보였다.

바닥에 발이 닿자 두 다리가 솜처럼 흐늘거렸다. 심장은 두방망이질

쳤고, 마리와 로이크는 서로의 눈을 보지 못했다.

"미안해요. 실수였어요. 애들을 다시 못 본다는 생각에 그만."

마리의 사과를 끝으로 두 사람은 최대한 빠른 걸음으로 서로에게서 멀어졌다.

45

비가 내렸다. 상점들은 모두 문을 닫았고, 갑판 위에는 적막감이 감돌았다. 여행객들은 그 기회를 틈타 대부분 휴식의 시간을 가졌다. 싱가포르에 도착하기 전까지는 아직도 7일간의 항해가 남아 있었고, 여행객들은 그 기간을 여객선에서 보내야 했다. 이제껏 많은 시간을 함께했기에 마리, 안, 카미유는 그날 각자 자신의 객실을 지키기로 했다.

마리는 커튼을 젖히고 영화 〈브리짓 존스의 일기〉를 보며 뜨개질을 했다. 시제품 작업과 도안을 뮤리엘에게 보낸 지 여러 날이 지났지만 이상하게도 별다른 소식이 없었다. 마리는 연락을 기다리며 친구들에게 줄 옷을 만들기 시작했다. 카미유의 원피스와 스웨터는 이미 완성되어 있었다. 안이 첫 고객이 되어 주문한 카디건과 색만 다를 뿐 모양이 같은 두 번째 카디건도 마무리 단계였다.

그녀는 멜버른에서 발견한 털실 가게에서 물건을 거의 다 쓸어오다시피 했다. 상점에는 거의 모든 종류의 실이 있었다. 그녀가 살던 곳에서는 찾아볼 수 없는 종류의 실이었다. 가게 점원은 어떻게 알았는지 그녀의 마음을 간파하고 매번 그만 사야겠다고 마음먹을 때마다 새로운 실을 꺼내 보였다. 마리는 결국 유혹을 뿌리치지 못하고 털실로 가득한 쇼핑백을 양손에 든 채 상점을 나와야 했다. 머릿속으로 다음에 뜰 손뜨개 제품을 그리면서 말이다.

마리는 쇼핑백을 내려놓자마자 뜨개질을 시작했다. 그러면서 브뤼셀 양배추를 생으로 먹는 상상을 했다. 이 자기암시는 꽤 효과가 컸다. 로이크를 생각하느라 괜한 시간과 열정을 허비하지 않을 수 있었기 때문이다.

혼란했던 헬리콥터 비행을 마친 이후로 마리는 로이크의 소식을 듣지 못했다. 갑판 위에서 마주치지도 않았고, 함께 저녁 식사도 하지 않았으며, 문 밑으로 밀어 넣던 편지도 더는 오지 않았다.

그녀 또한 그에게 편지를 쓰지 않았다. 마리는 두 사람의 관계를 지속해야 할지 의문이 들었다. 결과가 뻔해 보였고, 무엇보다도 남자를 만나려고 여행을 떠나온 것이 아니었다. 그러므로 머릿속에 각인된 키스에서 하루빨리 빠져나와야 했다.

카미유는 침대에 앉아 쿠션에 등을 기대고 담배를 입에 물었다. 그런 다음 노트북을 허벅지 위에 올려놓고 블로그에 글을 쓰기 시작했다. 현재 연재 중인 여행일지는 상상을 초월할 만큼 반응이 좋았다. 날마다 새로운 방문자가 찾아왔고, 수백 개가 넘는 댓글이 달렸다. 입소문을 타고 유행처럼 번져서 언론에 소개되기도 했다.

인터넷 검색 창에 블로그 이름을 입력하면 '최신 유행의 블로그 뒤에는 누가 숨어 있는가?', '세상을 사로잡은 익명의 블로거', '블로그 세계의 미스터리'라는 제목의 기사가 수없이 떴고, 급기야 TV 프로그램에도 소개되기에 이르렀다.

신문 기자들은 독자와의 인터뷰 글을 작성했고, 언론사는 관련 기사를 독점으로 내보냈다. 전부 신비로 남은 블로거의 베일을 벗기기 위해서였다. 그러나 카미유는 어떤 기사에도 반응하지 않았다. 그리고 철저히 익명성을 유지했다. 이유는 두 가지였다. 첫째, 신분이 알려지지 않았을 때 누릴 수 있는 자유를 지키기 위해. 둘째, 혹시 모를 아버지의 블로그 방문과 그때 자신이 느낄 불편함을 피해 가기 위해.

카미유는 기항지마다 자신이 사냥한 남자에 대한 글을 쓰고 삽화를 그려 블로그에 올렸다. 오늘은 멜버른에서 만난 호주인 남자 조슈아에 대한 글을 쓸 차례였다. 그림으로 그린 그의 상반신과 금발은 한눈에도 멋있어 보였다. 실제로도 그는 애무에 능했고, 애무 외의 다른 일에도 능해 보였다. 그런데 죠슈아에 대한 글을 쓰면서도 그녀의 머리는 멀리 떨어진 오클랜드를 향해 있었다. 이상한 일이었다. 사실 오클랜드에서 윌리엄을 만나고 난 이후, 그녀의 눈에는 다른 남자가 들어오지 않았다. 회사 동료 줄리앙도 머릿속에서 지워졌다. 그런데도 카미유는 대수롭지 않게 여겼다. 윌리엄이라고 뭐가 다를까? 그 또한 언젠가는 그녀의 머릿속에서 지워질 것이었다. 더욱이 사랑에 빠지는 일 따위는 여행 전에 세운 계획에 포함되어 있지 않았다.

'J는 영화에서나 만날 수 있는 멋진 몸을 가졌다….'

카미유가 담배 연기를 길게 내뱉으며 키보드를 두드리기 시작했다.

안은 수분 팩을 얼굴에 붙이고 소파에 앉아 오래된 문자를 다시 읽었다. 모두 도미니크와의 관계가 어긋나기 이전의 것들이었다. 그녀는 메시지의 내용을 단어 하나하나까지 기억했고, 거기서 마음의 위로를 받았다.

도미니크와 그녀에게는 의식처럼 치르는 오래된 관습이 하나 있었다. 매일 아침 짧은 문장을 적어 주고받는 것이 바로 그것이었다. 안은 지난날을 추억하며 '좋은 하루 보내요. 당신이 벌써 보고 싶어요. 사랑해요!'라는 메시지를 마음속으로 적어 도미니크에게 보냈다. 그러나 돌아온 대답은 불행히도 '나는 당신을 이제 사랑하지 않아.'였다. 지금은 주고받을 수 없게 된 사랑의 그 말들은 처음에는 노트에서 시작되었다. 그러다 포스트잇으로 바뀌었고, 주고받은 메모로 서랍장 하나가 꽉 찬 뒤에는 휴대전화의 문자로 대체되었다. 그러나 형식의 변화만 있었을 뿐, 사랑의 말을 주고받으며 시작하는 그들의 아침은 이를 닦거나 커피를 마시는 것처럼 어느새 자연스러운 일상이 되어 있었다.

이전처럼 메시지를 주고받지 못하는 상황이 되자 안은 도미니크와 헤어지기 이전의 아침이 얼마나 소중했는지 깨달았다. 그에게 보낸 엽서의 수가 벌써 열한 통에 이르렀다. 그녀는 이제 곧 완성될 메시지의 내용을 그가 머지않아 이해할 것이라고 확신했다. 엽서를 보낼 때마다 안은 엽서 뒷면 하단에 낱개로는 의미를 알 수 없는 자음과 모음을 하나씩 적었다. 아직 부치지 않은 세 통의 엽서와 함께 완성될 문장은 그녀가 도미니크에게 전하는 청혼의 메시지였다. 안은 그가 엽서를 다 받고도 긍정의 답을 하지 않으면 거절의 의미로 받아들이고 그와의 관계를 끝낼 생각이었다. 그래서 그때가 오기까지는 인생의 한 페이지를 넘길 수 없었다. 그녀가 도미니크와 주고받은 과거의 문자를 확인하다가 첫 번째 메시지를 선택했다. 삭제 버튼을 누르기 위해서였다. 그때였다. 갑자기 전화벨이 울렸다.

잠시 후, 안은 신발도 신지 않은 채 복도를 달려서 카미유의 객실로 갔다. 함께 마리에게 가기 위해서였다.

46

"얼굴 꼴이 그게 뭐예요?"

카미유가 안의 얼굴을 가리키며 말했다.

"어머, 팩을 닦는 걸 깜박했어요!"

"얼른 닦고 오세요. 이러다가 20년은 더 늙겠어요. 커피 드릴까요?"

마리가 물었다.

"커피가 아니라 샴페인 병을 꺼내야 할 것 같아요."

뜻 모를 미소를 지으며 안이 대답했다.

"왜요?"

"방금 뮤리엘의 전화를 받았어요."

"그래요? 그녀가 뭐라고 그래요?"

카미유가 소리쳐 물었다.

뮤리엘은 마리가 보낸 시제품을 받자마자 상품의 가치를 확신하고 회의를 열었다. 그리고 카미유가 그린 도안과 마리의 뜨개질 제품을 두고 직원들과 품평회를 했다. 결과는 성공적이었다. 만장일치로 둘 다 통과한 것이다. 소비자들을 대상으로 테스트도 해보았다. 손뜨개 제품과 도안 사진을 인터넷 사이트에 올리고 주문 방식에 대한 설명을 달았다. 가격이 정해졌고, 예약을 원하는 소비자가 사진을 보고 색, 크기, 도안을 고르게 했다.

"그래서 어떻게 됐어요?"

마리가 궁금함을 참지 못하고 물었다.

"아직 정식으로 광고도 하지 않았는데 입소문이 나서 예약이 폭주했대요. '당신의 선택'이라는 제목으로 소식지를 보냈는데, 반응이 놀랄 만큼 좋은가 봐요."

성공을 예감한 뮤리엘은 다혈질에 가까운 성격을 버리지 못하고 마리와 독점 계약을 하자며 조바심을 냈다. 물론 제품에 넣을 도안은 카미유가 담당하게 될 것이었다. 뮤리엘은 계약에 앞서 합의해야 할 사항을 두 사람과 상의하고 싶어 했다. 마리가 받게 될 보수와 카미유의 도안 값을 결정해야만 하기 때문이었다. 마리는 머리카락에 팩이 달라붙어도 아랑곳하지 않고 안을 껴안았다. 카미유도 흥분해서 소리쳤다.

"너무 좋아서 오줌을 쌀 것 같아요!"

"침대만 아니면 괜찮아요."

마리가 함박웃음을 지으며 말했다.

"참, 여행 마지막에 선물하려고 했는데 지금이 딱 좋을 것 같아요. 두 사람을 위해 완성한 거예요."

마리가 책상 위에 놓여 있던 손뜨개 옷을 친구들에게 건넸다. 선물을 받아 든 안의 눈에 눈물이 고였다. 카미유는 원피스를 펼쳐 놓고 자세히 살폈다.

"마침 잘됐어요. 입을 옷이 없었는데."

"마음에 들어요?"

마리가 물었다.

"들기만 하겠어요? 내가 만약 남자였으면 마리를 침대에 눕히고 뽀뽀를 마구 해줬을 거예요. 정말 감동이에요!"

"마음에 든다니 기뻐요. 이러고 있을 게 아니라 다 같이 축배를 들까요? 이제 부자가 될 일만 남았어요."

샴페인 잔이 비워지는 동안, 세 사람은 머리를 맞대고 브랜드 이름을 무엇으로 할지 고민했다. 그리고 마침내 '마나카'라는 이름이 탄생했다. 마나카는 세 사람의 이름을 따서 만든 것이었다.

47

펠리시타 호가 싱가포르에 도착하자, 승객들은 하나같이 땅을 밟고
싶은 마음뿐이었다. 지난 며칠 동안 풍랑이 높아 사람이고 사물이고
할 것 없이 왈츠를 춘 까닭이었다. 트랩이 내려지고 출입문이 열리자
모두가 한꺼번에 출구를 향해 뛰어갔다. 카미유가 말했다.

"백화점 세일 첫날 같네요. 전부 미친 거 같아요."

"우린 사람들이 다 나가고 난 다음에 조용히 따로 갈까요?"

안이 제안했다.

"좋은 생각이에요. 그런데 저길 보세요. 누가 엘리베이터 안에 있는
지."

마리의 말에 모두의 시선이 엘리베이터로 향했다. 천천히 내려오는
유리 상자 안에서 안젤리크와 야니스가 대화에 열중하고 있는 모습이
보였다. 문이 열리자 야니스는 신사답게 안젤리크에게 먼저 나가라고
손짓했다. 안젤리크도 숙녀답게 야니스에게 먼저 나가라고 손짓했다.
두 사람의 손이 스쳤다. 결국 두 사람은 쑥스럽게 웃으며 동시에 엘리
베이터를 나왔고 카미유에게는 눈길 한 번 주지 않고 걸음을 재촉했
다.

"나를 빨리도 잊었네!"

카미유가 투덜거렸다.

여객선은 싱가포르에 이틀 동안 정박할 예정이었다. 최소한의 시간
안에 최대한 많은 것을 보기 위해 세 여자는 버스, 도보, 배를 전부 이
용해 도시의 명소를 방문하는 파노라마식 여행을 선택했다.

버스 안은 한산했다. 안과 카미유는 언제나처럼 버스 맨 끝 좌석을 향해 걸어갔고, 로이크는 늘 그랬듯 여행 안내서를 들고 복도 쪽 좌석에 앉아 다리를 길게 뻗고 있었다. 그의 가방이 옆 좌석에 고이 모셔진 것은 물론이었다. 마리는 걸음을 멈추고 로이크의 어깨를 살짝 건드렸다. 로이크는 밝게 웃으며 가방을 무릎 위로 옮겼다. 안과 카미유는 뒤에서 비둘기처럼 속삭이며 그들을 관찰했다.

마리가 자리에 앉으며 물었다.

"잘 지내셨어요?"

"네, 마리도 잘 지내셨죠?"

"네, 잘 지냈어요. 그런데 오늘은 유난히 덥네요. 덥지 않으세요?"

"저도 더워요. 버스 안에 에어컨이 있으면 좋을 텐데요."

이런 대화라니. 마치 미용실에서 나누는 잡담 같았다. 버스가 출발하자 가이드의 목소리가 실내에 울려 퍼졌다. 그때였다. 로이크가 갑자기 헛기침하며 지난 이야기를 꺼냈다.

"흠흠, 지난번 일에 관해 대화를 좀 나눴으면 좋겠는데 괜찮아요?"

마리는 심장이 덜컥 내려앉았다.

"네? 아, 말씀하세요."

"그러니까, 제게 화가 나진 않으셨는지 알고 싶습니다."

"아, 아니에요. 제가 어떻게 화를 낼 수 있겠어요. 혹시 저에게 화나셨나요?"

"아닙니다! 우리는 단지 겁에 질렸고, 본능적으로 그렇게 행동했을 뿐입니다. 우리가 죄책감을 느낄 필요는 없어요."

그가 낮은 목소리로 말했다. 그의 말은 단호했지만, 묘하게 따뜻했다.

"몇 번이나 당신한테 가보고 싶었어요. 그런데 용기가 안 났어요."

"저도 그랬어요."

다시 침묵이 흘렀다. 싱가포르의 풍경이 차창 밖으로 빠르게 지나갔다. 가끔 버스가 여행객을 내리기 위해 정차했다. 센토사 섬(싱가포르 남부의 휴양지)으로의 산책, 리틀 인디아(싱가포르 내 대표적인 인도인 거주지)에서 사진 찍기, 머라이언 공원(싱가포르의 상징인 머라이언 상이 있는 공원)에서의 소풍, 난초 정원 관람은 하루 동안 여행객들이 이 도시로부터 받을 선물이었다.

마리는 버스로 이동할 때마다 로이크 옆자리에 앉았다. 두 사람은 방금 들른 장소에 관한 소감을 나누고 평범한 주제의 짤막한 대화를 나눈 후 차창 밖 풍경에 집중했다.

그날의 마지막 목적지는 싱가포르가 아니고는 구경할 수 없을 초대형 쇼핑몰이었다. 여행객들은 버스가 주차한 뒤, 소지품을 챙겨 자리에서 일어났다. 초현대식으로 디자인된 빌딩을 바라보며 마리는 그곳에서 딸들에게 줄 선물을 사야겠다고 생각했다.

그때였다. 로이크의 손이 슬며시 그녀의 손등 위로 미끄러져 올라왔다. 마리는 숨이 멎는 듯했다. 어쩌면 우연한 접촉일지도 몰랐다. 그래서 그가 손을 치울 때까지 기다렸다. 1초, 2초, 3초…. 우연이 아니었다. 몇 초가 지나도 그는 손을 치우지 않았다. 마리는 차창 밖으로 시선을 고정했다. 그리고 손가락을 들어 그의 손을 마주 잡았다.

48

모르페우스가 마리의 객실에 도착했을 때는 자정이 가까운 시각이었다. 꿈속에서 그녀는 차를 몰고 원형으로 된 교차로 둘레를 돌고 있었다. 그런데 어떻게 된 일인지 진입로에 들어설 때마다 어디로 가야할지 결정을 내리지 못했다. 주변의 자동차들이 경적을 울리며 그녀를 재촉했다. 어떤 결정도 내리지 못한 채 목적지가 보이지 않는 진입로 앞에 멈춰 서 있는데 누군가가 조용히 객실 문을 두드렸다.

로이크였다.

"같이 갈 곳이 있어요."

그가 속삭였다.

마리는 티셔츠를 아래로 잡아당겨 길게 늘였다.

"어디 갈 건데요?"

"수영복을 입고 위에 뭐든 걸치고 나와요. 나를 믿고요."

늦은 시간이었는데도 싱가포르의 밤거리는 아직 열기가 가시지 않은 공기로 후끈했다. 두 사람은 향냄새가 밴 택시 좌석에 앉아서 차창을 통해 연이어 스쳐 지나가는 불빛을 바라보았다. 목적지에 도착했는지, 길게 이어진 대로변에 택시가 멈춰 섰다. 순간, 마리는 웃음을 터뜨리며 로이크를 쳐다보았다.

"제정신이에요?"

"설마 오고 싶은 마음이 없었다는 뜻은 아니겠죠?"

건물 입구를 향해 걸어가며 그가 말했다.

어떤 말도 떠오르지 않았다. 마리나베이샌즈(세 개의 건물을 연결한 배모양의 스카이 파크로 유명한 호텔)는 싱가포르에서 피할 수 없는 유혹 중

하나였다. 55층으로 이루어진 세 개의 빌딩이 만 위로 불쑥 튀어나온 호텔 겸 다양한 즐길 거리가 있는 복합공간이었다. 건물이 세계적으로 유명해진 이유는 세 개의 건물 사이에 걸쳐진 길이가 150미터가 넘는 테라스와 수영장 때문이었다. 건물 정상의 수영장에 몸을 담가보고 싶었지만 호텔에 묵지 않는 이들에게는 개방되지 않는 걸로 그녀는 알고 있었다. 그런데 어쩌면 잘못된 정보였는지도 몰랐다. 로이크는 마지막 층까지 올라가는 내내 그녀의 손을 놓지 않았다.

두 사람은 칵테일 잔을 들고 200미터가 넘는 상공의 긴 의자에 누워 눈 앞에 펼쳐진 장관에 넋을 잃었다. 도시는 빛의 물결로 반짝였고 물에 반사된 빌딩들이 자동차 불빛과 함께 일렁였다.

"고마워요. 이 순간을 결코 잊지 못할 거예요."

그녀가 속삭이듯 말했다.

"저도 여기 꼭 와보고 싶었어요. 그래서 호텔의 홍보 담당자와 해결을 봤죠. 기자라는 직업은 여러 면에서 특혜를 누릴 수 있어서 좋아요."

"아, 그랬군요! 우리한테 두 번 다시 안 올 시간이네요. 저길 보세요! 우리가 어디 있는지 아시겠어요?"

"아직 최고로 아름다운 풍경은 보지 못했어요. 이쪽으로 와봐요."

로이크가 일어나 그녀의 손을 잡고 수영장으로 인도했다. 수온은 완벽했다. 마리는 헤엄을 쳐서 수영장 끝까지 갔다. 그리고 난간에 팔꿈치를 괴고 섰다. 뒤따라온 그도 곁에 와 섰다. 그곳에서 감상하는 풍경은 그야말로 압도적이었다.

꿈처럼 모든 것이 비현실적으로 느껴졌다. 하지만 그녀는 분명 그곳에 있었다. 특별하다는 말로는 다 설명할 수 없는 풍경을 눈앞에 두고 세상 위를 떠다니고 있었다. 커다란 행복이 그녀를 엄습했다. 마리는 로이크를 향해 고개를 돌렸다. 그리고 그가 자신을 보고 있음을 알았다. 그는 아무 말이 없었다. 미소도 짓지 않았다. 다만 침묵 속에서 그녀의 눈과 입술을 응시했다. 마리는 그런 그의 시선이 당혹스러웠다. 미칠 듯이 기쁘기도 했다. 하지만 시선을 피하지는 않았다.

그들은 긴 몇 초 동안 서로를 응시하며 꿈짝도 하지 않았다. 망설임 때문이기도 하고, 이 순간이 너무나 완벽하기 때문이기도 했다. 마리는 눈을 감았다. 아랫배에서 개미가 기어 다니는 듯한 전율을 느껴졌다. 로이크의 숨결이 천천히, 아주 천천히 그녀에게 다가왔다. 그의 입술이 그녀의 입술에 살짝 닿았다. 부드럽고 다정하게, 그러다 점점 더 강하게. 마리가 입을 살짝 열자, 그들의 혀가 서로를 찾아냈다. 마치 그녀의 '마시멜로 상자'에 들어 있는 꿈같은 키스였다.

로이크는 몸을 그녀에게 밀착시키고, 손을 그녀의 머리카락 속으로 미끄러뜨려 목덜미를 쓰다듬었다. 그의 입술이 그녀의 목 아래로 내려가고, 숨소리가 더 빨라졌다. 마리는 그의 허리를 붙잡고 손가락을 그의 피부에 깊숙이 눌렀다. 그녀는 다리를 그의 몸에 감고 싶었고, 그의 수영복을 벗기고 싶었고, 그를 통해 뱃속에서 불타오르는 이 원초적인 욕망을 풀어내고 싶었다. 그러나 여기는 공공장소다. 그래서 그들은 계속해서, 그리고 또다시 서로를 키스하며 다시는 느껴볼 수 없을 거라 생각했던 이 갈망을 즐겼다.

새벽녘, 그들은 머리가 젖은 채로 수영복을 손에 들고 유람선으로 돌아왔다. 택시에서 내리기 전, 사람들의 시선을 피하며 마지막 키스를 나누었다. 유람선 안에서는 그들의 관계를 드러내는 어떤 흔적도 보이지 않을 것이다. 엘리베이터를 향해 다가가는데 승무원 아르놀드가 마리를 불렀다.

49

아무리 해도 로돌프의 전화번호가 생각나지 않았다. 마리는 프런트
로 갔다. 전화를 받은 사람이 그의 전화번호를 받아두었을지도 모르는
까닭이었다. 다행히 그녀의 생각이 맞았다. 버튼을 누르는 그녀의 손
이 떨려왔다. 첫 번째 신호음이 끝나기도 전에 남편의 목소리가 들렸
다.

"여보세요."

"로돌프, 잘 지내고 있지? 마리야."

"아, 여보! 전화해줘서 고마워."

"친구 전화를 빌려서 거는 거야. 그래서 길게 통화할 수가 없어. 전
화했었어?"

"맞아, 얘기를 좀 나누고 싶어서. 당신을 사랑해. 그러니까 마리, 나
를 이렇게 내버려둬선 안 돼. 난 당신의 남편이잖아."

흐느낌이 묻어나는 목소리로 그가 말했다. 로돌프는 쉽게 눈물을 보
이는 사람이 아니었다. 마지막으로 그가 우는 모습을 본 것은 14년 전,
그의 아버지가 돌아가셨을 때였다.

마리는 마음이 아팠다.

"로돌프, 미안해. 당신을 힘들게 할 줄은 몰랐어. 어쩌면 다른 방식
으로 일을 마무리했어야 한다는 생각도 들었고 말이야. 하지만 난 이
미 여러 번 대화를 시도했었어. 당신이 내 말을 듣지 않았지."

"아니야. 들었어! 그런데 당신이 왜 불평하는지 이해되지 않았어. 당

신은 내 곁에서 공주처럼 살았잖아. 일도 안 하면서 원하는 걸 다 샀어. 당신처럼 살고 싶어 하는 사람이 세상에 얼마나 많은지 알아?"

마리는 다시 정신을 차렸다. 그는 불행해 보였다. 하지만 불행에 빠졌다고 해서 나쁜 사람이 좋은 사람이 되는 것은 아니었다.

"그런 삶이 내게 더는 기쁨을 주지 않았을 뿐이야. 행복하지 않았으니까. 당신을 힘들게 할 생각은 없어. 하지만 난 다시 이전의 삶으로 돌아가지 않을 거야. 미안해."

"딴 놈 생겼지, 그런 거지?"

그가 경멸조로 물었다. 흐느낌도 사라졌다. 이것이 그녀가 아는 로돌프였다.

"아니, 난 한 번도 다른 남자를 만난 적 없어."

그녀가 차분한 어조로 대답했다.

한바탕 웃고 난 뒤, 그가 말했다.

"거짓말 그만해! 다른 남자가 없었다면 당신은 그렇게 나를 떠나지 않았을 거야. 당신은 일을 성가시게 만드는 사람이 아니니까. 당신 물건을 뒤져봐도 아무것도 찾을 수가 없더군. 대체 누구야? 내가 아는 사람이야?"

"로돌프, 다시 말하지만 난 다른 남자를 만난 적이 없고 그 사실은 당신이 더 잘 알아."

"나를 바보로 만드는 건 신경도 안 쓰이냐고? 마님은 지구 반대편에서 놀고 있는데 나는 개처럼 일하고 있잖아. 정말 아름답다, 우리 '모범적인 가족'! 사람들이 뭐라고 할지 상상도 안 돼."

마리가 한숨을 쉬었다.

"정말 질린다. 그 '모범적인 가족'은 네가 먼저 엉망으로 만들었잖아.

아무 여자에게나 몸을 던진 건 너였지. 나를 죄책감 느끼게 하려고 하지 마. 소용없어."

그가 빈정대는 어투로 말했다.

"그건 확실하지. 딸들도 버릴 수 있는 너 같은 사람이 죄책감을 느낄리 없잖아."

마리는 대화를 지속하고 싶지 않았다.

그가 물었다.

"좋아. 잘 생각하고 내린 결정이지? 나중에 딴말하지 않을 거지?"

"깊이 생각하고 내린 결정이야."

"알았어. 미리 말해두지만 내게서 한 푼이라도 가져갈 생각은 하지않는 게 좋을 거야. 더는 내 가죽을 벗겨 먹을 생각일랑 하지 말라고. 알아들었어? 남은 시간 동안 어디 한번 내 돈으로 신나게 즐겨보라고! 등쳐 먹을 다른 남자도 빨리 찾아보고 말이야."

"로돌프, 이제 전화 끊을게. 점점 더 막말을 하고 있어."

"마리, 내가 이렇게 애원하잖아. 제발 그러지 마!"

그가 다시 울음 섞인 목소리로 간청했다.

"안녕, 로돌프."

마리는 휴대전화를 돌려주기 위해 안의 객실로 걸음을 옮겼다. 걸으면서 로돌프가 한 말을 되짚어보았다. 그는 거의 모든 시도를 했다. 동정심을 유발했고, 협박으로 두려움을 느끼게 했으며, 죄의식을 갖게 했다. 온갖 방법을 동원해 그녀를 붙잡으려 했으므로 어쩌면 생각보다 빨리 회복될지도 몰랐다. 상처받은 것은 그가 아니라 그의 자존심이었다. 그는 자기 손에 달려 있던 꼭두각시가 줄을 끊고 달아나 화가 난 것뿐이었다. 지금은 그 사실을 인정할 수 없겠지만 곧 다른 꼭두각시를 찾을 수 있을 것이었다.

　마리의 두 친구는 안의 객실에서 커피를 앞에 놓고 마리를 기다리고 있었다.

　"괜찮아요?"

　마리가 소파 위로 쓰러지며 대답했다.

　"이제 모든 게 분명해졌어요. 결혼 전에 서로에 대해 충분히 알 시간을 가지는 것도 좋을 것 같다는 생각이 들어요."

　"놀라운 변화네요. 맞아요. 그것도 시간을 낭비하지 않는 방법의 하나죠."

　카미유가 말했다. 안은 동의하지 않았다.

　"내 생각은 좀 달라요. 도미니크와 함께 보낸 지난 시간을 한 번도 후회한 적이 없거든요. 지금은 헤어져서 힘들지만 결말을 알았다고 해도 우리가 처음 만나 사랑에 빠졌던 날로 돌아갔을 거예요. 한순간도 망설이지 않고요. 참, 우리가 어떻게 만났는지 얘기했던가요?"

　사촌 포스틴의 결혼식 날이었다. 안은 포스틴의 증인이었고 도미니크는 포스틴과 결혼할 상대의 증인이었다. 처음에 도미니크는 안을 눈여겨보지 않았다. 오히려 먼저 다가선 것은 그녀였다. 포스틴이 신랑과 결혼반지를 주고받을 때였다. 주례를 선 신부님이 안에게 반지를 달라고 했다. 그제야 그녀는 반지를 깜박 잊고 가져오지 않았다는 사실을 알았다. 하객들이 술렁이기 시작했다. 신부의 눈에도 눈물이 고였다. 모두가 눈썹을 치켜세우며 난감한 시선을 교환했다. 안의 몸은 뻣뻣하게 굳어있었다. 그때였다. 갑자기 장신의 밤색 머리 남자가 일어나더니, 의자를 장식한 하얀색 리본 두 개를 떼어 고리 모양으로 엮기 시작했다. 순식간에 반지가 완성되었고 문제가 해결되었다. 남은 일은 신랑 신부의 손가락에 리본으로 만든 반지를 끼우는 것뿐이었다. 그 일로 도미니크는 영웅이 되었다. 특히 안에게 그랬다. 맞았다. 다시 그 시절로 돌아간다고 해도, 결과가 어떻게 된다고 해도, 그녀는 도미니크와의 이야기 속으로 몇 번이고 다시 뛰어들 것이었다.

"정말 못 말릴 낭만주의자네요. 비현실적으로 들리긴 하지만 아름다운 사랑을 꿈꾸게 하는 건 사실이에요."

카미유가 촉촉해진 눈으로 말했다. 마리가 빙그레 미소를 지었다.

"카미유, 방금 한 그 말, 실수였죠? 아니면 생각이 변한 거예요?"

"무슨 말씀이세요? 그것보다 왜 다크서클이 턱까지 내려왔는지 말해 봐요."

카미유가 추궁하듯 묻자 마리가 대답했다.

"아마 로이크와 함께 밤을 보냈기 때문이 아닐까요?"

"거짓말!"

안과 카미유가 동시에 소리쳤다.

"사실이에요. 얘기를 듣고 나면 분명 나를 싫어하게 되겠지만 그래도 걱정하지 마세요. 꿋꿋함을 잃지 않을 테니까요. 이야긴 그만하고 낮잠을 좀 자야겠어요. 궁금해도 조금만 참아주세요. 나중에 다 얘기해줄게요."

마리는 입가에 미묘한 미소를 지었다. 그 모습을 보고 안이 재빨리 문 앞으로 달려가 그녀를 막아섰다.

"모두 다 털어놓기 전에는 절대로 여길 빠져나갈 수 없어요. 알겠어요, 무엇이든 잘 숨기는 마드무아젤?"

"알았어요. 다 말할게요. 그런데 그 전에 커피를 좀 마셔도 될까요?"

50

마리에게 커피를 따라주고 안과 카미유가 그녀 앞에 앉았다.

"그가 내게 키스를 했어요."

"어떤 키스요? 어디에요? 이마에 했어요? 볼이에요? 아니면 입술에? 자세히 말해봐요."

카미유가 물었다.

마리가 웃음을 터뜨렸다.

"입술에도 했고 목에도 했고 볼이랑 턱에도 했고 이마에도 했고 목 뒤에도 했어요. 어깨를 살짝 깨물기도 했고, 몸을 내게 바짝 눌렀고, 엉덩이를 쓰다듬기도 했고 또…."

"알았어요. 더 듣지 않아도 될 것 같아요. 그런데 두 번 다시 남자와 사랑에 빠지지 않겠다고 말하지 않았나요? 그런 사람이 할 만한 행동 은 아닌 것 같은데요."

안이 웃으며 말했다.

마리가 커피를 마시며 대답했다.

"저도 알아요. 잠시 길을 잃었는지도 모르겠어요. 계획에도 없던 일 이고요. 하지만 깊은 사이는 아니에요. 딱 한 번 키스한 게 다니까요."

마리는 로이크와의 관계를 설명하며 안도감을 느꼈다. 처음부터 그 녀는 자신에게 일어난 변화를 강력히 거부했었다. 누가 되었든 다시는 어떤 남자와도 가까워지지 않겠다고 다짐했었다. 남편을 떠난 지 오래 되지 않아서이기도 했지만 그것보다 더 큰 이유가 있었다. 그녀에게는 잃어버린 자기 자신을 되찾는 일이 훨씬 더 중요했기 때문이다. 로돌 프를 떠난 것도 바로 그런 이유 때문이었다. 로이크와 함께 있으면 행복한 기분이 들었다. 함께 있으면 이해받고 있다고 느꼈고 스스로가 소중하게 여겨졌다. 하지만 마리는 어느 날 갑자기 자신의 삶 속으로 뛰어든 이 예기치 않은 만남에 큰 의미를 두고 싶지는 않았다.

"결말이 없는 짧은 에피소드일 뿐이에요. 감정도 없고 미래의 계획도 없는. 잠시 쾌락을 경험한 것뿐이죠."

안과 카미유가 고개를 들고 서로를 쳐다보았다.

카미유가 물었다.

"물론 그렇겠죠. 그러니까 그 남자한테 아무 감정도 없다는 거죠?"

"그래요. 우린 대화를 나눴고 그게 전부예요. 서로에게 호감을 느낀 정도라고나 할까?"

이번에는 안이 물었다.

"호감을 느낀 정도라고요? 키스하면서도 그 남자에게 그런 식으로 말했어요?"

카미유가 웃음을 터뜨렸다.

"맞아요. 한밤중에 수영장에서 그런 짓이나 벌이고 말이에요. 어린 애들처럼!"

마리가 얼굴을 붉히며 웃었다.

"단순한 호감이 아닌 것 같긴 해요. 그래도 더 멀리 가진 않을 거예요. 이건 확신할 수 있어요. 그를 좋아하지만 내 나이가 몇인데요? 벌써 마흔이에요. 감정을 조절할 수 있는 나이죠."

마리는 로이크를 다시 만나면 어떻게 대해야 할지 몰랐다. 아무 일도 없었다는 듯 행동해야 할까? 아니면 숨어서 몰래 만나야 할까? 어느 쪽이든 미친 짓이었다. 그녀는 자신이 무엇을 원하고 또 무엇을 원하지 않는지 분명히 알고 있었다. 수영장에서의 키스도 나쁘지는 않았지만 그녀의 계획과는 거리가 멀었다.

"이제 자러 가야겠어요. 그런데 비밀이니까 아무한테도 얘기해선 안 돼요. 알았죠?"

마리가 자리에서 일어나며 당부했다.

"안심해요. 당신 이야기가 이 방을 새어 나가는 일은 절대 없을 테니까."

안이 대답했다.

카미유가 벌떡 일어나 담요를 걷어냈다.

"물론 안과 난 아무 말도 하지 않을 거예요. 하지만 이 녀석을 믿어도 좋을지는 모르겠네요."

천으로 만든 분홍색 강아지 인형이 침대 위를 뒹굴고 있었다. 두두였다. 세 여자는 함께 웃음을 터뜨렸다. 마리는 문을 열고 친구들에게 눈으로 인사했다.

안이 말했다.

"어서 가서 쉬어요. 카미유와 난 오후에 수영장에 갈 거예요. 한숨 자고 나서 우리가 보고 싶어지면 그리로 와요."

"알았어요. 나중에 봐요!"

"이따 봐요. 야한 꿈 꾸지 말고요."

카미유가 말했다.

51

프랑스로 돌아가기까지 이제 한 달 정도가 남았다. 여행이 곧 끝난다는 생각이 들자 마리는 감상에 젖었다. 그녀는 감자칩 한 봉지를 다 먹어간다는 사실에도 어려워했기에 이 크루즈에서의 이별은 더욱 쉽지만은 않을 듯싶었다. 그녀는 자기 자신을 찾기 위해 무작정 세상 끝으로 길을 떠나왔었다. 그런데 그 세상 끝에서 또 다른 자기 자신을 발견하고 안과 카미유라는 두 친구를 얻었다. 이블린과 조르주, 안젤리크, 아르놀드, 심지어 프란체스카까지 알게 되었다. 이제 그들은 마리의 일상이 되어 있었다. 늘 그랬듯 그들과의 이별은 아플 것이다. 소중한 만큼 더 슬픈 이별 속에는 로이크도 포함되어 있었다. 로이크가 어젯밤 그녀의 문 밑으로 밀어 넣은 편지의 마지막 문장은 그녀의 뱃속에 간질간질한 감정을 불러일으켰다.

'당신을 안아주고 싶어요.'

마리는 숨을 크게 들이쉬었다. 발코니에 앉아 이런저런 상념에 젖었는데 누군가가 문을 두드렸다. 안이었다.

"카미유가 나한테 문자를 보냈는데, 우리에게 할 말이 있대요. 객실에서 기다린다고 했어요."

카미유는 패배자의 얼굴을 하고 침대에 앉아 노트북을 무릎 위에 펼쳐 놓고 있었다.

두 사람이 들어가자 그녀가 먼저 입을 열었다.

"이야기를 어디서 시작해야 할지 모르겠어요. 참, 그 전에 먼저 고백할 게 두 가지 있어요."

마리와 안이 침대 발치에 앉았다.

마리가 말했다.

"시간은 충분하니까 서두르지 말고 차분히 얘기해요."

"제가 블로그를 운영하고 있다고 말했던 것 기억하세요?"

"네, 기억해요. 그곳에 올린 글을 잠깐 읽어주기도 했었잖아요."

마리가 대답했다.

카미유에게는 다비드라는 친구가 있었다. 그런데 그날 아침 그가 전화를 걸어 알아들을 수 없는 말을 했다. 처음 그녀는 그가 무슨 말을 하는지 전혀 이해하지 못했다. 하지만 전화를 끊고 난 다음, 그동안 베일에 가려져 있던 블로그에 구멍이 생겼음을 알았다.

블로그를 시작한 이후로 그녀는 자기가 누구인지 드러내지 않으려 부단히 노력했다. 방문한 도시의 이름을 밝히지 않았고, 여객선에 대해서도 언급하지 않았으며, 사냥한 남자들도 이니셜만 썼을 뿐 이름을 밝히지 않았다. 그녀 자신도 가명을 사용했으며, 과거는 물론 현재의 모습을 추정할 만한 어떤 단서도 남기지 않았다. 그녀의 블로그를 방문하는 사람 중에는 죄책감도 없이 유혹한 남자들을 자랑처럼 나열하는 '익명의 여자'를 곱지 않은 시선으로 바라보는 이들이 있었다. 확실했다. 그들 중 누군가가 작정하고 블로그 운영자의 정체를 파헤친 것이다.

그 추적에 대한 결과물이 두 페이지에 걸쳐 〈엘르〉에 실린 기사였다. 제목은 '긴급 제보-블로그 '80명의 남자들과 함께하는 세계 일주' 뒤에 숨은 카미유'였다. 블로그에서 발췌한 글과 운영자의 실명이 공개된 기사에는 에디의 품속에 있는 카미유, 에두아르도 아래 누운 카미유, 장 뤽과 손을 잡은 카미유, 마이크에게 키스하는 카미유 등 세계 각지에서 찍힌 사진이 포함되어 있었다.

"세상에, 어떻게 이런 일이! 이건 말도 안 돼요!"

안이 놀라서 소리쳤다.

"저들이 어떻게 이 사진들을 갖게 된 거죠? 당신이 누구인지 어떻게 알고요?"

마리가 물었다.

카미유는 머리를 흔들었다.

"나도 모르겠어요. 어쨌든 결과물이 여기 있어요. 나는 신분이 노출되었고, 사람들의 입방아에 오르내리게 되었어요. 이걸 보세요. 이 기사가 오늘의 특종 칸에 실렸어요."

마리와 안의 시선이 컴퓨터 화면으로 향했다. 카미유에 대한 기사가 사진과 함께 여러 인터넷 신문에 올라와 있었다. 댓글도 많았다. 잡지에 실린 기사 하나는 꼬리에 꼬리를 물고 삽시간에 사방으로 퍼졌고, 캡처된 사진들이 인터넷을 타고 마구 돌아다녔다. 블로그 정보는 물론, 성형 수술을 하기 전에 찍은 사진도 모자라 그녀의 첫 번째 남자 친구였던 아르노와의 인터뷰 기사까지 돌아다녔다. 아르노는 인터뷰에서 최근에 개업한 자신의 중개회사 이야기를 하기 전에 이렇게 말했다. "나는 언제나 카미유가 이상한 여자라고 생각했어요."

마리가 카미유의 어깨를 쓰다듬었다.

"너무 마음 아파하지 말아요."

"저는 괜찮아요. 전화가 계속 오긴 하지만 잘 대처할 거예요. 어쨌든 내가 사람을 죽인 건 아니잖아요? 그런데 아버지가 메시지를 보내셨어요. 어떻게 하죠? 뭐라고 말씀드려요?"

안이 분통을 참지 못하고 일어나 커피메이커로 걸어갔다. 그녀가 그렇게 화를 내는 모습은 처음이었다.

"돼지 같은 자식. 어떻게 이런 일을 벌일 수 있죠? 명예훼손으로 고소해야만 해요. 본인의 동의 없이 이런 기사를 낼 권리는 누구에게도 없어요. 불법이니까요."

카미유가 말했다.

"아직은 뭐가 뭔지 잘 모르겠어요. 고소하기보다는 다른 방식으로 일이 해결되었으면 좋겠고요. 어쨌든 이 혼란에서 빨리 벗어나고 싶어요. 시간이 지나면 나아지겠죠?"

"걱정하지 말아요. 잘 해결될 거예요. 우리가 응원할게요."

마리가 말했다.

"그런데 이게 다가 아니에요. 줄리앙의 문자를 받았는데 나한테 실망했대요. 내가 그런 여자라곤 생각하지 않았다고. 좋은 여자라고 생각했다나요."

"어떻게 그런 말을! 정말 일어나선 안 될 일이 일어났네요."

안이 소리쳤다.

그러자 카미유가 차분한 목소리로 말했다.

"뭐, 그 정도로 타격이 크지는 않아요. 이게 바로 제가 하고 싶었던 두 번째 이야기이고요. 왜냐하면 줄리앙의 메시지는 저를 뜨겁게도 차갑게도 하지 않았거든요. 심장을 찌르지도 않았고, 수치심을 느끼게 하지도 않았어요. 정말 아무 느낌도 없었어요. 놀랍지 않아요? 이런 나 자신을 보고, 내가 얼마나 놀랐는지 몰라요."

마리와 안이 난처한 표정으로 시선을 주고받았다.

카미유가 말을 이었다.

"이젠 남자라면 지긋지긋해요. 싱가포르에서 이선이 키스할 때는 싫기까지 했어요."

"마음을 굳게 먹어요. 어디 아픈 건 아니죠?"

마리가 물었다.

"네, 아프지는 않아요. 하지만 차라리 아팠으면 좋겠어요. 최악의 상황에 빠진 것 같거든요. 아무래도 제가 사랑에 빠진 것 같아요. 어쩌면 좋죠? 오클랜드에서 만난 윌리엄 생각에서 벗어날 수가 없어요. 온종일 그 사람 생각만 나요. 그와 함께 있을 때는 정말 모든 게 편안했어요. 하나도 어렵게 느껴지지 않았죠. 그를 만난 게 당연하게 느껴질 정도였어요."

카미유가 대답했다.

"어쩌려고 그래요? 그나저나 일이 복잡하게 되었네요. 윌리엄은 지구 반대편에 있잖아요. 잘 생각해봐요. 그저 일시적인 감정은 아닌지."

안이 물었다.

"아, 잘 모르겠어요. 이런 내가 너무 바보 같아요. 어쨌든 이 일도 지나가겠죠. 자, 이제 다 말했어요. 엿 같은 날이란 바로 오늘 같은 날을 두고 하는 말이고요. 진짜 놀라 자빠질 하루였어요."

마리가 일어나 카미유의 손을 잡아끌었다.

"아직 정오도 안 됐어요. 포기하긴 이르다는 말이에요. 자, 일어나요. 밖으로 나가 하루의 흐름을 바꿀 기회를 잡아봐요."

카미유가 마리에게 이끌려 침대에서 일어났다. 그녀가 말했다.

"안, 마리. 두 사람이 곁에 있어서 얼마나 다행인지 몰라요."

카미유는 이들과의 우정이 두 달 사이에 이토록 견고해졌다는 사실에 새삼 놀랐다. 두 사람이 없었다면 어땠을까? 상상도 하기 싫었다. 분명 지난 일을 반추하며 침대에 누워 우울한 하루를 보냈을 테니까. 그녀에게 마리는 언니 같았다. 안은 엄마를 생각나게 했다. 어느덧 두 사람은 그녀에게 보르도에 있는 친구들보다 훨씬 더 소중한 존재가 되어 있었다.

"나도 그렇게 생각해요. 우리는 너무 잘 맞는 것 같아요!"

마리가 대답했다.

넋 나간 얼굴로 비행기 안에 앉아 있던 안, 처음으로 함께한 저녁 식사 자리부터 내내 남자 얘기만 하던 카미유. 마리는 그들을 처음 만났을 때만 해도 세 사람 사이에 이렇듯 돈독한 우정이 싹틀 줄 몰랐다. 하지만 이제 안과 카미유는 그녀의 삶에 중요한 인물이 되어 있었고, 프랑스로 돌아간 이후에도 이들의 우정은 계속될 것만 같았다.

"맞아요. 우린 정말 멋진 한 팀이에요!"

안이 고개를 끄덕이며 맞장구쳤다.

안에게는 많은 친구가 있었다. 하지만 진정한 의미의 친구는 마리와 카미유가 전부였다. 그녀들에게는 비난받을까 봐 두려워할 필요 없이 있는 그대로의 자기 자신을 보여줄 수 있었다. 그런 자신을 두 사람은 따뜻한 시선으로 바라봐주었고 받아들여주었다. 그들과 함께 있을 때는 역할놀이를 할 필요가 없었다. 꾸미지 않은 그대로의 모습을 서로 존중한 까닭이었다.

카미유가 웃으며 일어났다. 기분 전환 겸 밖으로 나가도 좋을 듯싶었다. 그런데 한 가지, 그때까지 그녀가 전혀 눈치채지 못한 것이 있었다. 그것은 바로 그날의 외출이 세 사람이 함께하는 마지막 외출이라는 것이었다.

52

지상에 천국이 존재한다면 푸껫이 바로 그곳이었다. 마리, 안, 카미유는 하루를 온전히 푸껫 해변에서 보냈다. 에메랄드그린 빛깔의 바다는 눈부셨다. 여행사들이 홍보를 위해 꾸며낸 것이 아니었다. 세 여자가 바다를 감상하는 동안 고운 모래가 발가락 사이를 파고들었다. 태국으로의 여행은 모든 점에서 꿈에 그리던 그대로였다. 그날 오전, 마리와 카미유는 코끼리 등에 올라탔다. 그 모습을 카메라에 담으면서 안은 내내 "조심해요! 당신들 때문에 간이 떨어질 것 같아요!"라고 소리쳤다. 세 사람은 푸껫 최고의 사원으로 추대되는 왓찰롱(푸껫의 29개 사원 중 가장 크고 화려한 절)에서 부처님께 공양하는 의식에 참여했다. 그리고 열대의 맹그로브 숲을 지나 매혹적인 섬을 여행했다.

"직장 동료 하나가 태국을 지상 낙원이라 했었는데, 이 정도일 줄은 몰랐어요. 여기서 영원히 살 수도 있을 것 같아요."

안이 말했다.

"저도 이렇게 아름다운 풍경은 처음이에요. 시드니처럼 도회적인 분위기가 더 좋기는 하지만요."

마리의 말에 카미유가 웃으며 농담했다.

"네, 네, 어련하시겠어요. 우리도 마리가 시드니를 얼마나 좋아하는지 알아요. 그중에서도 특히 헬리콥터를 타고 하늘을 나는 걸 좋아한다는 사실을요. 그렇죠?"

안도 웃었다.

"마리, 나는 당신 마음을 이해해요. 이곳이 내게는 꼭 그런 곳 같거든요. 이상하죠? 여기선 무슨 일이든 가능할 것 같아요."

세 사람은 마지막으로 에메랄드그린 빛깔의 바다에 몸을 담갔다. 그리고 버스를 타고 가며 어디서 저녁 식사를 할지 의논했다. 버스에서 내렸을 때는 식사 시간이 벌써 가까워져 있었다. 여행객들은 빠른 걸음으로 여객선 안으로 들어갔다.

세 여자도 여객선을 향해 걸음을 옮겼다. 트랩 가까이 다가선 때였다. 갑자기 안이 외마디 비명을 지르며 가방을 바닥에 떨어뜨렸다. 몇

걸음 떨어진 곳에서는 한 남자가 미소를 지으며 서 있었다. 도미니크
였다.

53

안은 이제껏 모든 상황을 고려해보았었다. 집을 비운 사이 도미니크
가 아파트로 돌아올 가능성에 대해. 아무 일 없었다는 듯 여행에서 돌
아온 그녀를 그가 받아줄 가능성에 대해. 해마다 에펠탑을 앞에 두고
그랬듯이 그가 공항에서 겨우살이 나뭇가지를 들고 자신을 기다릴 가
능성에 대해. 그리고 그런 그와 격정적으로 키스할 가능성에 대해. 물
론 그가 돌아오지 않을 경우도 고려해보았었다. 그리고 그가 집으로
돌아오지 않는다면 그것으로 두 사람의 관계도 끝날 거라고 생각했었
다.

안은 가끔 사랑하는 남자 곁을 지키지 못했다는 죄책감에 빠졌다.
그럴 때마다 그녀는 의기소침해져서 도미니크에게 아파트를 양도해야
겠다고 생각했다. 그가 없는 아파트는 그녀에게 무의미했다. 그래서
집을 그에게 내주고 자신은 강아지 인형 두두와 함께 작은 원룸에서
생을 마감할 생각이었다.

그런데 상상도 못 한 일이 벌어졌다. 도미니크가 갑자기 여객선 끝
자락에 나타난 것이다. 안은 심장이 떨어지는 줄 알았다. 얼굴이 화끈
거리고 두 다리는 한 자리에 못 박힌 채 움직일 생각을 못 했다.

"안, 잘 지냈어?"

도미니크가 그녀를 껴안으며 말했다. 두 번 다시 안길 수 없다고 믿
었던 그의 품속에서, 안은 자신이 그토록 좋아하는 남자의 향기를 맡

왔다. 그가 왜 이곳에 와 있는지는 그녀로서도 알 길이 없었다. 그러나 한 가지 확실한 것은 그가 불쾌해지기 위해 머나먼 여행을 떠나오지는 않았다는 것이었다.

"잠시 이야기를 나눌 수 있을까?"

행인 틈에 끼어서 그가 물었다. 뒤에 남겨진 마리와 카미유는 인사도 못 한 채 자신들의 친구가 사랑하는 사람의 손을 잡고 미래를 향해 걸어가는 모습을 지켜보았다. 둘은 마치 비둘기처럼 고개를 갸우뚱하며 미소를 지었다.

도미니크가 항구 입구에 있던 벤치에 앉았다. 안도 그를 따라 앉았다. 두 사람은 한동안 간단한 안부 외에는 깊은 이야기를 나누지 못했다. 그러다가 도미니크가 먼저 입을 열었다.

"엽서 잘 받았어."

안이 말했다.

"아직 다 보내지 못했어. 몇 장 더 남아 있거든."

"알아. 메시지도 이해했고."

안의 심장이 목구멍까지 올라왔다. 그가 왜 왔는지 이유를 묻기도 전에 기절할 것만 같았다.

"그래서 여긴 왜 왔는데?"

그녀의 물음에 도미니크가 대답했다.

"대답하기까지 3주를 기다릴 수가 없어서 왔지."

도미니크는 자리에서 일어나 웃옷 주머니에서 작은 상자를 꺼내 그녀 앞에 내밀었다. 상자 안에는 흰색 리본이 반지 모양으로 매듭지어져 있었고, 새틴 쿠션 위에 놓여 있었다.

"안, 이게 내 대답이야. 나와 결혼해주겠어?"

심장이 쿵 하고 떨어지는 것만 같았다. 안은 앞으로 달려가 미래의 남편의 품에게 안기며 울음을 터뜨렸다. 도미니크는 그녀의 등을 쓰다듬으며 얼굴을 그녀의 목에 파묻었다. 최고층 갑판에서 마리와 카미유는 그들의 모습을 지켜보며 기쁨의 춤을 추고 있었다.

54

안과 도미니크가 벤치에 앉아 대화를 나눈 지 두 시간이 지났다. 그 사이 안은 도미니크에게 그 없이 보낸 지난 두 달간의 여행을 이야기했고, 도미니크는 그녀에게 자신이 떠난 이유를 설명했다.

도미니크는 늘 두 사람이 함께 늙어갈 것이라고 믿었다. 언젠가 나이가 들어 음식을 삼키지 못할 때가 오면 서로에게 티스푼으로 수프를 떠먹이며 행복했던 지난날을 회상할 것이라고 믿었다. 그런데 처음으로 그녀의 지지가 필요했을 때 그녀가 흔들리며 떠나간 것이다.

안이 직장 동료와의 일을 고백했을 때는 견디기가 어려웠다. 자기가 무엇을 원하는지도 알 수 없었다. 그녀와의 결별인지 아니면 계속해서 관계를 유지하는 것인지 확인이 필요했다. 그녀 또한 자신의 마음을 들여다볼 필요가 있다고 생각했다. 그래서 그녀와 거리를 두기로 마음먹었다.

두 사람은 늘 그들의 관계가 습관에 의한 것이 아닌, 감정에 충실한 것이기를 바랐다. 그랬기에 도미니크는 자신들의 소망이 환상에 지나지 않았는지 확인하고 싶었다. 서로에 대한 그리움이 더 이상 없는 관계는 더 좋은 미래를 위해 정리하는 편이 낫다고 생각했다. 게다가 그는 거짓말을 병적으로 싫어했다. 그런 그가 아무 일도 없었다는 듯 위기를 덮고, 자기 자신과 그녀를 속이며 살 수는 없는 노릇이었다.

집을 나온 순간부터 그는 안이 그리웠다. 하지만 마음속 의문이 풀릴 때까지 견뎌야 했다. 그는 그녀의 전화를 받지 않았다. 읽어보지도 않고 문자를 삭제했으며 음성 메시지도 확인하지 않았다. 매달 정기적으로 도착하는 우편물조차 뜯어보지 않고 완전히 고립된 시간을 살았다.

그러던 어느 날의 일이다. 지인과 전화 통화를 하던 중 도미니크는 머리를 한 대 얻어맞은 기분이 들었다. 그에게는 오랫동안 좋은 관계를 유지해온 미국인 고객이 한 명 있었다. 통화한 날은 그가 자동차 사고로 아내를 잃고 난 지 얼마 안 된 때였다. 그는 도미니크와 통화를 하며 아내를 잃은 슬픔이 너무 크다고 했다. 지독한 슬픔과 허무함이 그를 괴롭히고 있었다. 도미니크는 그의 고백에서 후회의 말에 주목했다. 남자는 아내와 함께하는 일상이 그렇게 한순간에 끝날 줄은 몰랐다고 했다. 그러면서 중요하지도 않은 일을 하느라 아내와 함께하지 못한 잃어버린 날들을 후회했고, 지금 알게 된 것을 조금 더 일찍 알았다면 모든 게 달라졌을 거라고 했다. 단 1분이라도 좋으니 아내를 다시 보고 싶다고, 그럴 수만 있다면 모든 걸 포기할 수 있다고 했다.

도미니크는 조용히 그의 말에 귀를 기울였다. 그런 그에게 미국인 고객은 이런 사랑을 해본 적이 있는지, 삶의 모든 순간을 함께하고 싶은 사람이 있는지 물었다. 도미니크는 곧바로 대답했다. 그렇다고. 안이 자기에게는 그런 여자라고. 바로 어제의 일이었다.

전화를 끊은 뒤 도미니크는 모든 일정을 취소하고 안을 되찾기 위해 아파트로 달려갔다. 하지만 그를 맞이한 것은 굳게 닫힌 덧문과 사라져버린 고양이, 현관 탁자에 수북이 쌓인 한 무더기의 우편물뿐이었다. 그에게 안이 어디에 있는지 알려준 것은 이웃집 여자였다. 그녀는 지금 안이 여객선을 타고 세계 일주를 하고 있으며, 며칠 후면 태국에 도착한다고 알려주었다. 집으로 들어가 우편물을 하나하나 확인한 도미니크는 그동안 안이 자신에게 보낸 엽서들을 순서대로 펼쳐 놓았다.

완성된 메시지를 보고 그는 벅찬 감동에 울다 웃었다. 이어 카드 대금 명세서와 인터넷을 통해 크루즈 여객선에 대한 정보를 얻었다. 이제 그에게 남은 것은 푸껫행 비행기 표를 예약하는 일이었다.

안은 자제심을 잃고 기쁨의 눈물을 흘렸다. 리본으로 만든 반지를 바라보며 그녀가 말했다.

"고마워."

"나도 고마워. 그리고 힘들게 해서 미안해."

"괜찮아. 나도 솔직하지 못했으니까. 우리 지난 일은 모두 잊기로 해. 다시는 못 볼 줄 알았는데, 당신이 여기 있으니까 그걸로 됐어. 그런데 그거 알아? 당신이 내 카드를 정지시켰을 때는 진짜 하늘이 무너지는 줄 알았어."

도미니크가 눈썹을 치켜세웠다.

"무슨 말이야? 난 그런 적이 없는데!"

"정말? 이상하다. 난 그것도 모르고 당신이 선물한 카메오 펜던트를 팔았는데! 분명 결제 승인이 나지 않았어. 그래서 통장에 잔액이 없다고 생각했지."

"아니야, 그런 적 없어. 혹시 카드 유효기간이 지난 게 아닌지 확인해봤어?"

순간, 안의 얼굴이 창백해졌다.

"그럴 리가…. 잠깐만, 확인해볼게."

그녀는 지갑 속에 들어 있던 카드를 꺼냈다.

"기한이 언제까지냐 하면…. 어, 이게 어떻게 된 거지? 말도 안 돼! 유효기간이 지났네! 왜 이 생각을 못 했지?"

도미니크가 웃으며 머리를 흔들었다.

"당신을 다시 만나 행복해!"

"나도 그래! 당신이 내 삶 속으로 다시 들어오다니. 모든 게 꿈만 같아!"

마리와 카미유는 저녁 식사를 마치고 최고층 갑판 위의 선베드에 누워 안을 기다렸다. 한시라도 빨리 자초지종을 듣고 싶은 마음에 조바심이 났다. 잠시 후, 안이 도착했다. 마리가 누운 의자 끝에 걸터앉으며 안이 물었다.

"여기서 뭐 해요?"

"그래서 어떻게 됐어요?"

두 여자가 한목소리로 물었다.

"그래서 우린 결혼을 하게 되었어요!"

마리와 카미유는 한동안 멍한 얼굴로 가만히 있었다. 그러더니 자리를 박차고 일어나 방방 뛰면서 비명을 질러댔다. 안도 두 사람과 같이 발을 구르며 기뻐했다. 그리고 친구들을 얼싸안았다.

"너무 멋져요! 이렇게 될 줄 알았어요. 안, 당신은 행복해질 충분한 자격이 있어요."

마리가 말했다.

"더 말해봐요. 어서요. 자세히 듣고 싶어요."

카미유가 재촉했다.

안은 숨돌릴 새도 없이 빠른 속도로, 도미니크가 그녀에 대해 가졌던 의심, 거리를 둘 필요성, 그리움, 아내를 잃은 미국인 고객, 프러포즈, 만기된 카드에 관해 설명했다. 마리와 카미유는 그녀의 이야기를 듣는 내내 손뼉을 치며 떠들썩하게 웃었다.

이야기가 끝나고 피로감이 몰려들었을 때는 이미 자정이 가까워져 있었다.

마리가 일어나며 말했다.

"이제 자러 가야겠어요. 내일 축하 파티를 열까 하는데 어떻게 생각해요?"

안이 고개를 떨구었다.

"파티는 어려울 것 같아요…."

"그게 무슨 말이에요?"

카미유가 물었다.

"도미니크와 함께 있기로 했어요. 미안해요. 갑자기 여행을 끝내게 되어 아쉽지만 도미니크와 난 이미 너무 많은 시간을 허비했어요. 게다가 출항이 내일 새벽이라서 오늘 밤에 배를 떠나야 해요. 참, 어제 내가 이곳이 마음에 든다고 했던 말 기억해요? 도미니크도 이곳을 좋아해요. 그래서 둘이 푸껫에 며칠 더 있기로 했어요."

마리의 목이 잠겨왔다. 카미유는 눈물을 흘리지 않기 위해 입술을 깨물었다.

"많이 보고 싶을 거예요. 하지만 잘된 일이에요."

마리가 눈물을 참으며 말했다.

"도미니크를 객실 안에 숨기면 안 될까요? 아무도 못 보게요. 음식은 우리가 매일 가져다줄게요."

카미유가 애원했다.

"불가능한 일이란 걸 잘 알잖아요, 카미유. 나는 가야만 해요."

안이 억지로 웃으며 대답했다.

55

그날 저녁, 마리와 카미유는 안의 가방 싸는 일을 도왔다. 마리는 파랑, 노랑, 흰색으로 색만 다를 뿐 같은 모양의 마 소재 블라우스와 하늘거리는 천으로 된 같은 모양의 검정, 베이지, 회색, 바다 빛깔의 바지, 그리고 파랗고, 검은 샤쥐블 원피스를 개며 미소를 잃지 않으려 애썼다. 카미유는 어색한 분위기를 바꾸기 위해 끝없이 농담했다. 하지만 돌아오는 두 사람의 웃음에는 영혼이 담겨 있지 않았다. 모두가 여행이 끝난 뒤에도 다시 만날 것이라 확신했지만 지금과는 분명 다를 것임을 알기 때문이었다.

카미유가 샤워실로 들어가 화장품을 상자에 넣기 시작했다.

"여긴 온통 세포라 천지네요. 클렌징 오일, 세면 스펀지, 수분 공급 로션, 지친 피부를 위한 세럼, 주름 방지 데일리 크림, 재생 나이트 크림, 주름진 눈가를 위한 아이 크림, 리프트 마스크, 목주름 방지 텐서, 달걀형 얼굴을 위한 팩…. 안, 실제 나이가 백서른 살이었던 거 아니에요? 얼른 자백해요!"

"정확히 말하면, 백마흔여섯 살이에요. 쉿, 이건 일급 비밀이에요. 아무에게도 말하면 안 돼요."

"오, 할머니. 너무 보고 싶을 거예요."

안이 미소를 지으며 침대를 향해 걸어갔다.

"추억이 될 만한 작은 선물 하나를 남기고 갈게요. 이제 내게는 두두가 필요 없어요."

안이 담요를 걷으며 말했다. 그러고는 강아지 인형을 카미유에게 건넸다.

"이 아인 혼자인 사람들에게 친구가 되어주라는 소명을 갖고 태어났어요. 마리에게는 브르타뉴 남자가 있으니까, 두두는 카미유 당신에게 가야 할 것 같아요."

마리가 웃었다. 카미유는 인형을 받고 요모조모 뜯어보았다.

"제법 귀엽네요. 그런데 진동도 되나요?"

선착장에 서서 세 여자는 최대한 빨리 다시 만날 것을 약속했다. 그리고 오랫동안 포옹했다. 마리의 입술이 가늘게 떨렸다. 참고 있던 눈물이 쏟아지며 그녀가 먼저 무너졌다. 안과 카미유도 마리를 따라 열 살 소녀들처럼 울기 시작했다.

모험이 추억으로 변하는 저녁이었다. 그러나 아름다운 모험은 아름다운 추억을 만든다는 배움을 얻는 시간이기도 했다.

56

마리와 카미유는 라 아미스타 레스토랑에서 저녁을 먹었다. 라 아미스타는 마리, 안, 카미유가 처음 만난 곳이었다. 조르주가 객실에서 휴식을 취하고 있는 동안 이블린이 두 사람과 동행했다. 안이 떠난 지도 벌써 열흘이 되었다. 그러나 그녀는 언제나 그들의 대화 속에 남아 있었다.

"도미니크와 안이 잘되어 정말 다행이에요. 그래도 보고 싶은 건 어쩔 수 없네요."

카미유가 빵을 뜯으며 말했다.

"나도 그래요. 이렇게 힘들 줄 몰랐어요. 하지만 그럴 때마다 안이 행복해져서 다행이라고 중얼거리죠. 가능한 한 빨리 만날 기회를 만들어야겠어요."

마리의 말에 카미유가 의견을 보탰다.

"생각보다 쉬울 것 같아요. 내가 보르도에 살잖아요! 그러니까 언제든 만날 수 있어요. 중요한 건 그게 아니라 도미니크와의 문제가 잘 해결된 거예요. 그 나이에 다른 누군가를 만나기란 힘드니까요. 무모하기도 하고요."

이블린이 떨떠름한 표정을 지으며 포크를 내려놓았다. 그녀가 항의했다.

"사랑이 젊은 사람들만을 위한 거라고 말하는 건가요?"

"그런 말은 아니고요. 그냥 일과 같다는 얘기였어요. 일자리를 찾는 것도 싱싱할 때가 훨씬 쉬우니까요."

"마드무아젤, 그렇지 않아요. 사랑엔 나이가 없어요. 만약 내가 당신과 같은 생각을 했다면, 지금쯤 건조하게 쪼그라든 심장을 갖게 되었을 거예요. 주름살은 감정을 막는 장벽이 아니에요. 내 나이가 벌써 여든인데, 조르주의 품 안에 있을 때는 사랑받는 소녀가 된 기분이거든요. 몸이 변하는 거지 감정이 변하는 건 아니에요."

마리와 카미유가 감탄하며 이블린을 쳐다보았다.

"진짜예요. 로제와 나도 그가 마지막 숨을 거둘 때까지 사랑했는걸요. 난 그와 같은 날, 같은 시간에 죽고 싶었어요. 하지만 신은 내 기도를 들어주지 않았죠. 대신 다른 방식으로 소원을 이루게 해주었어요. 로제를 따라 죽을 생각만 하던 내게 또 하나의 사랑을 보내준 거예요."

"다른 사랑을 만날지도 모른다는 기대는 해본 적 없으세요?"

마리가 물었다.

"아니요. 없었어요. 대부분의 다른 사람들처럼 나도 내 나이에는 사랑이 불가능하다고 믿었거든요. 하지만 아니에요. 떨리는 내 마음은 진심이었어요. 로제가 만약 이런 나를 봤다면 안심하고 행복해했을 거예요. 그래서 이젠 확신할 수 있어요. 사랑은 나이와 무관하다고요. 언제 어디서든 시작될 수 있다고요. 나처럼 전혀 기대하지 않던 사람한테도 올 수 있다고요. 우리는 모두 같은 길을 걷고 있어요. 그 길 위에서 우리는 서로 사랑하며 행복하게 살아야 할 의무가 있어요."

건조하게 쪼그라든 심장이라니…. 마리는 잠자리에 들어서 이블린의 말을 다시 생각해보았다.

로돌프로 인해 그녀는 남자들을 싫어하게 되었다. 남녀 간의 사랑도 믿지 않게 되었다. 그녀에게 사랑이란 로맨틱 코미디 감독이 만든 허구일 뿐이라고 생각했다.

그런데 로이크와 그의 볼에 난 보조개가 갑자기 심장을 파고들었다. 그렇게 마리의 마음을 감싸고 있던 버블랩이 터지기 시작했다. 지금껏 그녀는 심장과 반대되는 말을 자신에게 하고 있었다. 그리고 그 말을 믿으려고 노력했다. 그러나 아무리 애써 부인하려고 해도 로이크와 그녀 사이에는 무슨 일인가 일어나고 있었다.

몸이 뜨거워졌다. 그녀는 담요를 밀쳐내고 침대에서 내려와 얇은 드레스로 갈아입었다. 그러고는 샌들을 신고 조용히 객실을 빠져나갔다.

복도에서는 불을 켜지 않았다. 그녀는 비상구 조명에 의지해 벽을 더듬거리며 계단으로 갑판 B까지 내려갔다. 아무에게도 들키지 말아야 하기 때문이었다. 마침내 810호 문 앞에 도착했다. 그런데 그때였다. 엘리베이터 안에서 누군가의 웃음소리가 들려왔다. 마리는 놀라 몸을 움츠렸다. 그리고 한 차례 숨을 크게 들이마시고는 조용히 객실 문을 두드렸다.

로이크가 문을 열었다. 자다 깬 얼굴에 상의는 입지 않은 상태였다. 마리는 말없이 어두운 객실 안으로 들어갔다. 그는 그녀에게 어떤 질문도 하지 않았다. 다만 떨리는 손으로 그녀의 얼굴을 어루만졌다. 그런 다음 천천히 그녀가 입고 있던 원피스의 어깨끈 한쪽을 아래로 끌어내렸다. 이어 다른 한 손으로 반대편 어깨끈을 가볍게 잡아당겼다. 순간 마리가 입고 있던 옷이 그녀의 발밑으로 떨어졌다. 무거운 침묵 속에서 그는 한동안 그녀의 육체를 응시했다. 그들은 긴 시간 동안 서로를 응시하며, 가빠지는 숨소리와 고조되는 욕망을 느꼈다. 그러다 마리는 그의 입술에 격렬히 달려들어 뜨거운 키스를 나누었다. 그녀는 자신의 몸을 그의 몸에 바짝 밀착시키고, 손가락으로 그의 등을 단단히 움켜쥐었다. 그는 천천히 그녀를 벽을 향해 돌려 세우고, 그녀의 머리카락을 들어올리고 가슴을 쓰다듬으며 목덜미를 깨물었다. 그녀는 등을 굽히고 다리가 휘청거리는 것을 느낀 다음 침대로 다가갔다. 로이크가 그녀를 엎드려 눕히고 그녀의 허벅지 사이를 쓰다듬으면서 그녀의 등을 따라 입술을 움직였다. 그녀는 얼굴을 이불에 파묻고 그가 그녀의 속옷을 엉덩이로 미끄러뜨리자 신음했다.

57

안젤리크의 객실 안에는 무거운 침묵이 감돌았다. 마리와 안젤리크는 눈앞에서 벌어지고 있는 기묘한 광경을 가만히 지켜보고 있었다. 야니는 소파에 앉아 고개를 숙이고 있었고, 카미유는 그 앞에 서서 팔짱을 낀 채 그를 내려다보고 있었다.

"기다리고 있잖아. 말해!"

카미유가 격분해 소리쳤다.

두바이에 가까워지면서 기온이 눈에 띄게 떨어지기는 했지만 그날은 모든 면에서 순조롭게 시작된 하루였다. 마리와 카미유는 운동을 마치고 객실로 돌아오다가 맞은편 복도에서 객실을 나오는 안젤리크와 마주쳤다. 간단한 인사를 나눈 후, 안젤리크는 마리와 카미유에게 야니스와 이어지도록 조금 억지로라도 밀어준 것에 대해 고맙다고 말했다. 마리와 카미유는 야니스에 대해 말하며 눈을 반짝이는 안젤리크를 보고 작은 보람을 느꼈다.

"비밀을 지켜주실 거죠? 우린 대화가 잘 통해요. 야니스도 저를 좋아하는 것 같고요. 진짜 잘해주거든요."

"잘됐어요! 여행이 끝난 뒤에도 만날 거예요?"

마리가 물었다.

"잘 모르겠어요. 계획을 잘 세우지 않는 편이라서요. 쉽진 않을 거예요. 그는 파리에서 일하고 저는 툴루즈에 있으니…."

"파리에서 툴루즈로 직장을 옮길 수도 있는 거 아니에요? 참, 야니스의 직업이 뭐예요?"

카미유가 물었다. 안젤리크가 고개를 들고 자랑스러운 듯 말했다.

"〈엘르〉의 기자예요."

카미유가 야니스 위로 몸을 기울인 채, 노발대발하며 소리쳤다.

"이제 자백하시지. 거짓말해봤자 소용없어. 그 엉터리 기사의 근원지가 너라는 걸 알고 왔으니까."

야니스가 길게 한숨을 내쉬었다.

"그래요. 내가 했어요."

"왜 그런 짓을 했지? 그 일이 한 사람의 인생에 어떤 영향을 미칠지 생각 안 해봤어?"

카미유가 소리쳤다.

"거기까진 생각해보지 않았어요. 난 그저 일을 했을 뿐이라고요."

"잘 들어. 네 덕분에 난 프랑스에서 가장 유명한 걸레가 되었어. 우리 아버지는 쉬지 않고 걸려오는 이상한 전화를 받아야 하고 말이지. 이 모든 게 네가 말한 그 빌어먹을 '일' 때문에 일어난 거라고. 알겠어? 말해봐. 대체 왜 그랬어? 이유가 뭐야? 내 인생을 망가뜨리는 게 네 목적이었어? 잠깐만, 생각났어! 네가 내 객실에 들어왔었지? 이제야 다 이해가 된다!"

야니스는 머리를 끄덕이며 인정했다.

"난 단지 좋은 기사가 될 만한 소재를 발견했고, 최선을 다했을 뿐이에요. 처음엔 '고독 속의 세계 일주'를 주제로 기사를 쓰기 위해 여객선에 올랐어요. 그런데 어느 날, 당신의 블로그에 대해 사람들이 말하는 걸 들었어요. 마침 직장 동료가 취재해보면 어떻겠냐고 제안했고요. 우리가 같은 배에 타고 있다는 걸 그 친구도 알고 있었거든요. 그래서 난 당신이 쓴 블로그의 글을 전부 읽어봤어요. 당신은 최선을 다해 자기가 누구인지 숨기려 했지만 유감스럽게도 몇몇 증거들을 남겨 놓았고요. 우리가 한 여행과 당신이 간 곳이 정확히 일치했거든요. 처음으로 의심이 든 건 푸에르토리몬(카리브해에 면한 코스타리카의 항구도시)에서 당신이 어떤 남자의 팔에 안긴 걸 본 때였어요. 그런데 멕시코의 카보산루카스에서 당신이 돌고래 조련사와 함께 있는 걸 보고 확신이 들었죠."

"정말 역겨워! 남의 사생활을 그렇게 까발려놓고 눈곱만큼의 죄책감을 느끼는 척도 안 하네!"

카미유가 소리쳤다.

야니스가 머리를 흔들었다.

"이런 일이 일어날 줄은 진짜 몰랐어요. 정말이에요. 당신이 무척 힘들 줄은 알아요. 그래서 미안하고요. 하지만 언젠가는 밝혀졌을 일이었어요. 모두가 비밀을 밝힐 단서를 찾고 있었으니까요."

"그 사람들이 전부 모르는 남자와 뒤엉켜 있는 내 사진을 갖고 있진 않아! 알겠어? 이 머저리 같은 놈아? 난 네가 나를 정말로 짝사랑한다고 믿었다고! 그래서 쫓아다닌 줄 알았다고! 사실대로 말해봐. 너 나이도 속였지?"

"맞아요. 난 스무 살이 아니라 스물다섯 살이에요."

카미유가 머리를 두 손으로 감싼 채 침대 위에 주저앉았다.

야니스가 말했다.

"진심으로 사과할게요. 피해를 줄 생각은 정말 없었어요. 사실이 밝혀져도 노이즈 마케팅이 되겠다고 생각했거든요. 다른 건 생각하지 못했어요."

"좋아. 어쨌든 이미 일어난 일이야. 나에 대한 온갖 소문이 나돌지만 내가 뭘 할 수 있겠어? 죽을 때까지 널 증오하는 것밖에 또 있겠어?"

"바로잡고 싶어요. 그러기 위해 내가 할 수 있는 일이 있을 거예요."

"그래? 그럼 타임머신을 타고 과거로 돌아가. 가서 네가 저지른 잘 못을 전부 지우고 와. 지금 네가 할 수 있는 일은 그것밖에 없어. 알아? 좋아. 어디 물어나 보자. 네가 뭘 할 수 있다는 건지."

카미유가 그를 비웃었다. 그때였다. 마리가 야니스 앞으로 한 걸음 다가서며 말했다.

"마음 같아선 이를 모두 뽑아버리고 싶지만 그러지 않을게요. 방금 좋은 생각이 하나 났는데 당신이 아직 쓸모 있어 보이거든요. 지금부 터 내 말을 잘 들어요, 야니스. 그리고 자신이 한 일에 대한 책임을 지 세요."

58

그날 이후, 발코니에서 점심을 먹던 때였다.

"윌리엄에게 전화를 걸었어요."

카미유가 말했다.

"정말이에요? 어떻게 그럴 생각을 했어요?"

마리가 핫초코 안에 브리오슈 한 조각을 넣으며 물었다.

카미유는 이블린과 대화를 나눈 뒤에 그런 결정을 내리게 되었다고 설명했다. 그 저녁 이블린이 말한 "우리는 모두 같은 길을 걷고 있어 요. 그 길 위에서 우리는 서로 사랑하며 행복하게 살아야 할 의무가 있 어요."라는 말이 그녀의 머릿속을 떠나지 않고 줄곧 맴돌았다고 했다.

물론 전화를 건다고 해서 크게 달라질 것은 없었다. 하지만 나중에 덜 후회하려면 전화를 거는 편이 나았다.

카미유는 휴대전화에 저장된 포획물의 연락처 안에서 윌리엄의 전화번호를 찾았다. 버튼을 누르는 그녀의 손이 바들바들 떨렸다. 그가 나를 기억하지 못하면 어쩌지? 괜히 연락해서 불편하게 하는 거라면?

"그래서 어떻게 됐어요?"

마리가 물었다.

"그 친구도 내 전화를 기다렸대요."

윌리엄은 카미유와 같은 상태에 빠져 있었다. 그는 그녀를 잊을 수 없었고 꼭 다시 만나고 싶었다. 그녀의 연락처를 알아내기 위해 프랑스에 있는 여객선회사에 전화도 걸어 보았다. 하지만 알아내지 못했다. 카미유가 남기고 간 흔적을 모아 추적해보기도 했지만 허사였다. 사진 한 장과 냅킨 위에 그려진 그림 한 장, 그리고 그녀의 이름. 그것이 그가 그녀에 대해 아는 전부였다.

"혹시 길을 걷다 마주치진 않을까 하는 희망에 보르도에 올까도 생각했대요. 놀랍지 않아요? 함께 있으면서 우리 둘 사이에 평범하지 않은 무엇인가가 일어났다는 사실을 알고는 있었지만 이런 일까지 기대하진 않았어요. 마치 꿈을 꾸는 것 같아요!"

마리가 손뼉을 치며 웃었다.

"잘됐어요, 카미유! 나도 기뻐요. 이제 어떻게 할 생각이에요?"

"지금은 별다른 계획이 없어요. 이제 막 알게 된 남자에게 매달리면 안 되잖아요. 하지만 아무 일도 없었던 것처럼 살 수는 없을 것 같아요. 그래서 조금 더 두고 보려고요."

카미유가 담배에 불을 붙이며 말했다.

"그래요. 여행이 끝나려면 아직 몇 주 더 남았고, 결정은 그 뒤에 해도 되니까요."

"맞아요. 그런데 확실한 게 한 가지 생겼어요. 남자 사냥이 끝났다는 거예요. 아무래도 내가 나한테 사냥당한 것 같아요."

"멋진데요. 시를 써도 되겠어요!"

마리와 카미유는 동시에 까르르 웃음을 터뜨렸다. 크루즈 여행은 날마다 축제가 연장되는 이상한 나라의 달력 같았다. 매일매일 놀라운 소식이 문밖에서 기다리고 있었다. 그래서 다음 장이 더욱더 기다려졌다.

59

마리와 카미유는 세계에서 가장 높은 부르즈 할리파(두바이에 위치한 829.84미터의 인공 구조물)를 보고 혀를 내둘렀다. 360개의 계단을 지나 지면에서 1킬로미터 가까이 떨어진 탑의 정상에 올라서는 그 장엄함에 입을 다물지 못했다. 다른 여행객들도 마찬가지였다. 발밑으로 두바이가 선물하는 광경은 실로 놀라웠다. 전통적 분위기를 풍기는 도심과 하늘 높이 솟구친 빌딩들이 조화를 이루고 있었다. 그중 몇몇 빌딩은 얼마나 높은지 행인 위로 지나는 구름을 관통했다. 수영장과 공원은 모래색 일색의 도시를 파란색과 초록색으로 점점이 물들였고, 그곳에서 몇 킬로미터 떨어진 곳에 이름도 유명한 야자수 모양의 인공섬 팜 아일랜드(세계 지도 모양으로 만든 36개의 인공섬)가 수면에 그림자를 드리우며 떠 있었다.

"브래드 피트가 저 섬 중 하나를 샀다고 들었어요. 사실인지 조지 클루니에게 물어봐야겠어요."

카미유가 망원경에서 눈을 떼며 말했다.

"조지 클루니의 닮은꼴 페드로를 말하는 거죠? 그런데 이제 그만 내려갈까요? 너무 높아서 머리가 아찔해요. 안에게 고소공포증이 옮았나 봐요."

카미유의 농담에 마리가 웃으며 맞장구쳤다.

"나도요. 건물이 다 너무 작게 보여서 뭐가 뭔지도 모르겠어요. 꼭 개미들이 사는 마을 같아요."

마리는 로이크 앞을 지나며 눈빛을 건넸다. 그는 프란체스카가 곁에 있는데도 한쪽 눈을 끔뻑이며 마리에게 아는 체를 했다. 프란체스카는 로이크 옆에 꼭 붙어 있었다.

이전 정박지들에서도, 마리는 그녀가 렌터카나 택시에 올라타는 모습을 본 적이 있었다. 그녀는 프란체스카가 혼자서 다니는 것을 더 선호한다고 생각했었다. 하지만 이제 그녀는 동행자를 찾고 있는 듯 보였다. 마치 이마에 '나를 데려가'라고 문신을 새긴 것처럼 명확했다. 프란체스카는 로이크의 눈높이에 자신의 가슴이 항상 들어오게끔 온갖 방법을 사용했다. 슈퍼마켓의 가장 잘 팔리는 제품이 진열대 중앙에 배치되는 것처럼 말이다. 로이크는 자신이 그녀보다는 바깥 풍경에 더 관심이 있다는 것을 알려주려 애썼지만.

그녀는 그가 자신에게 굴복해야 한다고 마음먹은 것 같았다. 엘리베이터에 오르며, 마리는 미소를 지었다. 오늘 밤, 로이크가 사랑을 나눌 사람은 그녀 자신이 될 것이다.

마리는 질투하는 성격이 아니었다. 처음 로돌프와 함께 살 때는 질투의 필요성을 느끼지도 못했다. 그녀가 아는 남편은 부정을 저지르는 사람을 혐오했고, 가정이라는 울타리 너머에서 즐거움을 찾는 사람들을 비난하는 사람 중 하나였다. 하지만 아니었다. 그것은 그녀만의 착각이었다. 나중에야 알았지만 로돌프가 집에서 얻고자 했던 것은 밖에서 실컷 논 다음 즐기는 휴식이었다.

처음 그 사실을 알고 그녀는 울었다. 그러나 이내 감정이 증발해버렸다. 나무, 꽃, 용연향 등 남편의 몸에서 나는 향수 냄새가 금발 머리 여자, 갈색 머리 여자, 짧은 머리 여자, 긴 머리 여자, 곱슬머리 여자, 생머리 여자의 것임을 알게 되었다. 자기가 받고 싶던 문자를 남편이 다른 여자에게 보낸 사실을 안 다음에는 권태에 이어 실망감이 찾아왔다. 하지만 질투는 아니었다. 질투는 그녀와는 거리가 먼 것이었고 앞으로도 그러할 것이라고 그녀는 굳게 믿었다.

마리는 카미유 옆에 앉았다. 사파리 여행이 예정된 사막으로 여행객들을 데려다줄 버스 안에서였다. 프란체스카가 로이크의 다리를 타고 넘었다. 그의 옆에 앉기 위해서였다. 카미유가 그 모습을 보고 욕을 하려던 찰나였다. 휴대전화가 진동했다. 안이었다. 휴대전화 너머로 그녀의 밝은 목소리가 들려왔다.

두 사람은 한 마디도 놓치지 않으려고 휴대전화를 귀에 바짝 가져다 댔다.

"보고 싶어요!"

안이 웃으며 말했다.

"우리도요!"

카미유가 속삭이며 대답했다.

"잘 안 들려요. 뭐 하고 있어요?"

"버스 안에 있어서 크게 말하기 힘들어요. 조금 이따가 전화해주겠어요?"

"어려울 것 같아요. 잠시 후에 도미니크와 해변에 갈 건데 휴대전화를 가져가지 않을 거라서요. 다른 누구보다 가장 먼저 소식을 전하고 싶어서 전화했어요. 놀라지 마세요. 도미니크와 결혼해요. 8월 14일, 파리에서요."

"정말이에요?"

카미유가 소리쳤다.

마리가 카미유에게 목소리를 낮추라는 사인을 보냈다.

"그래서 증인이 되어줄 수 있는지 묻고 싶었어요."

안이 물었다.

"그럼요. 당연히 되고 말고요!"

마리가 벌떡 일어서며 소리쳤다.

버스 안에 있던 다른 여행객들의 시선이 일제히 마리를 향했다. 프란체스카도 마리를 돌아보고는 "쉿!" 하고 조용히 하라는 시늉을 하더니 로이크에게 뭐라고 귓속말을 했다. 카미유는 휴대전화를 허벅지 밑에 감추었고, 마리는 진지한 표정을 지어 보였다. 하지만 두 사람 모두 마음속으로는 너무 기뻐서 기절할 지경이었다.

60

"몰래 만나는 게 좋아지기 시작했어요."

마리의 침대에 나란히 누운 두 사람의 벌거벗은 몸은, 시트로 일부만 가려져 있었다. 방금 나눈 뜨거운 포옹의 여운 속에서 그들은 숨을 고르고 있었다. 마리는 자기 또한 비밀리의 만남이 좋아지기 시작했다고 대답하고 싶었다. 낮에는 내내 그가 그립고 저녁이 오면 조바심을 내며 그를 기다리게 된다고 고백하고도 싶었다. 하지만 그녀는 어떤 말도 하지 않았다. 그런 말을 하면 그를 겁먹게 할 수도 있고, 스스로도 두려워질 것 같았다. 그녀는 이제 더는 열다섯 살 소녀가 아니었다. 그녀는 자신들의 이야기가 어떤 것인지 너무나 잘 알고 있었다. 이건 단지 크루즈라는 '쉼표' 같은 순간일 뿐이다. 배에서 내리는 순간, 이들의 이야기도 괄호 안에서 끝날 것이다.

"조심해요. 나한테 중독될 수도 있어요. 미리 얘기하지만 한번 중독되면 벗어나기 힘들어요."

마리가 기지개를 켜고 로이크를 향해 몸을 돌렸다. 그가 그녀를 끌어안았다.

"당신과 함께 시간을 보내는 게 좋아요."

그녀는 '나도 좋아요.' 하고 말하고 싶었다. 하지만 참았다. 절대로 '나도 좋아요.'라고 말하면 안 된다. '나도 좋아요.'는 금지다.

"무슨 일 있어요?"

그가 물었다.

"아무 일도 아니에요."

로이크의 목에 얼굴을 묻으며 그녀가 대답했다.

그가 조심스럽게 물었다.

"뭐 하나 물어봐도 돼요?"

"물론이에요."

"혹시 죄책감 같은 걸 느껴요?"

그녀가 뒤로 물러나며 웃었다.

"내가 죄책감을 느끼고 있는 것처럼 보여요?"

"그냥 궁금했어요. 아니라니 이제 마음이 놓여요."

마리가 죄책감을 느낄 가능성은 충분했다. 어떤 남자와도 가까워지지 않겠다고 스스로와 한 약속을 지키지 못한 까닭이었다. 게다가 그녀는 아직 이혼 전이었다. 하지만 마리는 죄책감을 느끼지 않기로 했다. 로돌프와의 관계가 지속될 수 없음이 확실해졌고 그녀 또한 더는 이전의 순종적인 여자가 아니기 때문이었다.

"그럼 당신은요? 죄책감을 느껴요?"

로이크가 한숨을 내쉬었다. 그 모습을 보고 그녀는 질문한 것을 후회했다.

"조금은요. 가끔 놀웬을 배신하는 기분이 들어요. 하지만 그게 당연하죠. 그녀와 처음 만난 날 이후로 다른 여자와 잔 적이 없으니까요."

"이해할 수 있을 것 같아요."

"하지만 내가 잘못한 건 없다는 걸 알아요. 이성보다, 죄책감보다 더 큰 게 당신을 거부할 수 없는 내 마음이니까요. 어쩌면 그래서 처음 당신에게 그렇게 불친절하게 굴었는지도 모르겠어요. 위험을 본능적으로 느꼈던 거지."

그녀가 그의 뺨을 쓰다듬었다. 그는 그녀를 껴안았다.

이블린이 옳았다. 지난 저녁, 이블린은 사랑이 나이와 관계없이 찾아온다고 했다. 맞는 말이었다. 그러나 조금 더 정확하게 말하면 사랑은 나이에 따라 다르게 찾아오는 것이었다. 스무 살의 사랑은 조건 없고, 비이성적이며, 열정적이었다. 마리도 그 무렵에는 사랑이 영원하다 믿었다. 사랑이 언젠가는 끝날 수도 있음을 몰랐기에 서로의 육체를 붙들고 미래를 약속했다.

　마리는 시어머니가 결혼식에서 해준 말을 떠올렸다. 시어머니는 사랑이 영원할 거라 믿는 시간도 오래가지 않을 테니 그 시간을 즐기라고 말씀하셨다. 하지만 그녀는 시어머니의 말이 지나치게 비관적이라며 스스로 사랑이 영원함을 증명해 보이겠다고 했다. 그리고 자신의 두 자녀도 영원한 사랑을 믿을 수 있도록 노력했다. 하지만 지금 마리는 시어머니의 말이 틀리지 않았음을 인정해야만 했다. 마흔 살의 사랑은 스무 살의 사랑보다 조심스러웠다. 훨씬 이성적이고 신중했다.

　그녀는 스무 살 무렵의 사랑이 더 좋았다. 그 시절의 사랑에는 한계가 없었고, 사랑을 위해 모든 것을 바칠 준비가 되어 있었다. 로돌프에게 "내 모든 것을 너에게 줄게. 가장 가치 있는 것들과 그렇지 않은 것들에 대해서도 말해줄게. 너는 나이고, 가장 큰 행운이니까."라고 입버릇처럼 말하기도 했다. 하지만 지금은 아니었다. 그녀는 이제 영원한 사랑을 믿지 않았다.

　로이크가 갑자기 몸을 일으키고 발코니를 향해 걸어갔다. 그때 가구 위에 놓인 흰색 상자가 그의 눈에 들어왔다. 뚜껑이 제대로 닫혀 있지 않아서 열린 틈 사이로 내용물이 보였다.

　"우울증 약 상자 같은데, 맞아요?"

　그가 물었다.

　"네, 맞아요. 하지만 꼭 필요한 때만 먹어요. 맹세해요!"

　그녀가 오른손을 들며 대답했다.

　"내가 아는 아주 잘 듣는 약이 하나 있어요. 〈러브 액츄얼리〉, 복용량은 반드시 지켜야 해요. 효과가 아주 좋거든."

　로이크가 비밀스럽게 속삭이는 어조로 말했다.

"나도 잘 알아요. 그래서 깊은 슬럼프가 올 때만 복용하죠."

마리가 웃으며 답했다.

"나와 잘 맞는 영화는 〈굿 윌 헌팅〉이에요. 부작용도 없고 그렇다고 너무 독하지도 않거든요. 무엇보다 잔잔한 미소가 보장되죠."

"아, 그 영화도 상자 안에 들어 있어요! 어때요? 둘이서 약 처방을 받아보는 건 어떨까요?"

"지금 우리가 엄청나게 우울한 건 아니지만 〈굿 윌 헌팅〉은 거부할 수 없죠."

로이크가 DVD를 꺼내며 말했다.

침대에 앉아 있던 마리는 박수를 치며 환호했다. 그리고 어쩌면 자기가 너무 늦지만은 않았을지도 모른다고 생각했다. 마리에게 몸을 기댄 채 좋아하는 영화를 보면서 로이크는 근심 걱정을 모두 잊었다. 날이 밝기 전에 자신의 객실로 돌아가야 한다는 사실도 잊은 채 깊은 잠에 빠져들었다.

61

두 사람은 안개 경보를 알리는 고동 소리에 잠에서 깨어났다. 밖에서 들려오는 소란스러운 소리에 그들은 이미 많은 이들이 갑판에 나와 있음을 알았다. 몰래 객실을 빠져나가는 것이 불가능해 보였다. 그렇지만 마리와 로이크는 불안해하는 대신 평화로운 시간을 즐기기로 했다. 둘이서 같이 맞이하는 첫 번째 아침인 까닭이었다.

지난밤 마리는 오랜만에 깊게 잤다. 남편과 잘 때와 정반대였다. 로돌프는 잠귀가 밝았다. 그런 그가 깨어 불평하는 소리를 듣게 될까 봐 마리는 잠을 자는 내내 몸을 마음대로 움직이지 못했다. 아침에 잠을 깨서는 뭐든 나누길 좋아하는 로돌프가 화장실 문을 열어놓고 볼일을 보는 바람에 늘 달갑지 않은 장면을 목격해야만 했다.

로이크가 몸을 일으켜 마리의 품에서 빠져나갔다. 그가 바지를 찾아 입는 동안, 밖에서는 무스카트(아라비아 반도 남쪽 오만의 수도) 항구가 여객선을 맞이하고 있었다.

"마리, 어서 와봐요. 정말 멋진 도시예요!"

로이크가 소리쳐 그녀를 불렀다.

저 멀리 바위로 된 언덕 정상에 전통 향로를 본떠 만든 거대한 흰색 전망대가 아라비아해를 굽어보고 있었다. 마리는 로이크의 티셔츠를 입고 발코니로 나갔다.

"와, 꼭 비행접시 같아요."

로이크가 그녀를 따라 웃었다. 마리는 로이크의 등 뒤에서 그의 허리를 끌어안았다. 로이크는 웃음소리가 너무 크다고 생각될 만큼 계속해서 웃고 있었다. 그의 웃음소리에 지난날의 해묵은 감정이 대기 중으로 날아가 사라져버리는 듯했다. 적어도 프란체스카의 머리가 난간 위로 나타나 그가 갑자기 웃음을 멈추기 전까지는 말이다. 프란체스카는 잠시 두 사람을 응시했다. 그러더니 이내 아무 일 없었다는 듯 난간 아래로 사라졌다. 마리와 로이크는 놀라서 몸이 굳었다.

"프란체스카가 우릴 본 거죠?"

마리가 속삭이며 물었다.

"네. 그것도 반나체 상태로 우리 둘이 껴안고 있는 걸요."

로이크가 대답했다.

객실로 돌아와 침대에 걸터앉으며 마리가 말했다.

"CCTV를 증거로 내세우면 어떻게 하죠? 그럼 빠져나갈 도리가 없어요."

"그럴 수도 있겠죠. 하지만 먼저 샤워를 해야겠어요."

로이크가 욕실로 들어갔다.

마리는 잠시 생각에 잠긴 듯했다. 하지만 곧 티셔츠를 벗고 아무에게도 들킬 염려가 없는 로이크의 품속으로, 따뜻한 물이 흐르는 샤워기 아래로 들어갔다.

62

카미유가 옷, 보석, 은세공 재떨이 등 동양풍의 물건을 양손 가득 들고 무트라 수크(무스카트항에 있는 전통 시장)를 빠져나왔다. 시장을 나서며 그녀는 자신의 뛰어난 협상 능력에 혀를 내둘렀다.

"제 친구들이 좋아하겠어요. 이 정도면 앞으로 10년은 친구들 생일에 뭘 선물할지 고민 안 해도 되겠어요."

카미유가 허풍을 떨었다.

마리는 쇼핑에 카미유만큼 열정적이지 않았다. 그래서 커다란 가죽 가방 하나로 만족했다. 두 딸에게 주려고 산 팔찌와 여행 초기부터 조금씩 사 모은 물건을 넣을 가방이었다.

마리가 물었다.

"줄리앙에게 줄 선물도 있어요?"

"줄리앙이 누구죠? 그는 해고 여부가 결정될 면담 자리에서나 보게 될 것 같은데요."

카미유가 웃으며 대답했다.

"그런 걸 두고 '윌리엄 효과'라고 하는 거겠죠?"

"아마도요. 윌리엄과 난 이제 온종일 메시지를 주고받아요. 참 이상해요. 아주 오래전부터 그를 알아왔던 것 같거든요."

카미유의 휴대전화가 울렸다.

"누구지? 휴대전화가 주머니 안에 있어요. 잠깐 이것 좀 들어주세요."

순식간에 마리의 두 팔이 산더미 같은 쇼핑백으로 가득해졌다. 전화는 안이 건 것이었다. 내용은 이랬다. 안은 뮤리엘이 그녀에게 전화를 걸어 매우 이상한 현상이 일어나고 있다고 말했다고 했다. 그리고 그 이상한 현상이란 마리의 손뜨개 제품에 어제부터 갑자기 예약이 폭주하기 시작했다는 것이었다. 폭풍적인 인기를 끌고 있는 제품의 정보를 얻기 위해 기자들의 문의 전화도 쇄도했다고 했다. 처음 겪는 일에 뮤리엘은 영문을 모르겠다고 했고, 마리와 카미유는 웃었다. 무슨 일이 벌어졌는지 두 사람은 이미 알기 때문이었다.

야니스는 카미유에게 커다란 빚을 지고 있었고, 하루빨리 그 빚을 청산하고 싶어 했다. 그런 그에게 방법을 알려준 사람은 마리였다. 야니스에게 '마나카' 제품에 대해 찬사를 아끼지 않는 기사를 써달라고 부탁한 것이다. 마리의 요청대로 야니스는 마나카를 극찬하는 기사를 썼고, 기사가 잡지에 실렸다. 한 페이지가 넘는 기사에는 '모두가 갖고 싶어 하는 새로운 상품의 주인공들'이라는 머리글 아래, 카미유가 그린 도안과 개개인의 요구에 맞춰 제작되는 손뜨개 제품에 관한 상세한 설명 외에도 온라인 쇼핑몰 주소가 소개되어 있었다.

"마리, 카미유, 이제부터 두 배로 바빠지겠어요! 그래도 너무 걱정하지 마세요. 뮤리엘이 이미 제품 배송 일자를 조정해놨어요."

안의 말에 마리는 환호성을 질렀다.

"사람들이 미쳤나 봐요! 내게도 드디어 열정을 바쳐 할 수 있는 일이 생겼어요. 어쩌면 좋죠? 너무 기뻐서 춤이라도 추고 싶어요!"

"아무렴요. 얼마든지 추세요. 아니, 잠깐만요. 춤은 안 돼요. 가방에 깨지기 쉬운 물건이 잔뜩 들어 있어요."

카미유의 제지에도 마리는 손에 든 쇼핑백들을 공중으로 내던질 기세로 소리쳤다.

"까짓거 깨지면 다시 사면 돼요. 곧 부자가 될 텐데요, 뭘!"

휴대전화 속에서 안의 웃음소리가 들려왔다.

"아가씨들, 이제 전화를 끊어야 해요. 도미니크가 스쿠버다이빙 체험을 준비해 놓고 기다리고 있어서요. 내가 얼마나 행복한지는 두 사람의 상상에 맡길게요."

저녁 식사를 마친 후, 마리와 카미유는 최고층 갑판에 있는 세 사람만의 장소에서 차를 마셨다. 난간에 팔꿈치를 괴고서 그들은 다가올 미래를 상상했다. 이제 두 사람은 부자가 될 것이었다. 마리는 절벽 위에 사방이 유리로 된 주택을 장만하고, 바위에 구멍을 뚫어 바다로 연결되는 미끄럼틀도 만들 것이었다. 카미유는 보르도 해변에 있는 2층 건물의 주인이 될 것이었다. 건물 옥상에는 개인 헬리콥터가 정박해 있고, 매해 크리스마스마다 뜨개질한 옷을 선물하는 회사의 주인이 되어, 그녀를 좋아하는 직원들과 함께 즐겁게 일할 것이었다.

"차라리 여객선을 하나 사서 1년에 한 번 다 같이 여행을 떠나면 어떨까요?"

마리가 물었다.

"우아, 그것도 진짜 근사한 생각인데요! 여행을 다니지 않을 때는 우리 집 차고에 넣어둬요! 전용 제트기랑 리무진 옆이요!"

마리와 카미유는 옆구리가 뻐근해질 때까지 웃고 또 웃었다.

"안에게 고마운 마음을 전해야겠어요. 이런 공상도 전부 그녀 덕분이니까요. 카미유, 휴대전화를 꺼내봐요. 우리 같이 안에게 메시지를 보내요."

마리가 말했다.

몇 분 후, 카미유는 메시지 내용을 다시 한번 확인한 뒤 전송 버튼을 눌렀다.

> 안,
> 당신 덕분에 우리는 절벽 위의 집에서 바다로 이어지는 미끄럼틀과 헬리콥터를 살 수 있게 되었어요. 고마운 마음을 전하며 첫 월급과 함께 멋진 선물 하나를 보내요. 선물은 카미유와 어떤 게 좋을지 오래 의논한 끝에 결정한 거예요. 마음에 들기를 바라요. 기대해도 좋아요. 우리가 준비한 선물은 바로 '세계 최고층 빌딩 정상에서 즐기는 번지 점프'거든요!
>
> 사랑을 보내며,
> 마리와 카미유.

63

마리와 로이크는 그 일이 무사히 지나갔다고 여겼다. 이틀 전 프란체스카에게 관계를 들킨 이후 아직 아무런 소집장을 받지 못한 까닭이었다. 프란체스카와 마주친 적도 없었다. 하지만 그날 밤, 모사꾼 같은 미소를 지으며 정면으로 걸어오는 그녀를 보고 두 사람은 걱정하던 일이 아직 시작되기도 전이라는 사실을 깨달았다.

자정이 넘은 시각이었고, 최고층 갑판은 텅 비어 있었다. 마리와 로이크는 아무도 없는 기회를 틈타 객실로 가기 전에 두 사람만의 산책을 즐기기로 했다. 그런데 그때였다. 이탈리아 여자가 두 팔을 허리 위에 올린 채 버티고 서서 그들을 가로막았다.

"잘들 지내고 계셨나요?"

"프란체스카, 좋은 밤입니다. 그런데 왜 아직 안 주무시고 나오셨어요?"

로이크가 최대한 예의를 갖춰 물었다.

"자려면 아직 이른 시간 아닌가요? 그건 그렇고, 내게 할 말이 그것밖에 없지는 않을 텐데요?"

프란체스카가 조롱 조로 비아냥거렸다.

"글쎄요. 다른 할 말은 없는 것 같은데요."

마리가 대답했다.

"어머, 그래요? 하지만 이를 어쩌죠? 그날 난 분명 어떤 장면을 목격했고 내가 뭘 봤는지는 나보다 당신들이 더 잘 알 거라고 생각해요."

"우리도 당신을 봤어요. 하지만 해명하고 싶진 않아요."

"여기서 난 영향력이 매우 큰 편이에요. 당신들도 들어 익히 알고 있겠지만 말이죠."

로이크가 팔짱을 끼며 물었다.

"원하는 게 뭡니까?"

로이크의 물음에 프란체스카가 눈썹을 치켜올리며 반문했다.

"그걸 왜 나한테 물어보는 거죠? 내가 뭘 원하는지는 당신도 잘 알

텐데요?"

마리는 한숨을 내쉬었다. 그녀가 말했다.

"지금 우리하고 스무고개 놀이를 하자는 건 아닐 테고…. 정확히 뭘 원하는지 말해보세요."

프란체스카가 대답했다.

"당신이 지금 가진 거. 난 그걸 원해요."

로이크는 당혹감을 감추지 못했다. 그가 물었다.

"뭐요? 지금 뭐라고 하셨어요?"

프란체스카는 로이크를 향해 억지 미소를 지어 보였다.

"순수한 척하지 마세요. 당신도 잘 알면서 그래요? 난 당신이 마음에 들어요. 그런데 왜 저 형편없는 빨강 머리 여자가 당신을 독차지하는지 모르겠어요."

마리는 어이가 없었다.

"그게 무슨 말이이에요? 로이크를 애인으로라도 삼으시려고요?"

"난 그렇게 말한 적 없어요. 다만 밀가루 반죽만 먹어본 가엾은 남자에게 푸아그라 요리도 맛보게 해주고 싶을 뿐이에요."

마리는 화를 참지 못하고 소리쳤다.

"밀가루 반죽은 내가 아니라 당신이에요! 로이크, 가만히 있지 말고 뭐라고 좀 해봐요! 그리고 이 일은 여기서 끝내요. 미친 게 아니라면 어떻게 저런 말을 할 수 있죠?"

로이크는 굳게 입을 다물고 침묵을 지켰다.

"자, 이제 어떻게 할 건가요?"

프란체스카가 다그쳤다.

"어떻게 할 거죠?"

마리도 재촉했다.

로이크는 숨을 깊이 들이마셨다. 그리고 이렇게 말했다.

"알았어요."

마리는 무슨 뜻인지 이해되지 않았다.

"뭐라고요?"

"프란체스카가 우리 일을 폭로하지 않는다면 하룻밤 정도는 같이 보낼 수 있어요."

마리는 배를 한 대 걷어차인 기분이었고, 프란체스카의 얼굴에는 화색이 돌았다.

"로이크, 싫은데 억지로 같이 있어달라는 건 아니에요! 난 이제껏 내가 원하는 것을 이런 식으로…."

"그럴 리가요. 다만 당신이 나를 좋아하는지 몰랐을 뿐입니다."

로이크는 마리의 존재를 잊은 듯했다.

"그럼, 갈까요?"

이탈리아 여자가 로이크에게 팔짱을 끼며 말했다.

마리는 멀어져가는 두 사람을 멍한 눈으로 바라보았다. 한쪽 팔로 프란체스카의 허리를 감싸 안은 로이크와 그의 어깨에 머리를 기대고 허리를 흔드는 프란체스카를 보고 있으니 갑자기 구역질이 올라왔다.

64

마리는 침대에 누워 천장에 시선을 고정했다. 15분 전에 갑판에서 일어난 일을 곱씹으며 분노하거나 슬픔에 빠지기 위함은 아니었다. 그녀는 다만 스스로가 너무도 한심하게 여겨졌다. 로이크라는 이상한 남자를 생각하느라 시간을 허비할 게 아니라 남자를 가까이 않겠다는 자신의 결심에 조금 더 귀를 기울였어야 했다. 로이크는 로돌프보다 더 나쁜 인간이었다. 왜냐하면 로돌프는 적어도 좋은 사람인 척 자신을 위장하지는 않았으니까. 그런데 그런 남자에게 마음을 주고 말았다. 그리고 계획에도 없던 거지 같은 일에 휘말렸다.

마리는 자리에서 일어났다. 로이크가 보낸 편지들을 모두 찢어버리기 위해서였다. 그때였다. 누군가가 문을 두드렸다. 로이크였다. 그는 웃고 있었다.

"프란체스카의 얼굴을 봤더라면 좋았을 거예요!"

그가 객실 안으로 들어서며 말했다. 마리는 무슨 말을 해야 할지 알 수 없었다.

"마리, 괜찮아요?"

여전히 어떤 말도 입 밖으로 나오지 않았다.

그런 그녀를 보고 그가 다시 물었다.

"설마 내가 진심으로 그랬다고 믿었어요?"

"네. 그렇게 믿었어요."

"맙소사! 내가 진짜 프란체스카에게 반했다고 생각한 거예요? 당신을 내버려두고? 난 그저 프란체스카에게 작은 교훈을 하나 주고 싶었을 뿐이에요."

목에 걸린 돌이 내려갔다. 하지만 금방 웃음이 나오지는 않았다.

"정말 진지해 보였어요. 나한테 귀띔해줄 순 없었나요?"

"프란체스카를 속이기 위한 거였어요. 당신이 그렇게 화를 내지 않았다면 프란체스카가 믿지 않았을 테니까요."

마리는 고개를 저었다. 그제야 미소가 입가에 떠올랐다.

"미안해요. 듣고 보니 어쩔 수 없는 일이었던 것 같네요."

"이거 모욕적이네. 당신, 신뢰하는 법을 다시 배워야겠어요."

로이크가 그녀를 끌어안고 키스했다.

"그래서 그 여자 방에서 무슨 일이 있었는데요?"

"그래서 뭐, 프란체스카의 객실 안으로 들어갔죠. 당연히 그 여자는 온갖 수를 썼어요. 와인잔, 노골적인 암시, 그리고 노출이 심한 옷까지. 오래 기다리지도 않고 바로 덤벼들더군요. 난 그때까지 다 받아줬죠. 그리고 그 여자가 나에게 키스하려고 다가오더라고요."

"그래서요?"

"그래서 이렇게 말했죠. 그 여자 눈을 똑바로 보면서 차라리 바다 한가운데로 뛰어들어 내 인생을 해파리와 함께 끝내겠다고요. 그러고는 방을 나왔어요."

마리의 눈이 동그란 모양으로 변했다.

"저런, 좀 안쓰럽네요."

"프란체스카가 이블린과 조르주를 배에서 쫓아내려고 했던 거 기억하죠?"

"맞아요. 내일은 우리가 쫓겨날 차례고요."

마리가 고개를 주억이며 말했다.

"맞아요. 그런 일은 얼마든지 일어날 수 있어요. 그래서 지금 우리가 우리의 마지막 순간을 즐겨야 하는 거고요."

로이크가 그녀의 목에 키스를 퍼부으며 말했다.

그때였다. 마리가 갑자기 뒤로 한 걸음 물러서며 이렇게 물었다.

"그런데 혹시 그 해파리가 나예요?"

65

새벽 3시, 요란하게 울리는 화재 경보에 마리가 잠에서 깨어났다. 로이크도 눈을 떴다. 여객선에 오른 승객들은 화재 경보가 울릴 때 어떻게 대처해야 하는지 잘 알았다. 위험 상황을 인지하기까지도 긴 시간이 필요하지 않았다. 가능한 한 빨리 구명조끼를 입고 최상층 갑판 위로 올라가야 했다. 마리는 단숨에 원피스 속으로 뛰어들었다. 로이크도 눈 깜짝할 사이에 청바지를 꿰입었다.

"이제 어쩌죠? 난감하네요. 내 방에 가서 구명조끼를 찾아와야 하는데 아무에게도 들키지 않고 여길 빠져나갈 수 있을까요?"

로이크가 말했다.

"가짜 경보일 거예요. 매번 그랬던 것처럼. 하지만 한밤중에 이런 적은 처음이네요. 가만있어봐요. 내가 먼저 나갈 테니까 몇 분 있다 나오세요."

마리가 문 쪽으로 향하며 소곤거렸다.

"작별 인사도 없이 가려고요?"

로이크가 뒤에서 그녀의 팔을 붙잡고 물었다. 그녀가 대답했다.

"안녕, 당신은 멋진 연인이었어요. 어제도 그랬고요!"

복도는 난장판이었다. 요란한 사이렌 소리와 잠이 덜 깬 얼굴로 오렌지색 구명조끼를 걸친 채 황급히 최고층 갑판을 향해 달려가는 승객들로 발 디딜 틈이 없었다. 이미 갑판에 오른 여행객들은 다시 침대로 돌아가기 위해 발을 동동 구르며 경보가 울린 원인이 밝혀지길 기다렸다. 마리는 중앙 통로에 남아 로이크를 찾았다.

"이게 무슨 망신이람! 이 여객선은 정말 답이 없어. 하다 하다 이젠 한밤중에 승객들 잠까지 깨우다니!"

올가가 멀지 않은 곳에서 우왕좌왕하며 소리쳤다.

마리는 그런 그녀에게 무슨 말이든 해주고 싶었다. 그런데 익숙한 목소리가 그녀의 말을 가로막았다.

"왜 아직 여기 계세요?"

카미유였다. 그녀의 눈은 아직 잠이 덜 깼는지 게슴츠레했다. 머리도 폭탄을 맞은 듯 엉망이었다.

"윌리엄 꿈을 꾸고 있었어요. 오르가즘에 도달하기 직전이었는데 경보가 울렸지 뭐예요!"

카미유가 일부러 목소리를 높이며 말했다.

올가는 투덜거리며 멀어졌고, 카미유는 그 모습을 보고 싱긋 웃었다.

두 사람과 몇 걸음 떨어진 곳에서는 벽에 기대 서 있던 프란체스카가 그 장면을 보며 입꼬리를 살짝 올렸다.

"저 여잔 왜 웃는 거야? 정말 마음에 안 들어요."

마리가 중얼거렸다. 로이크는 20분 뒤에도 나타나지 않았다. 마리와 카미유가 갑판 위를 샅샅이 뒤졌지만 찾지 못했다. 승무원인 아르놀드는 휴대용 마이크로 여행객들에게 잘못된 경보였음을 알리고 정중히 사과했다. 여행객들은 객실로 돌아가도 좋다는 지시가 내려지자 서둘러 각자의 방으로 흩어져 들어갔다. 마리도 갑판을 떠나기 위해 발길을 돌렸다. 그때였다. 아르놀드가 마리를 막아섰다. 그가 말했다.

"데샹 부인, 책임자가 당신을 만나고 싶어 하십니다."

"무슨 일이죠?"

"가보시면 알 겁니다."

카미유가 그들 앞을 가로막았다.

"제가 같이 가도 될까요?"

"죄송하지만 그러실 수 없습니다."

마리는 아르놀드를 따라 복도를 지났다. 무엇이 그녀를 기다리고 있을지 알 것 같았다. 그녀의 객실을 나오는 로이크의 모습이 발각당한 게 분명했다. 이제 두 사람에게 남은 일은 배에서 내려 각자의 집으로 돌아가는 것뿐이었다. 저항해봤자 소용없는 일이었다. 여객선 책임자가 태어날 때부터 공감과는 거리가 먼 사람이라는 사실이 이미 입증되었기 때문이다. 마리는 걱정에 목이 잠겼다.

낯익은 사무실 안으로 들어서자 캐러멜을 우물거리며 앉은 책임자가 보였다. 당황한 얼굴의 로이크도 보였다. 프란체스카는 의기양양한 얼굴로 그의 옆자리에 앉아 있었다. 아르놀드가 마리에게 그들 옆 빈자리에 가서 앉으라고 손짓했다.

"밤이 깊었으니 곧바로 본론으로 넘어가겠습니다. 약정서에 명시되어 있듯이, 우리 여객선에는 모두가 지켜야 할 규범이 있습니다. 그중 하나가 바로 커플 규제에 관한 것입니다. 승선하기 전에 여러분은 모두 그 내용을 숙지했고, 서명도 했습니다. 그렇지요?"

"네."

마리, 로이크가 대답했다.

"경보음이 울렸을 때, 여기 계신 프란체스카 리미니 부인께서 저를 찾아와 마리 데샹 부인의 객실 밖을 살펴보라고 했습니다. 그리고 CCTV를 관찰하던 중 놀라운 광경이 목격되었습니다."

마리가 고개를 숙였다. 최악의 상황이었다.

"마리 데샹 그리고 무슈 로이크 르 기넥, 당신들은 밤을 함께 보냈습니다. 이번이 처음은 아니라는 말도 들었고요. 맞습니까?"

"처음이 아니에요. 내가 장담할 수 있어요."

프란체스카가 큰소리쳤다.

"당신들도 알다시피 나는 규범을 준수하는 사람입니다. 그런데 이번 일을 통해 우리가 만든 규정에 한 가지 부족한 점이 있다는 사실을 깨달았습니다. 비열함과 공갈 협박에 대한 규제가 바로 그것입니다."

책임자가 두 번째 캐러멜을 입에 넣고 우물거리는 동안, 사무실 안쪽 끝에서 상황을 지켜보고 있던 아르놀드는 웃음을 참느라 애를 썼고, 로이크는 앞으로 일어날 상황에 대비해 숨을 크게 들이쉬었다.

"프란체스카 리미니, 항해 초부터 당신은 여행 안내서의 저자라는 지위를 이용해 우리를 위협해왔습니다. 그런데도 나는 당신을 특별히 대우해주었습니다. 당신이 원하는 대로 여행할 수 있도록 배려했고, 종업원을 시켜 객실로 간식을 가져다드리기도 했습니다. 그런데 그가 말하더군요. 당신이 한 번도 인사를 받아주지 않았다고요. 그뿐이 아닙니다. 나는 당신 때문에 두 노인을 배에서 내쫓으려 했습니다. 또한 지난 석 달간 당신의 불평불만을 꾹 참고 견뎠습니다."

프란체스카는 분노로 이글거리는 얼굴로 의자를 박차고 일어났다. 그리고 이렇게 소리쳤다.

"감히 내게 그런 말을 하다니! 이봐요. 내가 누군지 몰라요? 내가 입만 뻥긋하면 당신과 이 배의 명성도 그걸로 끝이에요."

"네, 당연히 그렇겠죠. 하지만 당신은 그렇게 하지 않을 겁니다."

마리, 로이크는 어안이 벙벙한 얼굴로 서로를 마주 보았다. 책임자가 컴퓨터 모니터를 그들을 향해 돌렸다. 화면이 깨끗하지는 않았지만 프란체스카가 객실에서 나와 화재경보기를 향해 걸어가는 모습이 보였다. 그녀가 해머를 빼 들고 단숨에 경보기를 내려친 후 객실을 향해 달려가는 모습도 선명했다. 프란체스카가 풀썩 주저앉았다. 그제야 아르놀드가 웃음을 터뜨렸다.

책임자가 말을 이었다.

"프란체스카 부인, 나는 당신이 왜 이런 짓을 했는지 모르고 또 알고 싶지도 않습니다. 하지만 이것 하나만은 잘 알고 있습니다. 그것은 내일 아침 당신이 제 발로 여객선을 걸어 나가리라는 것입니다. 그리고 그 즉시 우리의 '고독 속의 세계 일주'에 대한 긍정적인, 매우 긍정적인 내용의 글을 쓰리라는 것입니다. 이 두 가지 사항을 지키지 않을 경우, 나는 해머를 손에 든 여자가 담긴 이 영상을 당신의 고용주와 언론사들에 보낼 겁니다. 무슨 말인지 이해하시지요?"

프란체스카는 입을 꼭 다문 채 대답하지 않았다.

"이해하셨습니까?"

책임자가 되물었다.

"흥, 좋아요. 이 거지 같은 여객선에서 하루빨리 나가게 되어 나도 더할 나위 없이 기쁘군요."

프란체스카는 자리에서 일어났다. 그러고는 싸늘한 어투로 한마디 쏘아붙이더니 당당한 걸음걸이로 사무실을 빠져나갔다.

"데샹 부인 그리고 기자 양반, 이번 일로 또다시 나를 협박할 생각은 마십시오. 두 분 다 규정을 어겼으니 배에서 내리는 게 마땅하니까요. 하지만 항해가 곧 끝나는 관계로 한 번만 눈감아드리겠습니다. 그러나 제가 지켜보고 있다는 걸 명심하셔야 합니다. 앞으로는 어떤 일탈도 허용하지 않을 테니까요. 이제 모두 객실로 돌아가셔도 좋습니다."

여객선 책임자의 말에 마리와 로이크가 환하게 웃었다.

"고맙습니다."

마리가 사무실을 나서며 생각했다. 캐러멜을 좋아하는 남자는 분명 선한 가슴을 가졌다고.

"캐러멜처럼 겉은 딱딱해도 속은 부드러운 사람이죠."

그때까지 문 앞을 지키고 있던 아르놀드가 마리의 생각을 어떻게 읽었는지 작은 목소리로 속삭였다.

66

"얘기할 게 있어요."

카미유가 어딘지 불편해 보이는 안색으로 입을 열었다. 마리와 발코니에 앉아 아침밥을 먹으며 코앞으로 다가온 알렉산드리아(B.C. 4세기 알렉산더 대왕이 건설한 이집트 북부의 고대 도시) 입항을 기념하는 자리였다. 배에서 멀리 떨어진 곳에서는 돌고래 한 무리가 평화롭게 유영을 즐기고 있었다.

"무슨 일 있어요? 심각한 얘기예요?"

마리가 핫초코 안에 입술을 담그며 말했다.

"아니요. 꼭 그런 건 아니에요. 그냥 제가 결정한 게 있는데 조언이 필요해요."

"무슨 일인지 말해봐요."

카미유가 길게 한숨을 내쉬었다.

"그게, 윌리엄을 만나러 오클랜드로 가기로 했어요. 관계를 더 이어가도 좋을지 알아보기 위해서요. 장거리 연애라고 못할 건 없는데, 아직 우리 관계가 확실하지 않거든요."

마리가 머그잔을 내려놓았다.

"좋은 소식이네요! 잘되면 좋겠어요. 윌리엄은 뭐라고 해요?"

"윌리엄이 부탁한 거예요. 보르도에 오고 싶지만 일 때문에 올 수가 없다고요."

"잘 결정했어요. 나도 기분이 좋네요. 이제 앞으로 나가기만 하면 되는 거잖아요! 그런데 괜찮아요? 아직 고민이 많아 보여요."

카미유는 대답에 앞서 몇 번이고 헛기침했다.

"맞아요. 전혀 괜찮지 않아요. 우리가 헤어져야 하거든요. 미안해요. 더 일찍 말하려고 했는데 그러지 못했어요. 오후 2시, 오클랜드행 비행기예요."

"어떤 날 오후 2시요?"

"오늘이요."

"오늘이요? 오늘 당장 오클랜드로 간다고요? 기항지도 이제 하나밖에 안 남았는데? 사흘만 있으면 우리가 출발했던 마르세유에 도착해요!"

"네, 알아요. 하지만 마리도 알다시피 난 인내심이 부족해요. 게다가 내 마음은 이미 오클랜드에 가 있어요. 이 상태로는 도저히 여행을 즐길 수 없을 것 같아요."

"이런, 아직 작별할 마음의 준비를 못 했는데…. 그래도 좋은 소식이라 기뻐요. 많이 보고 싶을 거예요."

카미유의 입술이 파르르 떨려왔다. 마리는 훌쩍이는 카미유를 양팔로 꼭 안아주었다. 그리고 이렇게 말했다.

"울지 말아요. 함께하는 마지막 시간인데 즐겁게 보내야죠. 위로는 윌리엄한테 가서 받고요. 안 그래요?"

67

카미유는 빠른 속도로 객실 안을 정리했다. 소지품을 여행 가방 두 개에 쓸어 담고 추억은 머릿속에 밀어 넣었다.

마리와 카미유는 무겁게 가라앉은 분위기를 가볍게 하려고 함께 보낸 시간 중 가장 즐거웠던 때를 회상했다. 예를 들면 스페인 식당에서 파에야를 가운데 놓고 시작된 만남과 까마득한 절벽에서 보았던 안의 겁에 질린 표정, 감기에 걸려 침대에서 보낸 날들과 마리의 발코니에서 울려 퍼지던 웃음소리 같은 것 말이다. 그런데 분위기가 밝아지기는커녕 되려 두 사람의 눈에 눈물이 고이고 말았다. 카미유는 마지막으로 객실 안을 둘러보았다. 그리고 침대 위에 걸터앉았다.

"떠나기 전에 마지막으로 할 일이 있어요. 가져가지 말아야 할 게 있거든요."

카미유는 말을 마친 뒤, 휴대전화 안에 저장되어 있던 남자 사진을 한 장씩 삭제하기 시작했다. 포르투갈에서 만난 남자 사진, 앤틸리스 제도에서 만난 남자 사진, 미국에서 만난 남자 사진 등 한 장 한 장 사진이 지워질 때마다 기항지에서 만난 남자들도 카미유의 인생에서 하나씩 지워져갔다.

"휴, 이제 떠날 준비가 다 된 것 같아요. 다시 돌아봐도 멋진 괄호였어요."

카미유가 휴대전화를 가방 안에 넣으며 말했다.

보르그 엘 아랍 국제공항은 알렉산드리아에서 40여 킬로미터 떨어진 곳에 있었다. 택시를 타고 공항으로 이동하는 동안 두 사람은 침묵했다. 마리는 침울한 분위기를 바꿀 적당한 소재의 이야깃거리를 찾다가 결국 포기하고 입을 다물었다. 이상하게 자꾸만 목이 메어 왔다. 안이 떠난 빈자리는 카미유에게도 그녀에게도 컸다. 그런데 카미유마저 떠나고 나면 마리 혼자 남는다.

마리는 불과 석 달 전만 해도 혼자 있고 싶어 했다. '나쁜 사람과 함께 있느니 차라리 혼자인 게 낫다'는 말을 믿고 길을 떠났었다. 그러나 친구들과 함께 시간을 보내며 새롭게 알게 된 것은 '행복한 동행은 여럿일 때에만 가능하다'는 사실이었다.

카미유도 말이 없기는 마리와 같았다. 비행기에 오르는 즉시 윌리엄과 함께할 앞으로의 계획에 몰두할 그녀였지만 이별을 앞둔 택시 안에서는 무거운 마음을 감추지 못했다. 여행은 그녀의 인생을 완전히 바꾸어놓았다. 한때 모든 것을 포기하려 한 그녀를 과거에서 벗어나 새로운 삶을 향해 나아가게 만들었다. 그리고 사랑을 찾아 지구 반대편으로 날아가게 했다. 그녀는 이제 실패가 두려워 도망치던 이전의 그녀가 아니었다. 직장을 잃었지만 여행하며 친구들을 얻었고 정신적으로 성장했다.

카미유는 늘 사람과도 사물과도 쉽게 헤어지지 못했다. 그래서 여객선과의 작별도 쉽지 않았다. 여행을 중도에서 포기한 것도 어쩌면 이별의 슬픔을 최소화하려는 무의식의 작용이었는지도 몰랐다.

택시가 공항 앞에서 멈추었다. 마리는 카미유의 손을 잡았다.

"다 잘될 거예요. 안의 결혼식에서 만나요!"

카미유가 가방을 열고 두두를 꺼내 마리에게 건넸다.

"결혼 이야기가 오가는 순간에 두두가 마리한테 가네요. 타이밍이 좋은 것 같아요."

두두의 동그란 얼굴이 마리의 품에 안겼다. 마리는 두두가 마음에 들었다.

탑승구를 향해 걸어가며 카미유는 몇 번이나 뒤돌아보았다. 마리는 유리문 너머에서 손키스를 보냈다. 두 사람은 끝까지 밝게 웃었다. 하지만 서로의 모습이 시야에서 사라지자 누가 먼저랄 것도 없이 참지 못하고 눈물을 쏟았다.

그것이 그 여행의 끝이었다.

68

"이리 와봐요. 내가 기분 전환을 시켜줄게요."

로이크는 승선 다리 위에서 마리가 공항에서 돌아오기를 기다리고 있었다. 마리는 그때까지만 해도 담요 밑에서 두두와 뒹굴며 저녁 시간을 보낼 생각이었다. 하지만 아니었다. 그녀 곁에는 로이크가 있었으니까. 마리는 순순히 그의 손을 잡고 여객선 복도를 따라 걸었다.

그의 객실 앞에서 로이크는 그녀 뒤로 돌아가 그녀의 눈을 가리고 문을 열었다.

"짜잔!"

그가 손을 치우며 말했다. 테이블 위에는 콜라 한 병과 오아시스 한 병, 그리고 사탕으로 가득한 샐러드 그릇이 놓여 있었다. 샐러드 그릇 안에는 하리보 젤리, 카람바 캐러멜, 말라바 풍선껌, 곰돌이 모양의 초콜릿, 타가다 딸기 마시멜로, 하리보 사탕과 함께 감초 맛, 바나나 맛, 매운맛 과자 등 다양한 종류의 간식이 들어 있었다.

로이크가 등 뒤에서 문을 닫았다.

"우울한 저녁에는 기분 전환을 위해 이보다 더 좋은 게 없어요. 여기 앉아요."

마리는 신발을 벗고 침대 위로 올라가 책상다리를 했다.

"와, 감동인데요? 마음에 들어요."

"감동하긴 일러요. 아직 안 보여준 게 더 있거든요."

로이크가 사탕 그릇을 옆으로 옮겨놓고 TV 리모컨을 눌렀다. 그러자 그녀도 아는 영화 제목이 화면에 나타났다. 제목은 〈더티 댄싱〉!

"지금 나한테 꼭 필요한 거네요!"

마리가 활짝 웃으며 곰돌이 초콜릿을 집어 들고 쿠션 앞에 자리를 잡았다.

그렇게 두 시간이 지나자 영화도 끝나고 사탕 그릇도 거의 텅 비었다. 동시에 그녀의 목을 누르고 있던 울컥했던 덩어리도 모두 내려갔다. 마리는 로이크와 함께 웃으며 영화에 관한 이야기를 나누고, 걸신이라도 들린 듯 남은 과자와 음료를 말끔히 먹어 치웠다. 로이크는 그 저녁이 다 가는 동안 섬세한 배려를 아끼지 않았다. 마치 마리에 관해 다 아는 사람 같았다.

로돌프는 그녀의 슬픔에 주의를 기울인 적이 없었다. 그랬다면 이런 날 눈치 없이 식당에 가자고 했겠지만 로이크는 아니었다. 그는 그녀의 감정을 이해했고, 그녀는 그것이 두려웠다.

"이제 내 방으로 가야겠어요."

마리가 몸을 일으켰다.

"기다려요. 하이라이트가 남았어요."

로이크는 그녀를 잡아 다시 앉히고는 샐러드 그릇에 버려진 노란색 포장지를 한 움큼 집어 들었다. 그러고는 침대 발치에 올라서서 구겨진 포장지를 펴더니 안에 적힌 퀴즈 읊기 시작했다.

"세상에서 문제가 가장 많은 곳은? 빨리 대답해봐요. 모르겠어요? 정답은… 시험지예요!"

그녀가 웃으며 고개를 갸웃거렸다.

"설마 나한테 캐러멜 껍질에 적힌 난센스 퀴즈를 풀라는 건 아니죠?"

"기분 전환을 위한 저녁이라고 말했잖아요. 해야 할 일은 해야죠. 대변과 소변 중 먼저 나오는 것은?"

"모르겠어요."

"잘 생각해봐요. 에이, 급한 게 먼저 나오잖아요."

마리가 손가락으로 입꼬리를 귀밑까지 끌어 올리는 시늉을 했다.

"더 하면 원하던 바와 정반대의 결과를 얻게 될 거예요. 내가 다시 우울해져도 괜찮아요?"

"그럼 안 되죠. 잠깐만요. 이번 문제는 진짜 웃겨요!"

그녀가 일어나 로이크 앞에 섰다.

"좋아요. 누가 더 이상한 농담을 하는지 우리 내기해요. 먼저 웃는 사람이 지는 거예요."

그가 맞장구쳤다.

"알았어요. 먼저 시작해요."

"세상에서 가장 큰 컵이 뭘까요? 정답은 월드컵이에요!"

"그렇군요. 그럼 핀은 핀인데 머리에 꽂을 수 없는 핀은? 바로 필리핀이에요!"

로이크가 가까스로 웃음을 참으며 말했다.

마리는 웃지 않으려고 손가락으로 입술을 꼬집었다.

"이제 내 차례예요. 엉덩이로 숨을 쉬는 펭귄이 있어요. 그런데 어느 날 갑자기 죽었어요. 왜 죽었을까요? 바닥에 앉았기 때문이죠. 그래서 숨 막혀 죽었어요."

로이크의 입술이 심하게 떨렸다. 웃지 않으려고 안간힘을 썼지만 결국 참지 못하고 그가 먼저 웃음을 터뜨렸다.

"내가 이겼어요. 하하, 내가 이겼어요!"

마리가 객실 안을 뛰어다니며 소리쳤다.

로이크가 눈물을 글썽이며 말했다.

"펭귄 이야기에는 정말 웃음을 참을 수 없었어요."

"쌍둥이들이 이야기해준 거예요. 대부분 잊었지만 그건 기억하고 있었어요. 자, 내가 이겼는데 상으로 뭘 줄 거예요?"

"당신이 원하는 건 뭐든지."

"정말로 뭐든지?"

그녀가 천천히 그에게 다가가며 물었다.

"당신이 원하는 건 뭐든지."

그가 그녀의 팔을 쓰다듬으며 대답했다.

마리는 그의 입술 쪽으로 다가가며 눈을 감고, 키스하려는 순간 속삭였다.

"내가 원하는 건, 당신이 이렇게 재미있는 이야기를 한 보따리씩 항상 갖고 다니는 거예요. 그래야 언제든 기분이 좋아질 수 있으니까요."

마리는 웃으며 신발을 집어 들었다. 그리고 들키기 전에 서둘러 객실을 빠져나왔다.

69

마리는 펠리시타 카드를 찾으려고 가방을 뒤졌다. 그날 아침 사보나(이탈리아 제노바 근처 항구도시)를 탐험하기 전에 객실을 나서며 카드를 지갑에 넣지 않고 가방 안에 쑤셔 박은 기억이 났다. 한때 DVD를 책등 색깔별로 정리한 뒤, 알파벳 순서대로 배열했던 그녀 자신이 이제는 낯설게 느껴진다.

카드를 찾아 가방 안주머니를 뒤적이는데 손가락 끝에 낯선 종이 한 장이 만져졌다. 그녀는 놀라서 종이를 꺼내 펼쳤다.

> 마리,
>
> 나는 이런 말을 잘 못 해요. 하지만 아무 말도 하지 않고는 떠날 수가 없었어요. 그래서 몇 자 남기기로 했어요. 당신은 내가 당신과 안을 만나게 되어 얼마나 행복했는지 모를 거예요. 석 달이라는 짧은 시간이었지만 두 사람이 없었다면 나는 아마 이 여행을 끝까지 마치지 못했을 거예요. 그걸 잊지 말았으면 좋겠어요. 내게 영원히 잊지 못할 순간들을 선물해주어 고마워요. 항상 기억할게요. 우리가 함께 나눈 이야기들과 당신이 내게 했던 여러 조언의 말, 내게로 활짝 열어준 마음, 특히 옆구리가 아프도록 다 함께 웃던 그 모든 순간을요.
>
> 여행하며 내가 누린 그 모든 행복이 앞으로 당신과 늘 함께하길 바라요. 그가 곁에 있든, 혹은 그렇지 않든지요.
>
> 많이, 많이, 많이 사랑해요.
>
> (글을 쓸 때는 내가 엄청나게 예의 바른 사람이 되네요.)
>
> 카미유.

추신-두두를 잘 부탁해요. 말을 할 줄 몰라 애석하지만 꽤 괜찮은 녀석이에요.

편지 뒷면에는 바다를 배경으로 난간에 팔꿈치를 기댄 채 선, 마리, 안, 카미유의 모습이 크로키로 그려져 있었다. 마리는 객실 앞에 못 박힌 채 얼굴 가득 환한 미소를 지었다. 편지는 공항으로 가는 길에 카미유가 가방에 넣은 것이었다. 그런데 그 내용이 신기하게도 마리가 작별의 순간에도 꺼내지 못하고 가슴 속에 숨긴 말과 정확히 일치했다.

70

마지막 날 밤. 마리는 발코니에 앉아 그녀가 그토록 사랑했던 풍경을 마지막으로 감상했다. 달은 검은 바다 위에 반사되고, 하늘에는 점점이 빛나는 별들로 가득했다.

로이크는 여객선 선장과 저녁 식사를 한 뒤 마리가 우울해하고 있다는 사실을 알았다. 그래서 그날 밤에는 마리를 혼자 두지 않겠다고 고집했다. 그런데 사실 그녀에게 필요했던 것은 다른 누가 아닌 자기 자신으로의 존재함이었다. 마리는 로이크가 잠든 것을 확인하고 발코니로 나갔다.

마리는 가방에서 담배를 꺼내 불을 붙였다. 지난 100일을 뒤돌아보려면 혼자가 되어야만 했다. 그래야 더 깊이 생각할 수 있으니까.

석 달 전, 여객선에 첫발을 디딜 때만 해도 그녀는 자신이 내린 결정에 확신이 있었다. 하지만 목적지에 관해서는 아니었다. 그녀는 겁에 질린 채 자신의 삶에서 달아났고, 새로운 길을 찾기 시작했다. 그리고 자신이 찾던 것보다 훨씬 더 많은 것을 얻었다.

그녀의 거의 모든 기억 속에는 이제 안과 카미유가 존재했다. 그들과의 만남은 예상치 못한 것이었지만 가장 중요한 만남이기도 했다. 마리는 TV 드라마에 나오는 주인공들과 그들의 우정에 가끔 부러움을 느꼈다. 하지만 그때마다 그런 우정은 위대한 사랑과 마찬가지로 세상에 존재하지 않는 것이라 결론내렸다. 그런데 그랬던 그녀에게 지금은 진정한 우정을 나눈다고 말할 두 명의 친구가 생겼다. 처음 만났을 때 마리, 안, 카미유는 각자 생의 전환점에 놓여 있었다. 그러다가 행복을 찾아 불안정한 탐색을 시작했고, 그것이 세 사람을 연결하는 강한 고리가 되었다.

여행은 마리에게 로돌프의 다른 면을 보여주기도 했다. 마리는 여행하는 석 달 동안 그와 연락할 일이 없을 줄 알았다. 자기가 떠나고 나면 그 즉시 새로운 애인들과 새로운 삶을 즐길 줄 알았다. 하지만 아니었다. 예상과 달리 그는 마리를 쉽게 놓아주지 않고 자기에게 속했던 꼭두각시에 집착했다.

그리고 무엇보다도 마나카, 허무맹랑한 이야기 같던 꿈이 생각보다 빨리 실현되면서 그녀는 이제 열정적으로 일하며 새로운 미래를 만들어나갈 수 있게 되었다.

여행하며 숨이 멎을 만큼 아름다운 여러 풍경과 마주하기도 했다. 유년기의 상상 속 친구였던 돌고래와 만났고, 지구 반대편에 사는 원주민들을 찾아가 그들과 대화를 나누었으며, 세계 곳곳의 박물관과 기념비적 장소를 방문하고, 일몰의 환희도 경험했다. 다큐멘터리 프로그램을 보며 꿈꾸던 장소들이 이제 추억할 많은 이야기가 있는 '그때 내가 가 본 곳'이 되었다.

발코니에서 마시던 핫초코, 다양한 볼거리, 가장무도회가 있던 저녁, 정장 파티, 깊은 잠을 잘 수 있도록 돕던 배의 흔들림, 파도 소리, 꿈속까지 스며들던 바다 냄새, 갑판의 긴 의자 위로 은하수가 내려오던 밤, 그리고 고독감을 덜어주던 다른 여행객들. 그 모든 것이 그녀가 배에서 보낸 100일간의 일상에 고스란히 담겨 있었다.

그리고 어느 날 갑자기 그녀의 삶 속으로 뛰어든 회색 머리의 남자 로이크. 그와 마리의 만남은 시작이 좋지 않았다. 아직도 그 만남의 끝에 무엇이 있는지 모르기도 했다. 그는 마리를 빨리 잊어버릴 수도 있었다. 하지만 그것도 모를 일이었다. 그를 밀어내기 위해 숱한 노력을 기울였으나 결국 서로에게 익숙한 존재가 되었으니까. 익숙함을 넘어 강한 애착이 형성되었으니까. 더없이 소중한 존재가 되었으니까.

여행이 그녀에게 준 선물 안에는 그녀 자신도 포함되어 있었다. 마리는 스스로 그 자신을 찾아냈다. 그녀가 딱딱한 껍질 속에 가두어 두었던 '마리'를 '마리'가 다시 찾아낸 것이다. 인생을 살아오며 때때로 그녀는 어린 마리를 떠올리곤 했다. 그리고 그때마다 어린 마리에게 지금의 마리가 마음에 드는지 물었다. 오늘 밤에도 그랬다. 그녀의 질문에 어린 마리는 지금의 마리가 마음에 든다며 환하게 웃었다. 비록 상상 속에서였지만 말이다.

로이크의 두 팔이 그녀의 어깨를 감싸 안았다.

"괜찮아요?"

그가 물었다.

"네, 괜찮아요."

그녀가 대답했다.

"혼자 있고 싶으면 말해요."

마리는 로이크의 손을 잡고 이렇게 대답했다.

"아니요. 그런 시간은 지났어요. 내 곁에 있어요."

71

마르세유는 기온이 찼다. 선착장 위로 가족을 마중 나온 수많은 사람들이 보였다. 마리는 혼자 객실 안을 서성였다.

578호 객실과의 작별은 생각처럼 쉽지 않았다. 흰 베개와 선체에 와닿던 파도의 속삭임, 삐걱거리는 욕실 바닥, 발코니의 긴 접이의자, 파란색 머그잔, 날마다 다르게 변하던 풍경…. 전부 다 조만간 그리워질 것들이었다. 그것들 모두가 그녀가 머물던 괄호 속, 마음의 집인 까닭이었다.

마리는 초록색 여행 가방 안에 소지품을 정리하고 지퍼를 닫았다. 그때 편지 봉투 하나가 문틈으로 미끄러져 들어왔다.

로이크의 마지막 편지였다.

사랑한다는 말에는 그림자가 있다네
사랑만이, 사랑만이 있지 않다네
그 안에는 방황하는 시간의 흔적과
약속도 들어 있다네

너는 사랑의 언어로 사랑을 말한다네
하지만 내게 그런 말은 아무 의미가 없어

양피지 위에 찍힌 밀랍처럼
볼모가 된 문장이 네게 필요하더라도

그러니 나를 알아주기를
내 마음을 알아주기를
너를 사랑하는 이 나를

사랑한다는 말에는 죽음이 들어 있다네
너만을 죽도록 사랑하는 이 내가
자기가 쓴 시에 죽고
자기가 쓴 시만을 읽는 내가

사랑한다는 말에는 질문이 들어 있다네
너도 나를 사랑하는지 묻는 나의 질문이
그러나 거짓된 계략으로는
이 세 단어에 답할 수 없다네

나를 알아주기를
내 마음을 알아주기를
너를 사랑하는 이 나를

마리는 편지를 뒤집어보았다. 하지만 장 자크 골드먼의 노래 외에는 아무것도 적혀 있지 않았다. 이전에 받은 편지들과 느낌도 사뭇 달랐다. 그녀는 메시지를 해독할 단서를 찾아 노랫말을 다시 읽었다. 노래는 두 가지 뜻으로 해석할 수 있었다. 하나는 노래하는 사람이 사랑에 빠진 것을 인정하지만 그 사랑을 더럽히지 않으려면 침묵해야 한다는 것이었다. 아니면 정반대로 노래하는 사람이 사랑을 더는 원치 않는다는 뜻일 수도 있었다. 그러면 상대는 어떤 것도 그에게 기대하지 말아야 했다. 그것도 아니라면 노래하는 사람이 상대와의 재회를 원하는 것이거나 반대로 이쯤에서 끝날 두 사람의 관계를 의미하는 것일 수도 있었다. 마리는 로이크가 노랫말로 무엇을 말하려는지 알 수 없었다.

마리의 머리는 소녀 취향의 사랑놀이 따위는 이제 그만 파도에 던져 버리라고 말하고 있었다. 그녀에게는 이혼 절차와 이사, 뜨개질과 그 밖에 처리해야 할 많은 일이 남아 있었다. 그러나 그녀의 가슴은 그녀에게 다른 충고를 했다. 감정에 굴레를 씌우지 말고 미래를 신뢰하라고. 연락처를 받지 않고 그를 그대로 떠나보내면 틀림없이 후회하게 될 것이라고.

마리는 편지를 접어 가방 안에 넣었다. 잠시 후면 두 사람은 갑판에서 대화를 나눌 수 있었다. 다시 만나자는 말은 그때 해도 늦지 않았다. 그때 누군가가 객실 문을 두드렸다. 그녀는 화들짝 놀라서 골몰하던 생각에서 빠져나왔다.

로이크인 줄 알았지만 예상과 달리 문 뒤에는 이블린과 조르주가 서로 손을 잡고 서 있었다.

"마리, 다시 만나자는 말을 하고 싶었어요."

이블린이 떨리는 음성으로 말했다.

마리의 눈에 눈물이 고였다.

"이블린, 감사해요. 떠나기 전에 한 번 더 뵙고 싶었어요. 두 분 모두 행복하시길 바라요."

"마리, 고맙습니다. 덕분에 여행을 무사히 마치게 되었어요. 당신이 아니었다면 여행을 중도에 그만두고 각자의 집으로 돌아가야 했을 겁니다."

조르주가 마리의 손을 잡았다.

"해야 할 일을 했을 뿐이에요. 여객선 측에서 내린 결정이 부당한 것이기도 했고요. 그나저나 두 분은 집으로 돌아가면 어떻게 하실 생각이세요?"

이블린이 대답했다.

"자식들은 내가 노인 아파트에서 살기를 원해요. 양로원은 아니고 각자의 집이 따로 있는 편리한 곳이죠. 전에는 로제와 살던 집을 떠나고 싶지 않았지만 지금은 아니에요. 떠날 준비가 된 것 같아요."

조르주가 다정한 눈으로 이블린을 바라보았다.

"자식들에게 이블린이 살게 될 아파트로 이사하겠다고 말할 겁니다. 그렇게 되면 자식들과 멀리 떨어져 살게 되겠지만 애들도 아비의 행복이 어디에 있는지 알고 이해할 겁니다."

"좋은 소식을 듣게 되어 기뻐요! 두 분 모두 정말 멋지세요."

마리가 진심으로 두 사람을 축하했다.

"그만 헤어져야 할 것 같네요. 아이들이 기다리고 있어서요."

이블린이 마리를 따뜻하게 안으며 말했다.

마리는 이블린이 조르주와 함께 자신들의 마지막 날들을 향해 걸어가는 모습을 오랫동안 지켜보았다.

아르놀드가 홀 입구에 서 있었다. 출항할 때와 같은 장소였지만 오늘은 문을 등지고 서서 여행객 한 사람 한 사람에게 작별 인사를 하고 있었다. 마리는 그를 발견하고 목이 메어오는 것을 느꼈다. 석 달 전,

배에 오르는 그녀를 맞이해준 것은 아르놀드와 안이었다. 그때만 해도 안과 마리는 불투명한 미래를 걱정하며 불안 속에서 길을 잃고, 태어나 처음 오른 거대한 여객선 안을 헤매고 있었다.

마리는 로이크를 찾아 홀을 둘러보았다. 홀 안은 가족과의 재회를 기대하며 출입구를 향해 바쁘게 걸음을 옮기는 사람들과 헤어짐을 아쉬워하며 긴 포옹으로 작별 인사를 대신하는 사람들로 붐볐다.

멀리 떨어진 곳에서 승무원과 이야기를 나누는 올가의 모습이 보였다. 그녀는 늘 그랬듯 불평을 늘어놓고 있는 것 같았다. 그 모습도 곧 추억이 되리라 생각하니 왠지 코끝이 찡해졌다. 그런데 이상했다. 어디에도 로이크의 모습이 보이지 않았다.

"안녕히 돌아가십시오, 부인. 저희 여객선을 선택해주셔서 감사합니다."

허리를 꼿꼿하게 펴고 아르놀드가 오랫동안 기억에 남을 미소를 지으며 마리에게 손을 내밀었다. 마리는 잠시 망설이다가 아르놀드의 양 볼에 작별의 키스를 했다.

"아르놀드, 다시 만날 수 있기를 바라요. 당신의 미소를 오래 기억하게 될 것 같아요. 여행이 내게 준 선물 중 하나였거든요."

출구를 향해 멀어지는 마리를 바라보며 아르놀드가 환한 미소를 지었다.

선착장으로 나오자 로이크의 모습이 보였다. 그런데 그는 혼자가 아니었다. 노부부와 두 소년이 차례로 그와 포옹하고 있었다. 로이크의 부모님과 자녀들이 마중을 나온 듯했다.

마리는 여행 가방을 끌고 그들 곁을 지나갔다. 마음이 무거웠다. 결국 그녀는 그에게 다시 만나자는 말을 하지 못했다. 연락처도 받지 못했다. 그러므로 두 번 다시는 그를 만나지 못할 것이었다.

눈물을 참으며 택시를 잡으려는데, 뒤에서 귀에 익은 목소리가 들려왔다. 미처 뒤돌아볼 사이도 없이, 태풍 두 개가 비명을 지르며 달려와 그녀의 목에 매달렸다. 쌍둥이들이었다. 그녀는 두 딸을 껴안았다.

"깜짝 놀랐죠, 엄마!"

쥐스틴이 웃으며 소리쳤다.

"머리 모양이 달라져서 알아보는 데 한참 걸렸어요. 정말 몰라보겠어요!"

릴리가 말했다.

두 딸 뒤로 아쉬움이 묻어나는 얼굴로 그녀를 바라보는 로이크가 보였다. 그녀는 사람들의 시선을 의식하지 않고 그에게 달려가 다시 만날 수 있는지 묻고 싶었다. 파리와 그가 사는 모를레는 비교적 거리가 멀지 않았다. 두 사람이 다시 만난다면 마리는 로이크의 바닷가 집에서 주말을 보내며 요오드 냄새가 나는 공기를 마음껏 마실 수 있었다. 낮이면 대화를 나누고, 밤이면 새벽이 올 때까지 서로의 몸을 다정하게 쓰다듬을 수 있었다. 젊은 연인들처럼 모래 위에 서로의 이름을 쓰며 함께 두 사람의 미래를 설계할 수도 있었다. 하지만 지금 그녀가 할 수 있는 것은 아무것도 없었다.

"엄마, 빨리 가요. 두 시간 뒤에 파리행 비행기를 타야 해요!"

쌍둥이들이 가방을 하나씩 들고 주차장을 향해 걸어갔다. 아이들 뒤를 따르며 마리는 마지막으로 여객선을 돌아보았다. 그리고 지난 석 달 동안 다양한 삶 속으로 그녀를 데려다주었던 여행과 작별의 인사를 했다. 순간, 멀리 떨어진 곳에서 환하게 웃으며 아이들과 이야기를 나누는 로이크의 모습이 시야에 들어왔다. 마리는 가슴 한쪽이 아려왔다. 뺨에 파인 그의 보조개를 앞으로도 오래도록 그리워하게 될 것이기 때문이었다.

마리의 괄호 속 여행은 그렇게 끝이 났다.

에필로그

시청 앞 광장은 한산했다. 하객들이 청사 안에서 신랑 신부가 입장하기를 기다렸다. 잠시 후, 꽃으로 장식된 자동차 한 대가 멀지 않은 곳에 정차했다. 문이 열리고, 안에 이어 마리, 카미유가 차에서 내렸다. 식장으로 들어가기 전, 두 명의 증인이 신부의 드레스를 마지막으로 매만졌다.

"아름다워요!"

드레스 끝자락을 정돈하며 마리가 연신 탄성을 질렀다.

결혼식을 준비하며 안은 몇 가지 마음에 들지 않는 것이 있었다. 웨딩드레스와 면사포, 쌀을 던지는 이벤트, 리본으로 자동차를 장식하는 관습 같은 것이었다. 처음에는 결혼식 후에도 입을 수 있도록 실용적인 상앗빛 앙상블(스커트와 웃옷 한 세트)을 입을 생각이었다. 요란한 장식도 피하고 싶었다. 하지만 결혼을 준비하는 동안 그녀의 의견은 서서히 변화했다.

마침내 안이 도미니크에게 "네."라고 답할 순간이 다가왔다. 안은 커다랗게 부푼 페티코트 위에 흰색 웨딩드레스를 입고 머리에는 면사포를 쓴 채 꽃다발을 안았다.

"상아색으로 입었어도 괜찮을걸! 그나저나 너무 떨려요. 그래도 여러분이 와줘서 한결 마음이 놓여요."

"안, 설마 우리가 안 올 거라고 생각했어요? 젠장, 증인이 어떻게 안

와요!"

카미유가 면사포 매무새를 바로잡아주며 말했다.

안, 마리, 카미유가 시청 안으로 몇 발자국 걸음을 들여놓자 노부인 한 명이 다가와 반갑게 인사했다.

"아, 이블린! 와주셔서 감사해요!"

안이 이블린을 껴안으며 소리쳤다.

"참석할 수 있게 되어 나도 기뻐요! 새집으로 이사한 후 조르주와 난 여행을 거의 하지 않았어요. 그래서 파리에서 보낼 하루에 둘 다 얼마나 들떠 있는지 몰라요. 이렇게 행복한 날 다 다시 만나다니, 정말 감회가 새롭네요!"

이블린은 마리, 카미유와 인사를 나누고 안에게 잠시 뒤돌아 있으라는 신호를 보냈다. 그러고는 떨리는 손으로 하얀 손가방을 열고 카메오 펜던트를 꺼내 신부의 목에 걸어주었다.

"이블린! 이건 당신이 나한테 산 거잖아요. 받을 수 없어요…."

안이 눈물을 참으며 말했다.

"이제 마음에 들지 않아서 그래요. 당신에게 훨씬 더 잘 어울리기도 하고요."

이블린이 안의 볼에 입을 맞추며 대답했다.

홀은 작았고 견디기 힘든 더위가 실내에 감돌았다. 하지만 하객 모두는 더위쯤이야 얼마든지 참을 수 있다는 듯 촉촉해진 눈으로 신랑 신부가 도착하기를 기다렸다.

마침내 박수갈채를 받으며 신랑 신부가 나란히 입장했다.

마리와 카미유는 가장 앞자리에서 기쁨을 만끽했다. 시장의 업무용 책상 위에는 두 사람이 놓아둔 세 번째 증인도 있었다. 바로 두두였다.

카미유가 고개를 돌려 함께 온 사람을 찾았다. 홀 끝에 윌리엄이 웃으며 앉아 있는 모습이 보였다. 윌리엄은 아직 프랑스어가 서툴러서 식장에서 오가는 말을 모두 이해하지 못했다. 그러나 행복이 전하는 메시지는 분명 이해하고 있는 듯했다. 그것으로 미뤄 볼 때, 행복은 세계에서 가장 많은 이들이 이해하는 만국 공통어였다.

여섯 달 전, 카미유는 지구 반대편에 사는 잘 알지도 못하는 남자를 만나기 위해 비행기에 올랐었다. 지금은 지구 반대편이 그녀의 집이 되었고 미지의 남자는 그녀의 일상이 되었다. 윌리엄은 공항에서 커다란 검은 눈동자를 반짝이며 카미유를 기다리고 있었다. 재회는 상상했던 것보다 훨씬 더 낭만적이었다. 당시의 기억이 생생한 자동차 뒷좌석이 그 사실을 증명해주었다. 윌리엄은 카미유를 위해 옷장 한 칸을 비워두었고 자신의 삶 또한 비워두고 있었다. 카미유는 그것이 마음에 들었다. 그녀가 도착하기 전에 집안을 채우고 있던 많은 것들을 정리하고 윌리엄과 카미유, 둘의 이름을 나란히 현관에 건 점도 마음에 들었다.

한 달 뒤, 그들은 보르도에서 2주 동안 시간을 보냈다. 그 시간 동안 윌리엄은 카미유의 가족과 친구들에게 소개되었다. 그들 모두는 여행을 떠났던 그녀가 모든 것을 포기하고 현실도피자가 되어 돌아올 것으로 생각했다. 단 한 사람, 아버지만은 예외였다. 그는 자신의 딸을 품에 꼭 안으며, 어머니가 이 모습을 보았다면 무척 자랑스러워했을 것이라고 여러 번 반복해 말했다.

카미유는 집을 비우고 퇴직 절차를 밟았다. 그녀가 밖으로 나오자 사무실 앞에서 담배를 피우고 있는 줄리앙의 모습이 보였다. 줄리앙은 그녀에게 정중히 안부를 물었다. 그녀는 대답 대신 활짝 웃어 보였다. 그리고 신나게 엉덩이를 흔들며 자동차로 돌아왔다. 줄리앙은 그녀에게 감사한 존재였다. 그가 없었다면 여행을 떠나지 않았을 것이고, 윌리엄을 영원히 만나지 못했을 테니까.

오클랜드에서 카미유는 블로그와 관련해 여러 제안을 받았다. 광고 회사 한 곳이 그녀의 블로그를 삽화가용 홈페이지 목록에 올렸다. 그것을 계기로 카미유는 의사소통을 주제로 한 그림을 그리게 되었고, 마나카로부터 얻어지는 정기적인 수입과 더불어 생활에 필요한 충분한 돈을 벌었다. 가장 좋은 기회는 출판사로부터 온 것이었다. 블로그 글이 『80명의 남자와 함께한 세계 일주』라는 제목으로 연말에 출간될 예정이기 때문이었다.

조만간 그들은 윌리엄의 작은 아파트를 떠나, 같은 건물에 있는 좀 더 넓은 평수의 아파트로 이사할 계획이었다. 새집을 어떻게 꾸밀지는 이미 이야기가 끝나 있었다. 욕실에는 사각형의 커다란 욕조가 놓이고, 주방에는 보조 조리대가 설치될 예정이었다. 방마다 도시가 내려다보이는 커다란 창문을 달고, 빛이 잘 드는 방 하나는 카미유의 작업실로 사용할 것이었다. 또한 안방 바로 옆의 작은 방은 미래의 주인을 위해 비워둘 것이었다.

카미유가 미소를 지으며 배를 어루만졌다. 여섯 달 뒤, 그녀는 아무데나 똥을 싸고, 시도 때도 없이 악을 쓰며 울어대는 그녀의 작은 아기를 만날 예정이었다.

안과 도미니크가 마주 보고 떨리는 두 손을 마주 잡았다.

"안, 당신은 이 자리에 참석한 마리 마들렌, 카미유 알레트 뒤발, 피에르 모랭 앞에서 도미니크를 남편으로 맞이할 것에 동의합니까?"

"네, 동의합니다."

"도미니크, 당신은 이 자리에 참석한 마리 마들렌, 카미유 알레트 뒤발, 피에르 모랭 앞에서 안을 아내로 맞이할 것에 동의합니까?"

"네, 동의합니다."

"법의 이름으로 두 사람은 이제 부부가 되었습니다."

하객들의 박수와 카메라 플래시 속에서 신랑 신부가 입맞춤했다. 야니스는 안이 웃으며 말했던 '사적인 순간을 훔치지 말라'는 당부에도 불구하고 한 장면도 놓치지 않기 위해 쉼 없이 카메라 셔터를 눌렀다. 야니스는 이제 안젤리크의 연인이었다. 한 달 후 그들은 함께 살 집으로 이사할 예정이었다.

안은 방수 기능의 화장품을 선택한 스스로를 칭찬했다. 처음 10분을 제외하고는 눈물이 멈추지 않은 까닭이었다. 마리가 리본이 달린 작은 상자를 들고 그들 앞에 섰다. 안에는 두 사람의 결혼반지가 들어 있었다.

"까먹지 않고 잘 가져왔네!"

안의 사촌 포스틴이 웃으며 소리쳤다.

도미니크의 손가락에 반지를 끼우며 안은 가슴이 벅차 오는 것을 느꼈다. 몇 달 전만 해도 그녀는 그를 영원히 볼 수 없을 것이라 여겼다. 하지만 지금 그들은 마지막 숨을 거두는 날까지 영원히 서로의 곁을 지키겠다고 서약하고 있었다. 그녀는 이제 그리움의 의미를 알았고, 사랑할 기회가 더는 없다는 것이 얼마나 가슴 아픈 일인지도 알았다. 그런 깨달음을 준 시간은 일종의 기회였다. 그 덕에 그녀는 도미니크와 함께할 생의 매 순간을 소중히 여기며 보낼 수 있게 되었다.

두 사람은 푸껫과 코 야오 노이에서 한 달을 보내며 처음 만난 연인들처럼 매 순간을 함께했다. 함께 바다에 뛰어들고, 함께 사랑을 나누었으며, 함께 일광욕하고, 예전처럼 서로에게 짧은 메시지를 보내는가 하면, 낙하산에서 뛰어내릴 계획도 세웠다. 하지만 이 마지막 계획은 결국 안에 의해 취소되고 말았다. 그들은 그곳에서 거의 모든 종류의 생선을 맛보고, 테라스에서 잠을 자거나 대화를 나누며 한가로운 시간을 보냈다.

긴장감 넘치는 비행을 마치고 프랑스의 집으로 돌아온 이후, 안은 고양이, 도미니크와 함께하던 일상을 되찾았다. 도미니크는 임시로 머물던 거처를 떠나 안과 살던 집으로 돌아왔다. 그러고는 잠시 비어 있던 벽장을 자신의 물건으로 다시 채웠다. 고백하고 싶지는 않았지만 안에게 괄호 안의 시간은 분명 행운이었다. 행복이 소소한 일상에 숨어 있다는 평범하고도 평범한 진리를 깨닫게 해주었으니까. 그것이 행운이 아니라면 과연 다른 무엇을 행운으로 여길 수 있을까?

한때 그녀는 소중한 것을 모두 잃었다고 생각했다. 그리고 그 잃어버린 일상이, 평소에는 하찮게 여긴 사소한 모든 것이 사무치게 그리웠다. 안은 이제 주어진 일상을 귀하게 여길 것이었다. 도미니크와 함께 양치질하는 순간을 기뻐하고, 그가 입을 벌리고 음식을 씹는 소리를 음악처럼 들을 것이며, 늘어난 양말의 수고에 감사할 것이었다. 또다시 눈앞에서 문이 '쾅'하고 닫히는 순간이 찾아오더라도 닫힌 문이 언젠가는 열린다는 사실을 기억할 것이었다. 그리고 중요하지도 않은 일을 시시콜콜 늘어놓는 도미니크의 말에 몇 시간이고 귀를 기울일 것이었다. 다른 무엇보다도 중요한 것은 그가 지금 곁에 있다는 사실이기 때문이었다.

도미니크가 결혼반지를 안의 손가락에 끼웠다.

"안 모랭, 당신을 사랑합니다."

다른 하객들과 마찬가지로, 마리 역시 신랑 신부가 고른 노래의 한 소절을 따라 불렀다. 노래는 장 자크 골드먼의 '너는 내 가족'이었다.

> 침묵에 지쳐
> 나는 너를 생각하네
> 네게서 멀리
> 너의 모든 것에서 멀리 떨어져 있지만
> 그런 것은 하나도 중요하지 않아

로이크는 맨 마지막 줄의 윌리엄 옆에 앉아 있었다. 그는 노랫말에 감동한 얼굴이었다. 마리는 늘 그랬듯 그를 보며 큰 행복감을 느꼈다.

마리의 귀가는 가혹했다. 로돌프가 현관의 잠금장치를 바꿔 놓은 탓이었다. 덕분에 마리는 소지품을 가지고 나오기 위해 경비원을 불러야 했다. 잠금장치를 뜯고 20년간 자신의 집이라 믿고 산 공간 안에 들어설 때는 묘한 기분이 들었다. 모든 것이 낯설게만 여겨지고 더는 자신의 집이 아닌 듯했다. 상자 몇 개를 소지품으로 채운 뒤, 그녀는 수입이 일정해질 때까지, 그래서 어디가 될지 모르는 새로운 집을 구할 때까지 호텔에서 머물기로 했다.

여행이 끝나고 3주가 지났을 무렵, 안은 로이크로부터 한 통의 전화를 받았다. 그가 기자 신분을 이용해 여객선의 승객 명단을 얻은 뒤였다. 로이크는 이 명단을 가지고 마리, 안, 카미유라는 이름을 가진 여객선의 모든 마리, 안, 카미유에게 전화를 걸었다. 그리고 마침내 그가 찾던 안과 전화가 연결되었다. 안은 로이크에게 마리의 연락처를 알려주게 되어 기쁘다고 했다. 그리고 누가 알려주었는지는 비밀로 해달라고 당부했다. 그즈음 마리는 로이크의 연락처를 찾아내기 위해 인터넷 검색창에 '로이크, 브르타뉴 지방의 회색 머리 남자'를 열심히 입력하고 있었다.

재회 이후 두 사람은 서로의 거처를 오가며 만났다. 그, 혹은 그녀의 집에서 둘은 이야기를 나누고, 사랑을 나누었으며, 함께 웃고 함께 먹었다.

이혼 신청이 받아들여지자 마리는 로이크를 두 딸에게 소개했다. 쥐스틴은 "두 분 풋풋하네요. 귀여워요."라며 소감을 말했고, 릴리도 "좀 우습지만 귀여워요."라고 말했다. 로이크의 아이들은 마리의 아이들보다 수줍음이 많은 듯했지만 그들과의 관계도 서서히 좋아졌다.

마리와 로이크는 함께 살지 않았다. 두 사람 모두 원하지 않은 까닭이었다. 두 사람은 부부처럼 한집에 살며 공동생활을 영유하는 것에 큰 의미를 두지 않았다. 하지만 그러한 결정은 언제든 변화 가능한 것이었다. 함께 살 수도, 계속해서 독립된 생활을 유지할 수도 있는 선택의 문제였다. 비록 따로 살기는 했지만 두 사람은 가까운 거리에 살았다. 마리의 집은 바다에서 2분 거리에 있는 브르타뉴 지방의 카란텍에 있었다. 조금 부풀려 말하면 로이크의 집에서 다섯 발자국 떨어져 있었고, 양모 가게에서는 세 발자국 떨어져 있었다. 그곳에서 그들은 가능한 한 자주 만났고, 마리는 인터폰이 울릴 때마다 소녀처럼 두근거렸다.

릴리와 쥐스틴은 일요일 오후부터 월요일 아침까지 아빠인 로돌프의 집에 있다가 매주 금요일 저녁 도착해 일요일 아침까지 머물렀다. 마리의 집에는 두 딸을 위한 방이 있었다. 어린 시절을 추억할 겸 그녀는 그곳에 2층 침대를 놓고 아이들이 원하는 대로 방을 꾸미게 했다. 그녀는 집 안 곳곳을 수많은 색과 빛으로 장식했다. 여객선 사진을 거실 벽에 걸었고 침실도 객실처럼 꾸몄다. 물론 발코니도 있었다. 마리는 그곳에서 아침마다 지구 반대편, 가장 먼 바다를 상상했다.

마나카는 나날이 인기를 더해갔다. 시각 효과를 잘 살린 덕에 매달 수입이 증가했다. 그 돈으로 마리는 로돌프의 도움 없이 살게 되었고, 주문량을 맞추기 위해 뜨개질에 열정을 가진 이웃을 고용해야 했다. 카미유는 정기적으로 새로운 도안을 생각해냈다.

마리, 안, 카미유는 주중에 한 번씩 영상 통화를 하며 일과 일상에 관해 수다를 떨었다.

하객들이 부르는 결혼 축가의 두 후렴구 사이로, 로이크가 마리에게 다정한 눈길을 보냈다. 마리의 심장이 두근거렸다. 이제 그녀는 확신할 수 있었다. 마흔 살에도 사랑은 가능하며, 사랑에는 한계가 없다는 것을 말이다.

나는 모른다네, 너의 집을
네가 사는 도시도, 너의 이름도
가난한지, 부자인지, 사생아인지
하얀지, 검은지, 혹은 다른 어떤 특별한 색인지를
하지만 너의 시선만은 알아볼 수 있다네

때로 내가 방황한 그곳에서

너는 하나의 형상을
하나의 공간을 찾는다네

너는 내 가족
내가 선택한
나의 법이자 나의 동료

평범한 사람들 속에서
내가 가족으로 느끼는 내 가족

너는 내 가족
피보다 강하고
한 줌 순간보다 강한 내 가족
이 이상한 세상 속에서
너를 지키고 너를 듣는 내 가족
네가 어디로 가야 할지 모른다 해도
어떻게, 왜 가야 하는지 모른다 해도
더 많은 것을 믿지 못한다 해도
회색빛 인생이나 장밋빛 인생 또한 믿지 못한다 해도
너는 네가 믿는 그것
너는 네가 잃어버린 그 부분
네가 알든, 혹은 모르든 간에
네가 아래를 내려다본다고 해도
너는 추락하지 않아
세상에는 그만큼 네가 필요할 것이기에

이제 너는 행복을 잡는다네

포도 씨처럼 작은 행복을

소소한 일상 속에서

너는 내 가족

너는 내 가족, 너는 내 가족

나의 동료이자 나의 바람

같은 시간과 공간을 사는

너는 내 가족, 이따금 삶에서 마주치는

너는 내 가족

새벽 4시가 되어서야 하객 대부분이 돌아갔다. 마리, 안, 카미유는 와인 한 병을 가운데 놓고 둥글게 모여 앉았다.

마리가 안에게 봉투 하나를 건넸다.

"마나카가 드리는 결혼 선물이에요."

"괜찮아요. 선물 같은 건 안 해도 돼요."

"선물하는 사람의 즐거움을 위한 거예요. 어서 열어봐요."

카미유가 재촉했다.

안이 봉투를 뜯자 그 안에서 작은 카드 한 장이 나왔다.

"눈물이 나서 콘택트렌즈를 뺐더니 안 보여요. 이게 뭐예요?"

"일주일간 크루즈를 타고 여행할 수 있는 표예요. 우리 셋이서 다음 달에 떠날 거예요. 도미니크에게는 이미 말해뒀으니까 신경 쓰지 않아도 돼요. 물론 뮤리엘 사장에게도요."

마리가 말했다.

"이제부터 우린 1년에 한 번 함께 여행을 떠날 거예요. 어때요? 신나지 않아요? 우리들의 영원한 우정을 위한 여행?"

카미유가 신이 나서 말했다.

안이 자리에서 일어나 두 친구를 껴안았다.

"사랑해요!"

"우리도 사랑해요, 안!"

"다 함께 건배할까요?"

카미유가 잔을 채우며 말했다.

세 여자가 잔을 들어 올렸다. 그리고 이렇게 외쳤다.

"오늘은 내 남은 인생의 첫날!"

옮긴이의 말

나를 찾아 떠나는 여행

철학의 근본 물음은 인간의 존재 이유와 의미를 묻는 사고행위에서 시작된다. 자기 대면과 인식에서 시작된 이 존재론적 의문은 인간에게 지식을 쌓고 진리를 추구하게 만들며, 이에 대한 탐구를 바탕으로 나와 타인, 세상을 이해하게 돕는다.

2014년 에크리크 오페미닌 문학상 수상과 더불어 출간 후 큰 주목을 받은 비르지니 그리말디의 첫 소설『펠리시타 호가 곧 출발합니다』도 이 근본 물음에서 시작된다. 많은 여성이 소설을 읽고 '꼭 나를 위해 쓴 것 같다'는 감상평을 남겼듯이 먼저는 여성에 주목해 사회적 성의 본질과 그 역할에 관해 묻는다. 1879년 발표된 이후 여성 해방론의 교본처럼 여겨져온 헨리크 입센의『인형의 집』처럼 말이다. 주인공인 노라는 표면적으로 행복한 아내와 어머니의 역할을 충실히 수행한다. 소설을 이끄는 세 여성 중 가장 큰 비중을 차지하는 마리도 그렇다.

마리는 마흔 살의 평범한 주부다. 첫사랑인 남편과 결혼해 쌍둥이 딸을 낳고 내조와 육아에 전념하는, 행복한 가정이 삶의 목적이자 전부라 믿는 인물이다. 노라가 인형의 집에 살았듯, 그녀는 가정이라는 유리로 만든 울타리 안에서 잦은 남편의 외도를 인내로 묵인한다. 물론 한 자리에 머물지는 않는다. 노라처럼 스스로 정의한 자기 자신의 삶을 살고자 길을 떠나니까. 결국 시대와 장르만 다를 뿐 이 두 인물이

300

갖는 상징적 의미는 타인의 기대와 사회적 규범 사이에서 갈등하는 인간 존재의 보편적 물음인 셈이다.

소설에는 마리 외에도 다른 두 주요 인물이 나온다. 카미유와 안이 바로 그들이다. 카미유는 뚱뚱했던 자기 몸을 죄악으로 여겼던 스물다섯 살의 여성이다. 그녀에게 '나'는 늘어진 지방 덩어리에 불과한 타인에 가깝고, 팽배한 외모지상주의는 그런 자신에게 폭력을 행사하는 권위로 다가온다. 결국 그녀는 이에 굴복하고 외과적 수술의 도움으로 아름다움을 얻는다. 그러나 이러한 외적 변모가 그녀를 행복하게 했을까? 아니다. 카미유는 소설의 중반부까지도 뚱뚱했던 과거의 그림자에서 벗어나지 못한다. 연애에도 소질 있는 '매력녀'로 자신을 단련하기 위해 만나는 모든 남자를 유혹하겠다는 터무니없는 계획을 세운다.

안은 소녀적 취향의 60대 여성이다. 그녀에게는 40년간 함께한 생의 동반자가 세상의 시작이자 끝이다. 그렇기에 갑자기 변해버린 상대의 태도는 인생을 뒤흔드는 권력이 되어 두 사람의 관계를 파국 직전으로 이끈다.

소설의 배경은 거대 여객선이다. 혼자여야만 탈 수 있는 배. 배를 타고 여행하는 동안에도 혼자여야만 하는 배. 여객선은 이 세 여성을 태우고 '고독 속의 세계 일주'를 떠난다. 각기 다른 이유로 인생의 위기에 봉착한 인물들은 그 여행을 통해 상처를 치유하고 성장해나간다. 작가가 괄호 속 시간이라 명명한 '남은 인생의 첫날'을 살며 그 안에서 '진아 眞我'를 발견하는 것이다.

처음 이 소설을 발견하고 번역한 지도 벌써 9년이 흘렀다. 재출간 소식을 듣고 이전에는 최선이었으나 지금은 그렇지 않은 문장을 다듬고 오역을 바로잡는 동안 여름이 갔고, 가을이 왔으며 또 한 번의 겨울이

옮긴이의 말

깊어졌다. 그 시간을 돌아보며 묻는다.

나는 누구이며, 어디에서 왔고, 어디로 가고 있는지를. 지금 어떤 괄호 속 여행을 하고 있는지를.

2025년 1월,
당신의 마음속 안, 마리, 카미유에게
지연리

옮긴이

지연리

1999년 프랑스로 건너가 파리 제8대학에서 조형 예술 석사 학위를 받았다. 『꾸뻬 씨의 행복 여행』을 시작으로 덴마크의 국민 작가 요른 릴의 『북극허풍담』 등 다수의 서적을 우리말로 옮겼으며, 『라무에게 물어봐』 시리즈와 니체, 아들러, 쇼펜하우어의 철학을 담은 『작고 아름다운 철학수업』 시리즈, 『자루 속 세상』 『걱정 많은 새』 『파란심장』을 쓰고 그렸다. 현재 북한산자락에서 새들과 함께 살며 화가, 동화 작가, 번역가, 삽화가로 일하고 있다. 2004년 정헌 메세나 청년 작가상을, 2020년 『자기가 누구인지 모르는 코끼리 이야기』로 눈높이 아동문학 대전 그림책 대상을 받았다.

펠리시타 호가 곧 출발합니다

초판 1쇄 인쇄   2025년 1월 30일
초판 1쇄 발행   2025년 2월 10일

지 은 이   비르지니 그리말디
옮 긴 이   지연리
발 행 인   정수동
편 집 주 간   이남경
책 임 편 집   김유진

발 행 처   저녁달
출 판 등 록   2017년 1월 17일 제2017-000009호
주   소   경기도 파주시 문발로 142 니은빌딩 304호
전   화   02-599-0625
팩   스   02-6442-4625
이 메 일   book@mongsangso.com
인 스 타 그 램   @eveningmoon_book
유 튜 브   몽상소

I S B N   979-11-89217-43-3   03860